茶匠と探偵

アリエット・ド・ボダール
大島豊訳

竹書房

The Universe of
Xuya Collection #1

Aliette de Bodard

茶匠と探偵

アリエット・ド・ボダール
大島豊訳

The Universe of
Xuya Collection #1

Aliette de Bodard

THE UNIVERSE OF XUYA COLLECTION #1
by Aliette de Bodard

1. Butterfly, Falling at Dawn (2008)
2. The Shipmaker (2010)
3. Immersion (2012)
4. The Waiting Stars (2013)
5. Memorials (2014)
6. Three Cups of Grief, by Starlight (2014)
7. A Salvaging of Ghosts (2016)
8. The Dragon That Flew Out of the Sun (2017)
9. The Tea Master and the Detective (2018)

This collection compiled by Take Shobo, Ltd. in 2019

茶匠と探偵

contents

The Universe of Xuya Collection #1

蝶々《ちょうちょう》、黎明《れいめい》に墜《お》ちて　Butterfly, Falling at Dawn　007

船を造る者たち　The Shipmaker　057

包《ほう》嚢《のう》　Immersion　087

星々は待っている　The Waiting Stars　115

形見　Memorials　165

哀《かな》しみの杯《さかずき》三つ、星明かりのもとで　Three Cups of Grief, by Starlight　213
魂魄《こんぱく》回収　A Salvaging of Ghosts　249
竜が太陽から飛びだす時　The Dragon That Flew Out of the Sun　273
茶匠《ちゃしょう》と探偵　The Tea Master and the Detective　295
訳者あとがき　402

カバーイラスト　Kotakan

装幀　坂野公一（welle design）

蝶《ちょう》々《ちょう》、黎《れい》明《めい》に墜《お》ちて

Butterfly, Falling at Dawn

遠くから見てもフェンリウのメヒカ地区はひと眼でわかった。背が高く白壁の建物が、ガラスと金属でできた他の摩天楼《まてんろう》と覇を競っている。私のエアカーが関門をくぐり抜けた時、大メヒカの守護神ウィツィロポチトリを中心に描いたバナーが風にはためいていた。神の顔は濃い血の色に塗られていた。

なじみ深い景色だ。もっとも私は父祖の宗教に背を向けて久しい。溜息をついて当面の事件に集中しようとした。この殺人事件の捜査をするよう、この地区担当の判官《マジストレイト》、朱褒《ズ・バオ》に説得されたのだった。私がメヒカ生まれだということで、私の方《ほう》が事態をうまく扱えるだろうと彼は考えたのだ。

私にはそれほど自信はなかった。

現場は蜂鳥《ハミングバード》大通り三四五四番地の最上階、広く、明るい丸天井の部屋だった。こんなに高い天井は見たことがなかった。床にはホログラムの台座が散らばっている。もっともホログラムはすべてオフになっていた。

眼がくらむほど高い、丸天井の頂上近くの中二階に螺旋《らせん》階段が続いていた。その階段直下の一角が立入禁止になっている。その中に女が倒れていた。一糸もまとっていない。メヒカ人で三十歳くらい——私の姉と言っても通っただろう。我ながらおかしいくらい夢中になって、あらゆるものが眼から入ってくるのに任せた。死体を覆っている細かい埃《ほこり》、全身にぶちまけている黄色い化粧、胸の柔らかいふくらみ、上を見上げたままの眼。

頭上高くにある手摺《てす》りを見上げた。女は墜《お》ちたのだろう。おそらく首の骨を折った――もっとも鑑識を待った方が確実だ。

ホログラムの台座のひとつの傍に、絹のガウンを着た憲兵の男が一人、警備に立っていた。

「兵卒李輝《リ・ファイ》です。現場に最初に参りました」

近づくと敬礼しながら言った。軽蔑の徴候がないかと詮索してしまう。シュヤ政府機関中唯一のメヒカ出身の判官として、人種差別にはさんざん直面している。しかし李輝は誠実で、皮膚の色はまったく気にしていなかった。

「黄竜瀑《イエロー・ドラゴン・フォールズ》地区の判官越嗎《ユエ・マ》だ」シュヤ人としての名前と肩書をほとんど間《ま》を置かずに伝えた。「朱褒判官からこの件を委託された。いつあなたはここへ来た」

相手は肩をすくめた。

「四つ頃に通報がありました。テコッリという男で、恋人が墜ちて死んだと言いました」

テコッリの発音が違うと危うく言いそうになった。メヒカ人ならそこにアクセントは置かない――が、指摘しても無意味であることを思い出した。ここにいる私はシュヤの判官でメヒカの難民じゃない――その時期は過ぎた、とうの昔に。

「犯罪だと言われて来たが、事故に見える」

李輝はかぶりを振った。

「上の手摺りに痕があります。それに女の爪はみなぎざぎざで血塗《ちまみ》れです。抵抗したものと見えます。それも激しく」

「なるほど」

そう簡単に抜け出すわけにはいかないようだ。

責任を逃れようというわけではなかった。が、メヒカと関わりあうのはおちつかなかった――大メヒカで過ごした子どもの頃を思い出させられる。内戦で断ち切られるまでの子どもの頃。朱褒が言い張らなければ……。

いや、私は判官だ。仕事がある。殺人犯を捕えるという仕事が。

「そのテコッリはどこにいる」ようやく訊《たず》ねた。

「拘束してあります。お話しになりますか」

かぶりを振った。

「今はまだいい」

上の方の踊り場を指さした。

「あそこへ上がってみたか」

憲兵はうなずいた。

「寝室とそれに作業場があります。被害者はホログラム作家でした」

ホログラムはシュヤの最近の流行だ。すべての芸術作品同様、値が張る。作家の電子署名入りの作品一つで、私の年収より高い。

「名前は」

「パパロトルです」李輝は答えた。

パパロトル。ナワトル語で蝶《ちょう》を意味する。メヒカの美しい娘につけられる、しとやかな名だ。私の学校にも一人いた。テノチティトランで、内戦前の話だ。

内戦——

だしぬけに私は十二歳にもどっていた。弟のクアウテモクと一緒にエアカーに押しこまれていた。銃声にガラスが砕ける音が聞えた——

ちがう、ちがう、私は子どもじゃない。シュヤで生計を立てている。公務員試験を通って、判官の地位にまで昇った——フェンリウでここまでになった唯《ただ》一人のメヒカ生まれ。

「閣下《マダム》？」

李輝が訊ねた。眼を丸くしている。

「大丈夫。ちょっと見てまわって、それからテコッリに会う」

一番近いホログラムの台座に近づいた。銘板がタイトルを告げている。「旅路」。ナワトル語、英語、シュヤ語で刻まれていた。我々の大陸の三つの言語だ。スイッチを入れて、白い光の円錐が台座から天井に広がるのを見る。凝固した若いシュヤ人が真ん中で立ち、宦《かん》官《がん》の灰色の絹のガウンを着ていた。

「そんな遠くまで行くとは思わなんだ」

と言いながら、その姿は薄れてゆき、大いなる波を超えて航海している十三隻の平底帆船に置き換わった。

「東へ、中国出発に際して司堅瑪《シジャン・マ》は言った、東へ、陸にぶつかるまで――」

スイッチを切った。大陸の子どもは誰でもその続きを知っている。暁《あかつき》の地の西岸に上陸した中国初の探検家たち、メヒカ帝国との最初のおずおずとした接触から、エルナン・コルテスのテノチティトラン包囲の失敗に至る話――包囲は中国の火砲の前に中断された。次のホログラムは「翡翠《ひすい》の花園の春」。メヒカの女がシュャ人実業家との間の悲運の恋を語る。

他のホログラムも似たり寄ったりだった。人びとがその人生を物語る――というよりもパパロトルがその人たちのために書いた台本を語っているのではないか。

死体に最も近いホログラムに向かう。銘板には「帰郷」とあった。スイッチを入れると白鳥のイメージが映し出された――二世紀前シュャが母国中国から独立を勝ちとった後で旗章として選んだものだ。鳥は糸柳がほとりに並ぶ湖の上を静かに滑ってゆく。しばらくして蜂鳥、大メヒカの国鳥が来て、白鳥の傍《そば》に浮かび、その嘴《くちばし》が何かしゃべっているように開いたり閉じたりした。

しかし音は何も聞えない。

スイッチを切り、また入れたが、結果は同じだった。台座の周《まわ》りを手探りしてみると、思った通りだった。サウンドチップが無かった。これは普通ではない。ホログラムにはずべて音のチップがついている——音の入っていないチップの場合もあるが、サウンドチップは必ずついている。

鑑識に訊《き》いてみなければならない。ここには無いチップは上のパパロトルの作業場にあるのかもしれない。

残りのホログラムも見てまわった。台座のうち四個、中央から最も遠いものにはチップがまったく入っていなかった——映像も音も無い。が、銘板にはどれもタイトルが書かれていた。

可能性がありそうな説明は、パパロトルが展示する作品を換えた、ということだ。が、サウンドチップが無いとなると、他の説明も成立するかもしれない。殺人犯はこれらのホログラムに触れたか——触れたとすれば、なぜだ。

溜息をつき、他に何か無いか、部屋の中をすばやく見渡した。眼に飛びこんでくるものは何もない。そこで李輝に命じてパパロトルの愛人テコッリを連れてこさせた。

立ったまま私をじっと見ているテコッリに恐怖の色は無かった——というよりも敬う様子も無かった。若く、ハンサムなメヒカの男で、予想していたような横柄さも図々しさもまったく無い。

「私がここにいる理由はわかっているね」

テコッリはにっこりした。

「あなたならぼくが信用すると判官が思ったんですね」

私はかぶりを振った。

「私が判官だ。この事件は私の担当に移された」

訊問の間、メモをとれるように、小さなメモ帳とペンを取り出した。

テコッリは私を見直し、ガウンの上につけている、目立たない翡翠色の帯がようやく眼に入ったようだった。

「あなたはまさか――」

言いかけて姿勢をがらりと変えた。流れるような動作で、前屈みから敬礼の姿勢になった。

「失礼いたしました、閣下。不注意でありました」

その姿勢にはどこか、大メヒカの首都テノチティトランでの失われた幼児期を、しゃきっと音をたてて思い出させるところがあった。

「あなたはジャガー騎士か」

相手は誉《ほ》められた少年のような笑顔になった。

「近いです」シュヤ語からナワトル語に切り替えて言った。「黒のテスカトリポカ第五連隊の鷲騎士《わしきし》です」

第五連隊――シュヤ人が「ブラック・テス」とあだ名した――はメヒカ大使館を警固している。それまでテコッリを兵士とはみなしていなかった――が、今、口の下に小さな胼《た》胝《こ》が見てとれた。碧石《ターコイズ》製の唇プラグがよく当たるところだ。

「ここのお生まれではありませんね」テコッリは言った。姿勢がゆるんでいる。「シュヤ生まれには、我々と庶民の見分けがつきません」

私はかぶりを振って、古い、ありがたくない記憶を追い払おうとした――フェンリウで判官になる、そしてシュヤ名に改名すると伝えた時の両親の凍りついた顔。

「私はシュヤ生まれではない」とシュヤ語で言った。「しかし今話すべきは、そのことではない」

「確かに」テコッリはシュヤ語にもどって答えた。顔には恐怖があった。「彼女についてお知りになりたい」

男の眼が一瞬死体に跳んで、また私にもどった。その固苦しい姿勢にもかかわらず、気分がよくないようにも見える。

「そうだ、この件について話せることは？」

「今朝、ぼくは早く来ました。パパロトルにはモデルになってもらうと言われてました」

「モデルね。あなたが出ているホログラムは見当たらないが」

「まだできてません」テコッリは間髪を容《い》れずに答えた。本当のことにしてはあまりに速すぎる。「とにかく――来てみたら警報装置が外されてました。ぼくを待ってるんだと思い――」

「前にもそういうことはあったのか。警報装置を外しておくというのは」

テコッリは肩をすくめた。

「時々ありました。彼女は自分の安全を守るのはあまり得意じゃなかったんです」

その声はわずかに揺れた。が、哀《かな》しんでいるようには聞えない。罪悪感か。

テコッリは続けた。

「部屋に入りました。そして見ました。今のこの状態です」自分の言葉につかえて、言いよどんだ。「ぼくは——考えられなくて——何かできることはないか、見てみました——でも彼女は死んでいました。それで憲兵隊に知らせました」

「そう、知っている。四つ時に近かった。出歩くにはいささか早いんじゃないか」

この季節の西海岸ではまだ陽も昇っていなかったはずだ。

「早く来てくれと言われてたんです」

テコッリはそう答えたが、それ以上説明しようとはしない。

「なるほど。白鳥について何か話せることは」

テコッリは驚いた。

「白鳥ですか」

私は例のホログラムを指さした。

「あれにはサウンドチップが無い。それに他にもいくつか、チップがまったく無いものもある」

「ああ、あの白鳥ですか」

そう言うテコッリは私を見ていない——いや実際、自責の念にかられていることはほぼ間違いなかった。

「あれは委嘱作品です。フェンリウ知事室からの依頼です。大メヒカとシュヤの間のつながりを象徴するものを作ってくれということでした。たぶん音を仕上げる暇が無かったんでしょう」

「嘘《うそ》をつくな」私を相手にしてかつごうとするのに腹が立った。「あの白鳥は何がまずいんだ」

「何のことをおっしゃってるのか、わかりません」

テコッリは言った。

「わかっているはずだ」

そう言ったが、さらにその点を追及することはしなかった。少なくとも、今はまだ。犯罪の現場にいたというだけで、テコッリを衛門府の独房に引っぱっていって、証言を絞りだす権限が私にはあった——そして必要と判断すれば、薬か拷問《ごうもん》で無理矢理白状させることもできた。シュヤの判官たちの大半ならそうしていただろう。私の見るところ、この手法はおぞましいだけでなく、不要でもあった。その方法ではテコッリから真実を引き出せないことはわかっていた。

「被害者が全裸でいる理由は何か思いつくか」

テコッリはゆっくりと言った。

「あの格好で仕事をするのが好きだったのです。少なくともぼくが相手の時はです」とつけ加える。「裸になると解放されると言ってました。ぼくは——」

言葉を切って反応を待った。私は顔の表情を完全に消したままにした。

テコッリは続けた。

「裸になると彼女、オンになったのです。ぼくら二人ともそのことを知ってました」

男が率直に話したことに、私は驚いた。

「すると驚くことではなかったわけだ」

とまれ、これで謎の一つは解けた——いや、違うか。テコッリが嘘をついている可能性はまだある。

「被害者との関係はどうだった？」

テコッリは笑顔になった——その変化はあまりになめらかすぎた。

「恋人として普通の関係です」

「恋人でもおたがい殺しあえる」

テコッリはぎょっとした顔で私を見つめた。

「まさか、ぼくが——」

「あなた方の関係がどんなものであったか、判断しようとしているのだ」

「ぼくは彼女を愛していました」テコッリは反射的に言った。「傷つけるなんてとんでもない。これでご満足ですか」

満足はしなかった。行き当たりばったりに答えるか、質問をまるではぐらかすかの間で揺れているように見えた。

「被害者に敵がいたか知っているか」

「パパロトルにですか」テコッリは口ごもった。私を見ようとはしない。「我々の氏族の中には彼女が適切な習慣を守っていないと思ってる人間もいました――作業場に神棚を置かないとか、祈ったり、血の犠牲を捧《ささ》げたりもほとんどしていないとか――」

「その人たちは殺すほどに、被害者を憎んでいたのか」

「いえ」テコッリは答えた。ショックを受けている口調だ。「誰かそこまで思えるとは――」

「誰かがそこまで思った。それとも事故だと思うか」

私はその質問をまるでさりげなくぶら下げたが、可能な答えは一つしかなく、そのことは男もわかっていた。

「冗談を言わないでください。あの手摺りを越えて墜ちるのを事故とは言いません」

「まったくその通り」

私は男の顔に恐怖がよぎるのを見ながら、一瞬にこりとした。隠しているものとして可能性のあるものは何だろうか。この男が犯人なら、奇妙なまでにこわがり屋の人殺しだ――しかし、そういう人間も見てきている。泣きながら後悔もするが、それでも自分の手を血に染めていた人間。

「被害者に家族はいるか」

「両親は内戦で死んでます。彼女は十二年前に姉のコアホクと大メヒカから来たことは知っています。でも、コアホクに会ったことはありません。パパロトルもほとんど話しませんでした」

当然だ。話さなかったはずだ——他のメヒカ人には話すまい。パパロトルがしていたように、メヒカの習慣に背を向けた時、どうふるまうかは知っている。私自身も同じだからだ。人は黙っているものだ。さんざん説教されてはたまらない——あるいはもっと耐えられないのは憐《あわ》れみをかけられることだ。

「その姉には私から伝える。あなたは憲兵とともに衛門府に行き、今言ったことを確認してもらう——採血もされるだろう」

「その後は」男はあまりに焦っている——無実の、哀しんでいるはずの人間としては性急だ。「放免ですか」

「当面はだ——フェンリウから出てもいいとは思わないように。もっと訊きたいことが出てきた時のために、いつでも呼出しに応じられるようにしておくこと」

陰気な口調で言う。すぐに捕まえてやる——そして必要なら真実を毟《むし》りとってやる。

出ていこうと向きを変えながら、男はタートルネックを直したから、首の周りに緑色の輝きが見えた。翡翠だ。翡翠のネックレス、小さな珠《たま》でできている——その珠の一個が平均的シュヤ人労働者の一ヶ月分の収入に相当する価値があることは知っていた。

「軍隊は給料がいいとみえる」

むろんそんなことはないと承知している。

驚いてテコッリは首に手をあてた。

「これですか。いや、思いちがいです。親戚からもらった形見です」

その言葉を早口で言った。そして眼は私と戸口の間をすばやく往復した。

「なるほど」

嘘をついていると知りながら、愛想よく答えた。それで男にも私が気がついているとわかる。結構だ。この男には気をもませておこう。それで少しは協力する気になるかもしれない。

テコッリが出てゆくと、李輝に後を尾《つ》けて憲兵隊の無線で報告するよう命じた。我々の若い恋人は急いでいる様子だったから、それがなぜか、知りたくなったのだった。


衛門府にもどってドクター・リーと簡単に打ち合わせた。鑑識は死体を調べていたが、重要なことは何も出てこなかった。パパロトルは手摺りを越えて投げ出され、高くしつらえた中二階から墜死したことを確認していた。

「激情の犯罪だよ」ドクター・リーは暗い声で言った。

「どうしてそう言えるんですか」

「犯人は手摺り越しに被害者を押し出したが、被害者は手摺りにしがみついた——木の上の痕を分析した。それによると犯人は被害者の指を引きはがして落としている。被害者の両手の傷のパターンからすると、犯人はまともに頭を働かせていない――効率的な行動をとっていないな」

激情。恋人の激情だろうか。給料に比べてあまりにたくさん金《かね》をもっているらしい恋人――テコッリはどこでどうやってあの金を稼いだのか。

鑑識も消えた音声チップを発見していなかった。ということはあの白鳥が重要であることは確かだ――どういう形でかはわからないが。

「指紋はどうです」

「ひとつも無かった。被害者のものもだ。犯人は手摺りをきれいに拭いたとみえる」

くそ。犯人は徹底している。

この会話の後、自分のオフィスにちょっと立ち寄った。そこで小さな仏壇に線香を一本供え、慈悲の神、観音菩薩《かんのんぼさつ》におざなりの祈りを捧げた。それからコンピュータのスイッチを入れる。フェンリウ市内のほとんど全《すべ》てのコンピュータと同じく、これも大メヒカ製だったから、画面が明るくなると様式化された蝶がまず現われた――ケツァルコアトル、メヒカの知識とコンピュータの神のシンボルだ。

これを見るといつも罪悪感がうずかずにはいられない。両親に電話しなければいけないと思い出させられるからだ――判官になって以来、どうしても実行するだけの勇気が出ない。しかし今回は一糸まとわぬパパロトルが手摺りからスローモーションで墜ちるイメージを頭の中から振り払うことができない。

かぶりを振った。おぞましい想像にふけっている余裕はない。仕事がある。

近所の人びとに事情聴取した憲兵からの予備報告が受信箱に来ていた。

報告書にざっと眼を通す。ほとんどの隣人たちはパパロトルの乱脈な暮らしぶりに眉をひそめていた。どうやらテコッリは被害者が家に連れこんでいた一連の男たちの最新の者にすぎないようだ。

私には言わないでおいた方がよいとテコッリが判断したことは、前の晩、パパロトルと激しい喧嘩《けんか》をしたことだった――どなり合う声が他のフラットにも聞えるほどだった。テコッリが出てゆき、パパロトルはその背中にドアを叩きつけて閉めるのを、一人の隣人が目撃していた。

その時には被害者はまだ生きていたわけだ。

この喧嘩についてはテコッリに訊ねてやろう。ただし、後での話だ。罠《わな》にはめようとするにはもっと証拠が要るし、これまでのところではまだ手掛りはほとんどない。

一方で、事務員の一人にパパロトルの姉の所在を調べるよう頼んだ。彼がデータベースで調べている間、私は書類仕事に励んだ。答えはまもなく出た。

パパロトルには姉が一人だけあり、他に生きている親族はなかった。コアホクはイスコパン・スクエア二三番地に住んでいた。妹のところから、通りをほんの二、三本隔てたところ、メヒカ地区の縁だ――次に向かうのはそこだった。

住所にあったのはメヒカ・レストラン「ケツァルの宿」だった。エアカーを数本離れた通りに駐《と》め、後は舗道の群衆にまじって歩いていった。刺繍《ししゅう》の入った綿のスーツを着たメヒカ人ビジネスマンや、黄色い化粧とお歯黒をして、膝までのスカートをはき、そそるように左右に揺れながら歩いている女たちを押し分けていった。

レストランの正面には等身大のメヒカ人女性が描かれていた。スカートと揃《そろ》いのブラウスを着て、電子コンロの前に立っている。女の上には竈《かまど》の神チャンティコがかがみこんでいる。マゲイ蘭の棘《とげ》で作った冠をかぶり、紅玉髄と琥珀《こはく》の重い腕輪をつけていた。

レストランそのものは二つの部分に分かれていた。忙しい人たちのエアカー向けにファーストフードを出す小屋と、より時間に余裕のある人びと向けの、より広い部屋だ。コアホクはどこで見つかるだろうと思いながら、この後者に向かった。内部はシュヤのレストランとたいして違わなかった。丸く低い卓の周りに座布団が置かれ、卓の上には料理を温めるための電気火鉢がある――ここの場合はメヒカ料理の主食の玉蜀黍《とうもろこし》のフラットブレッドだ。店内の空気には母の厨房《ちゅうぼう》にいつも漂っていた揚げ油と香料のなつかしい匂いがあった。

時間はまだ六つになるやならずやだったが、店は混んでいた。ほとんどはメヒカ人だったが、シュヤ人も何人かいたし、赤毛の下の青白い顔も一人いた。アイルランド系のアメリカ人以外の何者でもありえない。

眼についた最初のウェイトレスを呼び止めて、ナワトル語でコアホクのことを訊ねた。

「オーナーですか。二階で会計をしてます」

ウェイトレスはいろいろなソースを入れた鉢を抱えていて、赤の他人とおしゃべりなどしている暇がないのは明らかだった。

「会う必要がある」

ウェイトレスは眉をひそめて私を上から下まで眺めた——メヒカ人の顔とシュヤの官服をなんとか結びつけようとしているのはまちがいない。

「きっと良い知らせじゃないんでしょうね。左側の扉です」

コアホクは狭いオフィスにいて、コンピュータに数字を入れていた。隣に背が高く、ひどく憂鬱《ゆううつ》そうな様子の、眼鏡《めがね》をかけたメヒカ人の男が印刷されたシートを確認していた。

「数字が合わないようだよ」

「ちくしょうめ」

コアホクは顔を上げた。あまりに妹に似ているので、初め双子ではないかと思った。が、すぐに小さな違いが眼についた。わずかに大きな眼、より太い唇、それに、よりふくらんだ頬。

戸口に私が立っているのを見て、コアホクは凍りついた。

「何が欲しいの」

「私は——」その眼を見つめて、私は自分が仰天していることに気がついた。「名前は越蟵という。黄竜瀑地区の判官だ。妹さんが亡くなった。お訪ねしたのは、あなたに知らせるためと、いくつか訊ねたいことがあるからだ」連れに眼を移した。「席を外してもらえまいか」

男はコアホクを見た。そのコアホクは机の上にぐったりと寄りかかっている。顔がやつれている。

「コアホク」

「大丈夫だよ、マウイゾー。席を外してくれないか」

マウイゾーは不安そうな顔で私を見てから出てゆき、ドアをそっと閉めた。

「妹が死んだって」

コアホクは言って、しばらく両手を見つめていた。

「どうやって――」

「手摺りを越えて墜ちた」

女は私を見上げた。その眼のすばしこさは無気味なほどだった。

「墜ちた？　それとも突き落とされたわけ？」

「突き落とされた」

私はようやく認め、椅子を引いて座り、正面から顔をつき合わせた。

「で、誰が突き落としたのか、突きとめるために来た」

「その通り。今朝のことで、四つ頃、その時、どこにいた」

コアホクは肩をすくめた。私にアリバイを訊かれることは大したことではないとでも言うようだ。

「ここ。寝ていた。この階に部屋がある。それにレストランは五つにならないと開かない。でも、証人はいないでしょうね」

スタッフには確認するつもりだったが、コアホクの言うとおりで、誰も有利な証言はできないだろうと思った。慎重に言う。

「妹さんに敵がいたか、知っているか」

コアホクはまた自分の両手を見た。

「お力にはなれません」

「あなたの妹だろう。誰が殺したのか、知りたくないのか」

「知りたいかって。もちろんです。あたしは薄情なわけではない。でも妹に敵がいるか言えるほどよく知ってはいなかった。おかしいでしょう、あたしらがずっと離れてしまったのは。あたしらはテノチティトランから一緒に来た。たがいに相手の考えてることを自分も考えていた――それが今、十二年経《た》って、会うことすら稀《まれ》になった」

私は両親と最後に話したときのことを思い出しておちつかなくなった――仕事以外の場面でナワトル語をしゃべったのもあれが最後だ。一年、いや二年前か。

私にはできなかった。両親のもとを訪ねるたびに、同じものが眼に入るのだ。大メヒカでの暮しの名残りの詰まった、狭くみすぼらしいフラット。処刑された友人たちの写真があまりにたくさんあるので、葬儀場のようだ。テノチティトランの街路の、肉の焦げた匂いをまたかいでもいた。友だちのヤオトルが胸に銃弾を受けて倒れながら私の名を叫ぶのを見ていた。そして私は来るはずのない助けを求めて絶叫するしかできることがなかった。

コアホクが見つめていた。私は追憶から身を引きはがして言った。

「パパロトルの愛人たちのことは知っているな」

コアホクを見定めることができない。よそよそしく薄情に見えるかと思うと、声がしわがれ、ひどく苦労して言葉を絞り出しているようでもある。

「妹はその点では評判でした。それもみんな私のせいなんです。もっと頻繁に会ってやればよかったんです。訊ねていれば――」

私は何も言わなかった。姉妹のどちらも知らなかったから、ここで何か言っても、私自身にも見当外れに思えただろう。コアホクの声が途切れるのにまかせ、それから訊ねた。

「最後に会ったのはいつ」

「六日前。妹はマウイゾーと私と昼を一緒に食べました」

マウイゾーはコアホクと同じ年頃に見えた。あるいは少し年上かもしれない。

「マウイゾーは――?」

「家族にとっての友人です」

コアホクは言ったが、それ以上言うつもりはないという顔だった。

マウイゾーについて訊ねても、本当の答えは返ってこないと直観でわかった。私はその件は当面流れるにまかせて訊ねた。

「で、その時、妹さんは悩んでいるようには見えなかった」

コアホクはかぶりを振った。机の抽斗《ひきだし》を開ける。そして鼈甲《べっこう》のすらりとした美しいパイプをとり出し、震える手でタバコを詰めた。抽斗を閉める時、古い形の写真がちらりと見えた。貴族のマントを着た若いメヒカ人。写真は書類の中に半ば埋もれていた。

コアホクはパイプに火をつけた。深く吸う。花と煙草《たばこ》の匂いが狭いオフィスいっぱいに広がった。

「いいえ、あの時は悩んでいるようには見えませんでした。州知事室からの依頼の、新しい作品にとりかかっていた。とても自慢してました」

「その作品は見た？」

「見てません。白鳥と蜂鳥、シュヤと大メヒカのシンボルになることは知ってました。でも妹がどんな文章と音楽を選ぶのかは知らなかった」

「マウイゾーは知っていたか」

「マウイゾーがですか」コアホクは驚いた。「彼が知っているとは思えません。どうぞ、訊いてみてください。彼は私よりもパパロトルと親しかったですから」

マウイゾーに話を聞くつもりではあった。私は今聞いたことを必ず訊ねる質問のリストに加えた。

「すると妹さんは単に興奮していたのか」

「そうです。でも、見まちがいかもしれません。ほとんど一年以上会ってませんでした」

その声からまた感情が消えた。

「なぜ」

と訊いたものの、答えはすでにわかっていた。

コアホクは肩をすくめた。

「あたしらは――フェンリウにおちついてから、だんだんに離れてゆきました。各々《おのおの》が自分の道を辿ったということでしょう。パパロトルはホログラムと愛人とに逃げ場所を見つけた。あたしはこのレストランに自分のを見つけた」

「何からの逃げ場所を」

コアホクは私を見た。

「ご存知でしょう。あなたも内戦から逃げていらしたんでしょう」

私は驚いて言った。

「あなたが知っているはずはない」

「顔に書いてあります。それに、メヒカがシュヤの判官になる理由が他にありますか」

「他にも理由はある」

私は厳しい顔をしたまま言った。

コアホクは肩をすくめた。

「かもしれません。あたしが覚えていることを話しましょう。兄弟同士のいがみ合い。血で黒くなった街路。同士討ちをしている鷲連隊の戦士。屋根の上の狙撃手、市場で倒れてゆく人びと。一軒一軒に入って王党派を捜索しているテスカトリポカの僧侶たち――」

相手が口にすることの一つひとつから混乱した恐しいイメージが浮かんできた。国境を越えて逃げた十二歳がまだ自分の中にいるようだ。

「やめろ」ささやく。「やめるんだ」

コアホクは苦い笑みを浮かべた。

「やはり覚えていらっしゃる」

「そういうものは忘れた」

食いしばった歯の間から言った。

コアホクの視線は上へ下へ動き、私のシュヤのガウンと翡翠色のベルトを見てとった。

「そのようですね」

口調はひどく皮肉に響いた。が、眼はあふれそうな涙を湛《こら》えて裏切っていた。攻撃することで哀しみをまぎらわせていたのだ。

「他に何かお知りになりたいことはありますか」

パパロトルは愛人を待っていて、裸で死んだことを伝えることもできた。しかしそうしても意味はあるまい。妹の風変わりな習慣について知っているかもしれず、その場合には驚くことではないだろう。すべてを知っているわけではないとすれば、不必要に傷つけるだけだ。

「いや、他には無い」

私は結局そう言った。

コアホクは言葉を選ぶようにして言った。

「遺体はいつ引き取れますか。私は——葬儀の手配をしなければなりません」

そこで声がとぎれた。顔を両手に埋める。

相手がまた顔を上げるまで待った。

「できるだけ早く引き渡すようにしよう」

「わかりました。見られるような姿にできたらですね」

コアホクは苦い笑みを浮かべて言った。

それに対して返す言葉は無かった。代わりに言った。

「お邪魔した」

コアホクは肩をすくめたが、それ以上何も言わなかった。コアホクは画面に向きなおったが、それを見つめている眼に画面が映っていないことは明らかだった。何のことを思い出しているのかと思ったものの、それ以上踏みこまないことにした。

部屋から出たところで無線が鳴り、プライベートのメッセージが携帯に来たことを知らせた。マウイゾーが外で待っていた。

「すぐ後であなたと少し話がしたい」

ベルトから携帯をとりだしながら言った。

マウイゾーはうなずいた。

「コアホクのところにいます」

廊下の静かな隅に行ってメッセージに耳を傾けた。壁のフレスコ画は神々を描いていた。守護神ウィツィロポチトリは顔が青く塗られ、黒曜石のナイフを何本も刺したベルトを締めている。戦《いくさ》と宿命の神テスカトリポカは燃える摩天楼を背景に立ち、傍のジャガーを撫《な》でていた。

忘れたはずのものを思い出させられて、私はおちつかない気分になった。明らかにコアホクは昔ながらのやり方を守っていた――本人も認めていたように、あまりに強くしがみついていると言えるかもしれない。

メッセージは憲兵隊第六分隊からだった。衛門府を出た後、テコッリはブラック・テスの兵舎に行った。憲兵はもちろんそこで止まった。兵舎はメヒカ領だったからだ。しかし近くの屋根の上に置いた見張りが、中庭でテコッリが気も狂わんばかりの様子で長い電話をしているのを目撃していた。その後、自分の部屋にもどり、以来出てきていない。

私は第六分隊を呼び出し、テコッリが動いたらすぐに知らせるよう指示した。

それからマウイゾーの話を聞くため、コアホクのオフィスへもどった。


入った時、マウイゾーはコアホクの傍近く座り、低い声で話しかけていた。眼鏡の奥の眼はきらきらしていたが、その熱意には奇妙なところがあった。この男はコアホクにとって何に当たるのだろう——そしてパパロトルにとっては。

マウイゾーは顔を上げて私を見た。

「閣下」

そのシュヤ語はコアホクのものよりずっと訛《なまり》が少なかった。

「私たちだけで話ができる部屋はあるか」

「私のオフィスが隣です」

マウイゾーは言った。コアホクはまだまっすぐ前を見つめていた。眼はどんよりして、顔には表情が無かった。

「コアホク——」

コアホクは答えなかった。片手は鼈甲のパイプをいじくっていた。あまりに捻り、回すので、壊れるのではないかと心配になるほどだった。

マウイゾーのオフィスはコアホクの部屋よりずっと小さかった。ボールゲーム選手の巨大なポスターが何枚も貼ってあった。膝と肘のプロテクターを誇らしげに着けて、コートの上に舞いあがり、垂直の鋼鉄の輪にボールを入れようとしている。

マウイゾーは座らなかった。机に寄りかかり、胸の上に腕を組んだ。

「何をお知りになりたいんですか」

「ここで働いているのか」

「時々です。私はパオリ・テクのコンピュータ・プログラマです」

「コアホクとは知り合って長いのか」

マウイゾーは肩をすくめた。

「コアホクとパパロトルには十二年前、二人がここへ来た時に会いました。二人がこの地区に腰をおちつけるのを私の一門《カプリ》が助けました。二人は当時、とても若かった」自分がコアホクより大して年長でないことはあっさり忘れている。「それに……違っていた」

「どう違う」

しばらく待ってから訊ねた。

「森から追いだされた脅えた蜂鳥のようだった」

「戦争はそういう作用をするものだ」

私は決まり文句に頼って、そう言った。しかし私の中の一部、テノチティトランから逃げた脅えた娘は、それが決まり文句などではないことを知っていた。それは口に出せない過去を言葉に現わす唯一の方法なのだ。

「でしょうね」マウイゾーは言った。「私はフェンリウで生まれましたから、わかるはずもありません」

「二人は戦争で両親を失ったのか」

「二人の両親は旧政府に忠実でした――内戦で敗れた側です。ある晩、テスカトリポカの僧侶たちにみつかり、パパロトルの目の前で殺されました。彼女はついにその傷から回復しませんでした」

マウイゾーの声が震えた。

「そして今度は――」

その哀しみはわかりすぎるくらいわかったが、私はマウイゾーが私に言わせようとした言葉を口にしなかった。

「あなたはパパロトルをよく知っていた」

マウイゾーは肩をすくめた。

「コアホクを知っているのと似たり寄ったりです」

マウイゾーの眼がかすかにちらりと動くのが見えた。嘘つきめ。

「パパロトルには愛人がいた」

私に痛いところをを慎重にさぐった。

「パパロトルはいつも――コアホクよりも乱脈でした」

「婚約者はいなかったか」

「コアホクには婚約者がいました。イゼルはテノチティトランの旧政府の貴族でした。パパロトルとコアホクを監獄から釈放するよう取引したのはその男です。僧侶たちが両親を殺した後です。でも、かれも死んでいます」

「コアホクの抽斗の中の写真の男か」

マウイゾーは驚いた。

「ご覧になったのですか。そうです、あれがかれです。コアホクはかれを忘れられていません。いまだに霊前にお供えをしています。そういうナンセンスなことなどは届かないところに行ってしまってるんですが。時間がたてば忘れられるだろうと期待しましたけれど、コアホクは忘れないんです」

「イゼルの死に方は」

「国境にまだ少し距離があるところで、一行のエアカーを反乱軍の戦士の一団が追いかけだしました。イゼルはコアホクに先へ行けと言って、自分の銃を抜いて飛びおりました。彼は戦士たちのエアカーをなんとか止めることはできましたが、捕まりました。そして処刑されました」

「英雄の死に方だ」

マウイゾーの笑みに喜びはない。

「そして英雄の生涯ですね、確かに。コアホクがそう簡単にイゼルのことを忘れられない理由もおわかりでしょう」

その口調は苦く、なぜかわかる気がした。マウイゾーはコアホクの心の中に場所を占めることを期待していた。が、いつも目の前に死者が立ちはだかっているのだ。

「パパロトルについて話してくれ」

「パパロトルは――難しい子でした。強情で独立心が強かった。そして自分の芸術に集中するために一門を離れ、我々の慣習を捨てました」

「で、あなたはそれをよしと認めなかった」

マウイゾーの顔が歪んだ。

「あの子に見えているものが、私には見えませんでした。私は戦争をくぐり抜けていません。私には判断する権利はありませんでした——一門にもありません」

「つまりあなたはパパロトルを愛していた。あなたなりに」

マウイゾーは驚いた。

「そうです。そう言われてもおかしくありません」

その言葉にはもっと深い意味が聞えたが、私にはしかと摑《つか》むことはできなかった。

「テコッリは知っているか」

マウイゾーの顔が暗くなった。そして一瞬、その眼が人殺しの眼になった。

「知っています。パパロトルの愛人でした」

「あの男のことは気に入らないか」

「一度会いました。あの類《たぐい》は知っています」

「知っているとは」

マウイゾーは言葉を吐きだした。

「テコッリは寄生虫です。人が与えずにはいられないものをことごとく取りあげ、そして何も返しません」

「愛も？」

何も知らないふりをして私は訊ねた。

「では、申し上げましょう」

マウイゾーはそう言って私を見上げた。だしぬけに眼の前にいるのは弱々しいコンピュータ・プログラマの顔ではなくなっていた。黒く筋の入った戦士の顔だった。

「あの男は何もかも吸い取ってしまうのです。人の血を飲み、痛みを喜び、離れる時にはカラカラに乾いた殻しか残さない。あの男はパパロトルを愛していたわけではない。あの子があの男のどこがいいと思っていたのか、ついにわかりませんでした」

その最後の一節にこめられていたのは、テコッリへの憎悪だけではなかった。

「あなたは嫉妬《しっと》していた、あの二人の双方に」

マウイゾーは私の言葉にたじろいだ。

「いや。いや、そんなことはありません」

「殺してもおかしくないほど嫉妬していた」

マウイゾーの顔から表情が消え、しばらくは何も言わなかった。やがてまた眼を上げた時、マウイゾーは先ほどより小さくなり、ほとんど懺悔《ざんげ》しているようだった。

「あの子にはわかりませんでした。時間を無駄にしていることがわからなかった。納得させることができませんでした」

「あなたは今朝、どこにいた？」

マウイゾーは笑みを浮かべた。

「アリバイの確認ですか。申し上げられることはほとんどありません。私は非番でした。それで青鶴塔《ブルー・クレーン・パゴダ》のあたりに散歩に行きました。それからここに来ました」

「誰もあなたを見てはいないか」

「私が誰だかわかる人間には会いませんでした。通りがかりの人間は何人かいましたが、私は注意を払いませんでしたし、向こうも私に注意を払ったとは思えません」

「なるほど」

そうは言ったものの、先ほどの真黒《まつくろ》な怒りは忘れるわけにはいかない——パパロトルが作業場に裸でいて、愛人を待っているのを見れば、そのときだけのことにしても冷静さを失ったこともありえる、ということは忘れるわけにはいかない。

「ありがとう」

「ご用がもうなければ、私はもどります」

私はかぶりを振った。

「いや、用はない。後で訊きたいことが出てくるかもしれないが」

それを聞いてマウイゾーはおちつかない顔になった。

「できるかぎり答えましょう」

私は別れて、混んでいるレストランを抜けていった。スピーカーががなりたてている聖歌に耳を傾け、玉蜀黍とオクトリ酒の匂いを吸いこんだ。コアホクの言葉を頭から払いのけることができなかった。

あたしが覚えていることを話しましょう。兄弟同士のいがみ合い。血で黒くなった街路

……

それは忘れたはずの悪夢だった。とっくの昔に忘れたはずの。私に影響することもないし、傷つけることもないはずだった。私はシュヤ人だ。メヒカ人ではない。私は安全だ。シュヤの懐に収まり、道家《タオけ》の仙人たちと仏陀《ブッダ》を敬い、東進《ドンジン》にある帝室に保護されていると信じている。

安全だ。

しかし、戦争が完全に消えてなくなることは、どうやらないのだ。

私は物思いにふけりながら衛門府にもどった。マウイゾーもコアホクも、それぞれのアリバイを裏づけられる人間は見つからなかった。八つ時に入ってかなり経っていたから、自分の机で遅くなった昼食を急いでとった——パクチー入り麺とココナッツ・ゼリーのデザートだった。

メールをチェックする。憲兵隊からの報告が二つ三つ待っていた。それらの日付は「ケツァルの宿」へ出かける前になっていた。官僚機構の網の目につかまって、衛門府に届くまで時間がかかっていたのだ。

動きの鈍い行政機関を罵《ののし》りながら、大して期待せずに読む。

とんでもない話だった。

メヒカ地区憲兵隊の第七分隊がパパロトルの左隣の住人に事情聴取していた。不眠症の老商人で、三つ時に起きていた。かれはテコッリがパパロトルのフラットに入るところを見ていた。実際にテコッリが憲兵隊を呼ぶたっぷり三十分も前だ。

しまった。テコッリがずっと早く死体を発見できていた可能性があるのだ。とすれば、やつはなぜすぐに通報しなかったのか。なぜ、そんなに待ったのか。

証拠の湮滅《いんめつ》。そう思うと、動悸《どうき》がどんどん速くなった。

テコッリを逮捕しておくべきだった。代わりに自分の古臭い理想にしがみついた。拷問はおぞましい。判官は真実を見つけるのが仕事で、容疑者から絞りだすもんじゃない。甘かった。

さて……

やつのことは見張らせている。電話を何本かかけている。何らかの動きを見せるのは時間の問題だ。

ため息をついた。一度ミスをすれば、そのコップは底の澱《おり》まで飲み干した方がいい。待つことだ。

いらだたしいやり方だった。午後が過ぎ、夜も深まった。座禅を組もうともしてみたが、呼吸を整えるに足る集中ができなかった。しばらくして、無駄なことだと諦めた。

呼出しが来た時、あまりに緊張していたので、取ろうとした携帯をすっ飛ばしてしまった。

「閣下。こちら憲兵隊第六分隊です。標的が動きだしました。くり返します。標的が動きだしました」

私はコートを摑んで飛びだし、私のエアカーを回せとわめいた。

第六分隊のエアカーと待ち合わせたのは、フェンリウでもかなりいかがわしい界隈《かいわい》だった。吉祥園《ガーデン・オブ・フェリシティ》だ。かつては中産階級の地域だったが、ごみごみした借家と空き家になった建物、時に建築途中で放棄されたものの集まりに堕していた。

分隊を率いる李輝と簡単に打ち合わせた。テコッリはブラック・テスの兵営を出て、フェンリウ市内を縦横に走っているリニアモーター電車に乗った。分隊員の一人が電車に乗ったテコッリを尾けると、かれは吉祥園駅で降り、歩いて老子《ラオジ》大通りの小さな、これといって特徴のない店に入った。

我々のエアカーはどちらも老子大通りの角、店から五十歩ほどのところに駐めていた——テコッリはそこから出てこない。

私は三人の憲兵が各々の仕事用の武器を点検しているのを見た。自分の伊森《イセン》半自動拳銃を引き出した。

「入るぞ」

言ってから銃を一息の動作で装塡《そうてん》した。弾丸が薬室に送りこまれるかちりという音が聞えた。

店の閉じているドアの近くに立ち、自分の銃の重みを頼りに体を支えていた。この遅い時間では、街に人影はほとんど無かった。たまたまさ迷い出てくる者があっても、大きく迂回していった。シュヤの治安機構に進んで手出ししようとはしない。

李輝は爪先立ちして窓越しに覗こうとしていた。しばらくして降り、指を三本立てた。つまり三人。あるいはそれ以上。李輝はあまり確信がないようだ。

武装しているか。私はサインで訊いたが、李輝は肩をすくめた。

結構。今は行動に出るしかない。

手を挙げて合図をした。

先頭の分隊員がドアを蹴破り、「憲兵隊だ」と叫びながら跳びこんだ。二人の憲兵にはさまれて私も続いた。必死に銃を持ちあげようとする。戦争の記憶、テノチティトランの市場で王党派と反乱側がたがいに撃ち合う中、戸口に体を押しつけている記憶があふれる。ちがう。

今はちがう。

中では何もかも暗い。例外はぼんやり明るいドアだけだ。そのドア口を抜けて走る影がいくつか、見えた。

追いかけて自分もドアを駆けぬけようとした。が、誰か――李輝だった――が肩に手を置いて押し止めた。

自分が地区判官であることを思いだした。彼らとしては私の生命を危険にさらすわけにはいかない。腹立たしいが、こういう場面での訓練を受けていないことはわかっていた。うなずいて承知したと李輝に伝え、かれがドアから跳びだしてゆくのを見送った。

向こうの部屋から銃声が響いた。最初に部屋に入った男が倒れた。肩を押さえている。さらに銃声が数発——分隊員の姿は見えない。皆、ドアの向こうだ。

あたり一面、死んだように静かになった。私は慎重に動いて、カウンターを回り、ドアの向こうに踏みこんだ。

見えていた光は数台のホログラムの台座から出ていた。映像はオンになっていたが、音は出ていない。床にはチップがばらまかれていた——あやうくその一枚を踏みそうになる。

木の羽目の部屋の隅に、私の知らない小柄でしなびたシュヤ人の女の死体があった。その傍に女の撃った銃。憲兵の銃弾は胸に当たり、後ろの壁にはじき飛ばしていた。

その隣にテコッリが降伏の姿勢でうずくまっていた。二人の憲兵がその上に立って銃を向けていた。

私は冷たい笑みを浮かべた。

「おまえを逮捕する」

「おれは何も悪いことはしてません」

テコッリがまっすぐ体を起こそうとしながら言った。

「騒乱罪で充分だし、憲兵に抵抗するのは重罪だ」

こう言いながら、部屋の中を見まわしていた私の眼がホログラムの台座の一つの上の映像に止まった——あまりにおなじみの映像、宦官の灰色の絹のガウンを着た中国人の男の姿がゆっくりと消えて、大洋を往《い》く十三隻の平底帆船に代わった。

パパロトルのホログラムだ。

複製はされていないはずのもの。あるいはパパロトルの作業場以外の場所で売られてはいないはずのもの。

パパロトルの台座にチップが入っていなかったことを思い出した。そしてテコッリがどこから大金を得たのか、いきなり理解した。チップを盗み、複製してコピーを闇市場で売っていたのだ。それをパパロトルに見つかった——喧嘩の原因はそれにちがいない。

しかしテコッリにとっては事情が違う。かれは鷲の騎士だ。庶民よりは罰則は重くなる。この種の犯罪を犯せば、本人は処刑され、家族も不名誉をこうむる。テコッリとしてはパパロトルの口を決定的に封じねばならなかった。

あの男は何もかも吸い取ってしまうのです。

あの時、私に対してそう言った時、その言葉がどれほど真実をついていたか、マウイゾーが知っていたはずはない。マウイゾーが知る術《すべ》は無かった。

テコッリの眼が私の眼と合った。私が抱いている嫌悪感を見てとったにちがいない。その顔から仮面がすべてはがれおちた。

「おれは殺してない。誓って言うが、おれは殺してないんだ」

今にも泣きだしそうだ。

私は食いしばった歯の間から吐き捨てた。

「連行しろ。あとは衛門府で処理する」

事務員の宜枚林《イ・メイリン》が入ってきたのは、予備報告の最後の部分をタイプしている時だった。

「やつはどうしてる?」

「まだ無実だと訴えてます。見つけた時にはすでに死んでいて、余分の半時間はホログラムをいじった時についたかもしれない証拠をぬぐっていたと言ってます——台座の指紋を拭きとっていたそうです」

宜枚林はいっぱいに詰まった段ボール箱を両手に抱えていた。上に紙が一枚、蓋《ふた》をしている。

「やつの所持品です。ご覧になりたいだろうと思いました」

溜息をつく。コンピュータの画面を見ていて眼が痛んだ。

「そうだな。点検しなければなるまい」

なくなっていたチップは闇市場で見つかるだろうが、白鳥のホログラムの音声チップはどこにも無いことはすでにわかっていた。テコッリは盗んだことを否定していた。現状でやつの言うことを信用しようというわけではなかったが。

「ジャスミン茶をお持ちしましょう」

宜枚林はそう言ってドアから滑り出ていった。

半ば自動的にテコッリの所持品をざっと見ていった。いつものもの。財布、鍵、元《ユエン》銅貨

──煙草銭にもならない。金属製の唇飾りは長期間肌と接触して曇っている。蜂蜜につけてローストした瓢箪《ひょうたん》の種の袋が一つ、プラスティックに包んだままのもの。

紙の束が一つ。何重にも折ってある。それを取り上げ、開いてみて文字に眼が釘付《くぎづ》けになった。台本の一部だ──白鳥の台本だ、とわかって動悸が速くなった。テコッリは蜂鳥の声だった。そしてパパロトルの台本にはテコッリの役柄の準備として、力を入れて下線を引いたり、註釈を書きこんだりしてあった。

白鳥──パパロトルの声──は単に一連の日付を読みあげてゆくだけだった。シュヤの中国との独立戦争中、運命のきわまった赤《トラトラウキ》のテスカトリポカ第二連隊の突撃、三国戦争とメヒカ・シュヤ同盟の合州国に対する勝利。

そして最後に十二年前のメヒカ内戦。秩序回復のため派遣されたシュヤの部隊、故郷の街から逃げ出し、国境を越えて定住した何千ものメヒカ人。

白鳥はそこで沈黙し、蜂鳥が現われた。テコッリの役が始まったのはそこだ。

第五の太陽、トナティウが昇ったばかりだ。私の独房の外ではウィツィロポチトリの僧侶たちが私を犠牲に供する祭壇を用意しながら、聖歌を唱えているのが聞える。そなたが国境を越えたことは承知している。シュヤ人は我らが民族をあれほど多数歓迎したから、そなたも歓迎するだろう。そしてそなたはそこで新たな生活を作る。唯一の悔いは私もそこにいてともに歩むことがないことだ──

何だこれはと思いながら、ページを繰った。それは長く痛切な独白だった。が、パパロトルの作業場で聞いた音声チップとは違った感じがした。それはまるで——より本物らしい、と思えて、なぜかわからず、ぞっとした。最後から一つ前のページの一番下まで繰ってみた。

この手紙はそなたのもとへ届くだろう。彼らは敵ではあっても、公明正大な人間だ。私のために泣かないように。私は祭壇の上で戦士として死ぬのだし、私の血はトナティウを強くする。ただ、私の愛は今もこれまでも常にとこしえにそなたのもとにある。花々の色褪《いろあ》せてゆくこの世であろうと、神の天上であろうと。

イゼル

イゼル。

コアホクの婚約者。

「ケツァルの宿」に着いた時は三つだった。レストランに人気《ひとけ》は無かった。客はすべてとうの昔に家に帰っていた。

二階のオフィスにはまだ灯《あか》りが点いていた。そっとドアを押し開くと、彼女が窓際に、こちらに背を向けて立っているのが見えた。鹿の刺繍がされたガウンとマゲイの繊維のショールを着ていた——大メヒカの女たちの伝統的衣裳《いしょう》だ。

「ご苦労様です」

ふり向かずに言った。

「マウイゾーはどこだ」

「暇を出しました」

コアホクの声には感情というものが無かった。机の上にイゼルの色褪せた写真が立てられ、その前に何かの草を入れた小さな鉢があった——霊前のお供えものだ。

「あの人にはわかりませんから」

コアホクはゆっくりと向きなおった。頬の両側に黒い筋が二本、描かれていた。火葬の前に死者の顔にする化粧だ。

驚き、たじろいだが、コアホクは私に向かって近づくそぶりも見せなかった。慎重に私はテコッリが持っていた皺《しわ》くちゃの紙を差し出した。

「元の手紙をパパロトルはあなたから盗んだのだな」

コアホクはかぶりを振った。

「もっと何度も会っておけばよかったのです。ここへ移ってきてから。あの子がどんなものに変わっていたのか、確めるべきでした」

コアホクは机に両手をついた。女帝のように堂々としている。

「手紙が無くなったとき、パパロトルのことは思いつきませんでした。マウイゾーはテコッリではないかと疑ってました——」

「マウイゾーはテコッリを憎んでいる」

「どうでもいいのです。私はパパロトルのところへ行き、手紙を見たかどうか訊ねました。

あたしには思いもよらなかった」

気をおちつけるため、深く息を吸った。化粧の下で肌が赤くなっている。

「行ったとき、ドアを開けたあの子は――丸裸で、しかも服を着ようかとも言わなかった。あたしを下に残し、作業場へ向かいました。やりかけているものがあると言いました。あたしは後に続きました」

コアホクの声は震えていた。が、それを押さえこんだ。

「テーブルの上に手紙がありました。あの子が持っていったのです。そのことを訊くと、あの子はホログラムのことを話しました――これが売れれば、私たちは有名になる、そして知事室はそれを誰でも見られるところに置く――」

私は何も言わなかった。その場から動かず、次第に激しい口調になってゆく言葉をじっと聴いていた。しまいには一語一語ちぎって投げられているようになった。

「あの子は……あたしの痛みを売ろうとしていた。ひとかけらの名声のために、あたしの追憶を売ろうとしていた。あの子は――」

コアホクは深く息を吸った。

「あたしはやめてくれと言いました。正しいことじゃないとも言いました。でもあの子は踊り場に立って、かぶりを振りながら笑っていた――まるで自分としてはあらゆることがぴったりはまるようにあくまでも追求しなければならないのだ、とでも言うように――

「あの子にはわからなかった。まるでわからなかった。あまりに変わってしまった」

コアホクは自分の両手を見つめ、それからイゼルの写真に眼を戻した。

「あの子を黙らせることができなかった、わかりますか。あたしはあの子をぶって、押しまくった。でも、あたしを笑うのをやめなかった。あたしの痛みを売るのを――」

コアホクは私に視線を上げた。私はその眼に浮かんでいるものが何かわかった。すでに死んでいて、それを承知している者の眼だった。

「あたしはあの子をどうしても止めなきゃならなかった」

そう言う声は今度はひどく低く、ほとんどすべて出しつくした、というようだ。

「でもあの子はどうしてもやめなかった。墜ちた後でもまだあたしを笑っていた」

今、コアホクの眼には涙があった。

「まだ、あたしを笑っていた」

私は苦労して言葉を探りながら言った。

「自分がどうなるか、知っているな」

コアホクは肩をすくめた。

「気にしてると思いますか、越螞殿。とうの昔に、何もかもどうでもよくなってしまっていたんです」

最後に、憧れの眼でイゼルの写真を見やった。それから背中を真直ぐにした。

「私がしたことも正しいことではありません。やるべきことを果たしてください」

憲兵が部屋に入った時、コアホクは姿勢を正したままだった――手首に手錠をかけ、連れ出された時も体を曲げることはしなかった。処刑の方法がどんなものであれ、処刑の日にも身を屈することはついに無いと、私にはわかっていた。

レストランを出た時、憲兵隊のエアカーを見物に集まっていた少数の野次馬の中にマウイゾーの姿がちらりと見えた。その眼が私の眼と合って、一瞬からみあった——眼鏡の奥の哀しみの深さに、私は息が詰まって吐くことができなくなった。

「すまない」と私は囁《ささや》いた。「裁きはつけねばならない」

しかし、私の声が聞えたとも思えなかった。

衛門府にもどると、机に座り、自分のコンピュータのスクリーンセイバを見つめた——ケツァルコアトルの蝶の一匹が増殖して画面いっぱいにまでなる。それを見ていると理由も理屈もなくほっとする。

テコッリの処分をしなければならなかった。報告書をタイプしなければならない。朱褒に電話して、かれの信頼は見当違いではなく、私は下手人を見つけたと知らせなければならない。私は——

私は何もかも吐き出してしまって空っぽになっていた。ようやく体を動かし、小さな祭壇の前に跪《ひざまず》いた。震える両手でゆっくりと線香に一本火を点け、漆塗《うるしぬ》りの銘板の前に立てた。それから膝をついたまま、コアホクの記憶を消そうとしてみた。

私に言った言葉を思いかえした。

とうの昔に、何もかもどうでもよくなってしまっていたんです。

そして永遠とも思える昔の、私自身の言葉。

戦争はそういう作用をするものだ。

パパロトルのことを、追放と両親の死を忘れるためにメヒカの習慣に背を向けた娘のことを思った。彼女が作っていった人生のことを思った。パパロトルが手摺りを離し、ゆっくりと床に墜ちてゆく姿が見えた。コアホクの眼、すでに死んでいる者の眼が見えた。自分も受け継いだものに背を向けたことを思った。シュヤのことを、私を受け入れてくれたものの、癒すことはしなかったシュヤのことを思った。

シュヤに私を癒すことはできない。いかに遠く、自分の恐怖から逃げようとも。

私はほんの一瞬、眼を閉じた。そして気が変わる前に立ち上がり、電話に手を伸ばした。もう何年もかけていなかったが忘れてはいなかった番号を指がダイアルした。

虚空で電話が鳴っていた。私は待った。喉がからからだ。

「もしもし、どなた」

腹の中が虚《うつ》ろになった——恐怖ではない。恥ずかしさだった。ナワトル語で言った。一つひとつの言葉がなかなか出てこない。

「母さん、わたし」

私は怒りの言葉を、果てしなく続く非難の言葉を待っていた。が、そんなものは何も無かった。ただ、母の声が、今にもとぎれそうになりながら、テノチティトランでつけられた名前を呼んだ。

「あら、ネネトル、よく電話してくれたねえ」

その名前は何年も耳にしていなかったにもかかわらず、他のどんなものも不可能なほどぴったりだと思えた。

船を造る者たち

The Shipmaker

船は生きて呼吸しているものだ。そのことをダク・キエンは承知していた。エンジニア居住体《ハビタット》に渡ってくる前からわきまえていた——外の軌道にボットたちがゆっくりと組み立てている巨大な塊を眼にする前にすでに知っていた。

先祖たちは古き地球の黎朝《れいちょう》の昔、翡翠《ひすい》を彫っていた。緑の塊を望む形に切り刻むのではない。石の本質が現われるまで削って形を整えていったのだ。船も翡翠と同じだ。外部の各セクションに無理矢理押しつけるのではない。シームレスな全体に流しこまれなければならない——最後に胆魂《マインド》が宿ることになるが、それはリベットの一本一本、目張りの一つひとつと同じく、船の一部だ。

東方人やメヒカ人は理解していない。かれらが口にするのはリサイクルや効率の良さを求める設計だ。前の船から部品を回収することしか眼に入らない。それで金《かね》と時間を節約したことにしてしまっている。意匠和合棟梁《グランド・マスター・オブ・デザイン・ハーモニー》としてのダク・キエンの仕事がこの居住体全体で最も重要なのはなぜか、かれらにはわかっていなかった。船はできた暁《あかつき》には一個の統一体なので、一万もの異物のつぎはぎではない。ダク・キエンにとって——そしてその後に来る抱魂婦《マインド・ベアラー》にとっては、船が生み出されるのに手を貸す、金属とケーブルと太陽電池を星々の間の虚空を渡る存在へと変えるのに協力するのは光栄なことだった。

○6○

扉がすべって開いた。ダク・キエンは顔を上げることもしなかった。軽い足どりから、先任意匠師の一人、ミアフアかフェンのどちらかとわかった。二人とも理由もなく邪魔することはしない。溜息をついて両手をひと振りし、システムとの接続を切って、視野に重なっていた設計図が消えるのを待った。

「閣下」

ミアフアの声は静かだった。シュヤ人は背筋を伸ばしている。肌は黄ばんだ臘《ろう》のように薄い色だ。

「シャトルが戻ってきました。乗っている方に面会された方《ほう》がよろしいかと存じます」

ダク・キエンは実に様々なものを予想していた。表敬に来た試験の同期生。どこか他のポジション、おそらくは帝都からさらに遠いところへの任命を東進《ドンジン》から伝えに来た帝国監察官。あるいは自分の人生の選び方は妥当ではないと注意しに来た一族のうちの誰か、母か姉妹か、義理の叔母《おば》。

まったく初対面の人間とは予想していなかった。褐色の肌、ヴィエト人といっても通るくらいに濃い——唇は薄く、白く、眼は月のように丸い。

メヒカ人、異邦人だ——ダク・キエンはそれ以上連想が働く前にやめた。女は木綿や羽根をまとってはおらず、シュヤの主婦が着る絹のガウンを着て、結婚の五宝（ネックレスから腕輪にいたるまですべて純金）がその闇の肌を背景に星のように輝いていたからだ。

ダク・キエンの視線は下に移って女の腹の曲線に至った。突き出している膨らみはあまりに大きいので、全身の輪郭のバランスが崩れていた。

「ご挨拶します、妹御よ。私はダク・キエン、この居住体の意匠和合棟梁です」

初対面の人間に話しかけるのにふさわしい公式の語調を使った。

「姉上」

メヒカ人の眼は血走り、その重い顔に深くくぼんでいる。

「わたしは――」

顔がゆがみ、片手が腹に動いた。まるで引裂こうとでもするようだ。

「ゾキトル」

ようやくささやいたが、その発音は母語の耳ざわりなパターンにもどってしまっていた。

「わが名はゾキトル」

眼が上にひっくり返りはじめた。なお言葉を続ける。韻律にのっているように聞えるのは、丸暗記で覚えたからだろう。

「われは子宮にして休むところ、速める者、抱魂婦です」

ダク・キエンの腹がぎゅっと縮んだ。氷の拳で握りしめられたようだった。

「早産ですね。船は――」

「船は用意されねばなりません」

脇から口をはさまれて驚いた。全神経がメヒカ人――ゾキトル――と彼女がここへ来た意味に吸い取られていた。今、シャトルのもう一人の乗客に無理矢理眼を向けさせられる羽目になった。三十代半ばのシュヤ人の男。訛《なまり》は第五番惑星のアンジュー州のものだ。そのガウンの鶉《うずら》のバッジと金のボタンは第七等級の下級役人を示している――が、陰陽の印、絹地に鮮やかな白と黒の印がついていた。

「産匠《バース・マスター》ですね」

ダク・キエンは言った。

男は頭を下げた。

「ありがたくも、務めさせていただいております」

顔は荒削りで、凹凸や平らなところに光が当たってことさらに強調されていた。薄い唇、高い頬骨。

「倉卒《そうそつ》をお許しください。ですが、一刻を争います」

ダク・キエンは女に眼をもどした。女の眼には痛みから霞《かすみ》がかかっていた。

「どういうこと――」

「早まったのですね」

ぴしゃりと言ったのは到着時刻のことではなかった。

産匠はうなずいた。

「あとどれくらい」

「もって一週間」産匠の顔が歪んだ。「船は用意ができていなければなりません」

ダク・キエンの口の中に苦いものが湧いてきた。船は作られるわけではない――翡翠の彫刻同様、後で修正は効かないし、見落しがあってもならない。ダク・キエンとそのチームは船をゾキトルの子宮にいる胆魂専用に設計した。帝国の錬金術師たちからわたされた仕様書を基にして、ゾキトルが抱えている存在を形作っている気質、視覚器官、それに肉体の微妙なバランスをとっていた。船は他の誰の言うことも聞かない。ゾキトルの胆魂だけが御魂屋《ハート・ルーム》を把握し、船を加速し、高速の星間航行が可能になる深宇宙《ディープ・スペース》へ船を導くことができる。

「無理――」

ダク・キエンは言おうとしたが、産匠はかぶりを振ったから、彼が何と言うかは答えを聞くまでもなかった。

やらねばならない。今の地位は自分から主張して手に入れた。科挙で二位になったにもかかわらず、衛門府の判官でもなく、宮廷の行政機構の高官でもなく、令名高い祐筆庭でもない。どれにもなる権利はあった。帝国法廷は判決をくだすにあたってそのことも考慮するはずだ。

二度めのチャンスは無い。

「一週間」ハンはかぶりを振った。「おまえのこと、何だと思ってんだ。メヒカの工場監督か」

「ハン」

長い一日だったから、住まいに戻った時、ダク・キエンはやすらぎを求めていた。後から思えば、このニュースをハンがどう受け止めるか、わかっていたはずだった。パートナーは芸術家、詩人で、ぴったりの言葉、ぴったりの引喩《いんゆ》を常に探しもとめていた——船の設計に求められる繊細さを理解するには理想の相手だ。緊急の対応の必要性を呑《の》むみこむには、それほど理想的とは言えない。

「やらなきゃならない」

ダク・キエンは言った。

ハンは顔をしかめた。

「圧力をかけられてるからか。それって、どう見えるか、わかってるだろ」

部屋の真ん中に置かれたマホガニーの低い食卓《テーブル》の方を身ぶりでさした。透明な立方体の中に船の設計が浮き、ゆっくりと回っていた——垣間見える内部には他の船、霊感のもとになった船の姿が散らばっている。《緋鯉《レッド・カープ》》や《金山《ゴールデン・マウンテン》》から《雪白華《スノウホワイト・ブロッサム》》といった偉大な船だ。これらの船の闇の中にきらめく船殻が、徐々に微妙に姿を変えて、居住体の外に浮かんでいる船の最終的な構造を形作ることになる。

「大事なのは全体だ。あれを切り刻んでおいて評判に傷がつかないと考えるのはムリだ」

「あの子は死ぬかもしれない」結局ダク・キエンは言った。「出産でね。それが無駄になると一層まずい」

「娘がか、ありゃ、ギだ。異邦人だ」

つまり、どうでもいいのだ。

「私たちもその昔はそうだった」ダク・キエンは指摘した。「すぐ忘れるね」

ハンは口を開き、また閉じた。メヒカ人はよそ者とは言えないと指摘することもできた――シュヤの母国である中国はかつて何世紀も大越《ダイ・ヴィエト》を保有していた。しかしハンはヴィエトであることを誇りに思っていて、そういう細かいことは恥ずかしくて口にしようとはしないにちがいない。

「じゃあ、娘のことが気になってるんだ」

「あの子は自ら望んでやっている」

「褒美《ほうび》のためだな」

ハンの声にはかすかに軽蔑の響きがあった。胆魂《はら》を孕む娘たちのほとんどは若く、必死になっていて、高官との結婚とひきかえに妊娠のリスクを進んで引き受けていた。代償には、本人の地位、歓迎してくれる一族、それに血筋の良い子どもを産めるチャンスも含まれた。

ハンもダク・キエンも、それとは反対の道を選んでいた。とうの昔にだ。二人は、そして同性関係を結んだシュヤは誰であっても、子どもを持つことは無い。仏壇で線香をあげてくれる者はいない。死んでからその名を唱え、称《たた》えてくれる声もない。生きている間は二級市民だ。祖先に対する義務を果たすことが常にできないからだ。死ねば蹴とばされ、忘れられる――初めからいなかったように消される。

「そうとも言えない。あの子はメヒカだ。あの子が生まれたところでは物の見方もちがう」

「話を聞いたかぎりじゃ、その子はシュヤとしての理由からやってるようだけどね」

売名のため、子どものため。どれもハンは毛嫌いしていた——足枷《あしかせ》と呼び、世代を重ねてもいつも子どもを作らねばならないという圧倒的な圧力とみていた。

ダク・キエンは唇を噛《か》んだ。ハンの揺らぐことのない確信がもてればと思った。

「この件では、私に選択肢はほとんど無いようなんだ」

ハンはしばし黙りこんだ。やがて動いてダク・キエンの後ろに回って止まる。髪がダク・キエンの肩にかかる。両手がダク・キエンの首筋を撫《な》でた。

「あたしらにはいつも選択肢があると言ってるのはおまえの方だよ」

ダク・キエンはかぶりを振った。確かにそう言った——結婚して子どもを作るべきだと一族からくり返しむし返されるのにうんざりした時。愛を交わした後で闇の中に並んで横たわり、未来が、子どももなく、昔ながらの偏見に囲まれた未来が目の前に伸びるのが見える時だ。

何をどうやってもハンは理解しなかった。ハンはいつも学者になりたいと思っていた。大人になったら他の女を愛するようになるとずっとわかっていた。ハンは望むものを必ず手に入れてきた——そして何であれ、本当に熱心に望めばそれは実現するのだと信じていた。

そしてハンは子どもが欲しいと思ったことは一度も無かったし、これからもあるはずはない。

「そういうことじゃない」ハンの愛撫《あいぶ》に少しずつ身を任せながら、結局ダク・キエンは言った。まったく別のことなのだ。ハンもそれはわからなくてはいけない。「私はここへ来ることを選んだ。その方面で名を成すことを選んだ。そして私たちは自分の選んだことを最後まで貫かなくてはならない」

肩をつかんだハンの両手がきつくなった。

「しゃべるのは勝手だ。おまえが後悔するのは時間をムダにしてるだけだ。まだ元にもどって世間体をつくろえるんじゃないかと思ってもムダだ。おまえはあたしを選んだ。この人生、この結果を選んだ。あたしら二人とも選んだんだ」

「ハン――」

そういうことじゃない。ダク・キエンは言いたかった。ハンは愛している。心から愛していた。しかし……自分は闇に放りこまれた石、ナビもなく漂流する船なのだ――自分の行為をそれでいいと言ってくれる一族も夫もなく、自分よりも長生きする宿命にある子どもという慰めも無い。

「大人になりな」ハンの声は荒々しかった。顔をそむけ、壁にかけた風景画に向けている。「おまえは誰かのおもちゃでも奴隷でもない――とりわけおまえの一族のおもちゃでも奴隷でもないんだ」

なぜなら一族には皆縁を切られたからだ。しかしいつもの通り、言葉は役に立たなかった。そして二人は昔からの言い争いの影を、剣の刃のようにひきずってベッドに入った。

翌日、ダク・キエンはフェンとミアフアとともに、どう修正ができるか、船の設計図を見直した。部品はできていた。それを組みあげるにはかかっても数日あればすんだ。しかしそれでできあがるものはどうあっても船にはならない。そのことは全員がはっきりわかっていた。テストは別としても、少なくともひと月はかかるはずだ――載せることになる胆魂に合わせるため、システム全体にわたって、ボットたちを使って、ゆっくりと微妙な調整をしなければならない。

ダク・キエンはハンが睨《にら》みつける中、例の立方体を住居から持ち出し、オフィスへ持ちこんだ。今、三人はこれを囲んでアイデアを出しあっていた。議論は白熱して、お茶は忘れられた。

立方体の側面の一つをとんとん叩きながら、フェンの皺《しわ》の寄った顔は思案のあまりさらに皺くちゃになっていた。

「ここの、この通廊は修正できるな。木は船全体を貫いて、そして――」

ミアフアがかぶりを振った。彼女は風水匠《マスター・オブ・ウインド・アンド・ウオーター》で、影響関係の筋を誰よりもよく読める。配置に疑問がでるとダク・キエンが相談する相手だ。フェンは補給取締《コミッショナー・オブ・サプライズ》で、システムと保安を統轄している――多くの点でミアフアとは対照的で、大きな変更より小さな調整に傾くし、ミアフアが神秘主義と隣り合わせなのに対して実用主義だ。

「水と木の気質はここ、制御室で澱《よど》んでしまう」ミアフアは唇を嚙んで、船のすらりとした船尾を指した。「この部分の形態を修正しなきゃならない」

フェンは大きく息を吸いこんだ。

「それはちょっとしたもんだぞ。うちのチームは電気関係を書き変えにゃ――」

ダク・キエンは二人が言い合うのを距離をおいてじっと聴いていた――時おり質問をはさんで、会話が途絶えないようにした。頭の中では船の形を保持し、立方体のガラス越しに、外の構造物から隔てているファイバーと金属の層を通して、船の呼吸を感じていた。胆魂の姿形――胆魂を作っている本質と感情、そのソケットとケーブル、筋肉と組織の配置を捧《ささ》げ持った――そして二つを静かに、たがいに滑りこませてぴったり融《と》け合うように見えるまで重ねる。

顔を上げた。フェンもミアフアも黙りこみ、ダク・キエンが口を開くのを待っていた。

「こうしよう。このセクションは全部とり払う。そして残りの部分の配置を動かす」しゃべりながらガラスの中の模型に手を伸ばし、邪魔になっている部分を慎重にとり除いた――通廊とかなりの長さのケーブルのルートを敷きなおし、壁の曲面に新たな装飾の書を焼きつけた。

「私にはそれは――」フェンは言おうとしてやめた。「ミアフア?」

ミアフアは新しいデザインを見つめていた。注意を集中している。

「閣下、それは即答できません。部下と検討させてください」

ダク・キエンは許可するしぐさをした。

「時間があまり無いことは忘れないように」

二人とも新しいデザインのコピーをとり、長い袖の袂《たもと》に入れた。一人になってダク・キエンはまた船を見つめた。ずんぐりして、プロポーションは崩れていた——考えていたものにはほど遠い。自分の作品の持つ精神にも合っていなかった。当初の設計のまがいもの、花弁のない花、完全にはなじんでいない詩、痛切な引喩にもう少しでなりそうでいながら、ついにぴったりとふさわしい表現になりきれていない。

「いつも選択肢があるとはかぎらないのだ」

囁いてみた。先祖に祈ってもいたところだ。先祖がまだ自分の祈りに耳を傾けてくれると思えれば、だが。ひょっとすると聴いてくれるかもしれない。ひょっとすると子孫をもつことのない娘をもったという恥辱は、その娘の地位の高さで帳消しにされているかもしれない。いや、そうではないかもしれない。母と祖母は許してくれなかった。もっと離れた祖先たちが、自分の決断を理解するなどと、どうして思えるだろう。

「姉上」

戸口にゾキトルが立っていた。入るか入らないか、決めかねているようだ。ダク・キエンの顔に、思っていた以上に内心の葛藤が現われていたにちがいない。あえて深呼吸し、礼儀作法で求められる無表情をとりもどすまで、全身の力を抜いた。

「妹御、いらしていただいて光栄です」

ゾキトルはかぶりを振った。慎重に部屋にすべり込む——一歩一歩、バランスを失わないように気をつけている。

「船を見たかったのです」

産匠の姿はどこにも無い。出産について、かれの言っていた通りであってくれますようにとダク・キエンは思った——今、このオフィスの中で、援助も生まれたものの持って行き場も無いのに、生まれてしまうことはありませんように。

「これです」

椅子の上で姿勢をずらし、ゾキトルに座るようにうながした。

ゾキトルはシートの一つに体を押しこんだ。動作は脆《もろ》そうで、慎重だ——少しでもおかしな仕種をすると粉々になってしまうという風だった。その後ろにはダク・キエンのお気に入りの絵がかかっていた。第三番惑星を描いたもので、滝と黄土色の断崖、星々の遠い光が水に反射している、繊細で平安な風景だ。

ダク・キエンが船のデザインを示している間、ゾキトルは動かなかった。顔全体の中で、眼だけが生きているように見えた。

ダク・キエンが説明を終えると、燃えるような眼はダク・キエンに移った——こちらの眼をまっすぐに見据えてくる。作法には明らかに反していた。

「あなたも他の人たちと同じです。良いことだと思っていない」

ゾキトルは言った。

一瞬、相手の言うことが呑みこめなかった。言っていることはわかるが、何の意味も読みとれない。

「どういうことでしょう」

ゾキトルは唇を噛みしめた。

「私の故郷では、メヒカ自治領の栄光のために胆魂を孕むのは名誉です」

「でも、あなたはここにいらっしゃる」

ダク・キエンは言った。シュヤでは、シュヤ人にとっては、胆魂を孕むことは犠牲だった——必要で、報酬が伴うものであり、良いこととはみなされていない。人間の子どもを産まないのに、自ら望んで妊娠に耐える者がいようか。他に道が無いか、貪欲《どんよく》な者だけだ。

「あなたもここにいるではありませんか」

ゾキトルの口調はほとんど責めているようだった。

永遠とも思える一瞬の間、ゾキトルが言っているのは、自分の人生の選択のことだと思って、ダク・キエンは痛みに貫かれた——どうしてハンのことを、自分の一族の態度を知っているのだ。それから、自分が居住体に乗る地位についていることをゾキトルは言っているのだと気がついた。

「私は宇宙にいるのが好きなのです」ようやく答えたが、それは嘘《うそ》ではなかった。「ほとんど一人で、誰からも離れてここにいるのが好きなのです」

それにこれはペーパーワークではないし、法律を破る者たちを捕えて訴追したり、どこかの遠い惑星を天命に従わせたりという、ゆっくりと疲弊してゆく仕事でもない。これ——

この仕事こそは学問というものの全《すべ》てだ。過去が与えてくれるものをすべて汲《く》みあげ、新たな形に整えて大きなものにする——どの一部もその周囲をより鮮明にする。歴史がいかにして我々をここにいたらしめたか、そして先へと運んでゆくかを、永遠に、くり返し何度も思い知らしめる。

やがてゾキトルは言った。もう船を見ようともしなかった。

「外から来た者にとって、シュヤは厳しいところです。言葉はそれほどでもありません。ですが、一文無しで、後ろ盾《だて》もなくては……」すばやく鋭く息を吸いこむ。「私はする必要のあることをします」その手が無意識のうちにふくらんだ腹へ動き、さすった。「そして私はかれに命をさずけます。どうしてそれを評価できないのでしょう」

ゾキトルは何も考えずに、船魂《ふなだま》に動物を示す代名詞を使った。

ダク・キエンは身震いした。

「かれは——」言い淀《よど》んで、必死に言葉を探した。「かれには父親がいません。母親はいると言えるかもしれませんが、かれの中にあなたの要素は大してありません。あなたの子孫に数えられることもありません。あなたの仏壇に線香をあげることもしないし、星々の間であなたの名を唱えることもありません」

「でも死なないでしょう」ゾキトルの声は柔らかかったが、切りこんで来た。「何世紀もの間」

メヒカ自治領で作られる船は長生きする。が、その船魂《ふなだま》は深宇宙を何度も旅する間に気が狂う。我々のこの船魂は、適切な碇《いかり》につながれ、適切に調整された船に乗った船魂は――ゾキトルの言うとおりだ。船は船のままでいるだろう。自分もゾキトルも死んでからもずっと。かれ――いや、それ――それは機械だ――洗練された知性、肉と金属と、加えて天のみぞ知るものの集まりは子どもと同じ生まれ方をする。とはいえ……

「わかっていないのは、私の方なんでしょう」

ゾキトルはゆっくりと立ち上がった。その荒い息の音が聞え、すっぱい匂いがした。すっぱい汗がしたたり落ちた。

「ありがとう、姉上」

そして姿が消えた。が、言葉は残った。

ダク・キエンは仕事に没入した――以前科挙に備えた時にやったように。家に帰ると、ハンはあてつけるように、最低限の礼儀を守ろうとするだけで、あとは無視した。ハンはまた書道作品にとりかかっていた。シュヤの文字とヴィエトのアルファベットを混ぜあわせ、詩にも絵画にもなる作品を作り出そうとしていた。特におかしなことでもなかった。ダク・キエンはその才能の故に受け入れられるようになっていたが、そのパートナーの問題は別だった。他の技師たちの家族が集まるような夜の宴会の席ではハンは歓迎されなかった。他の家族たちからのほとんど剝出《むきだ》しの侮辱や、憐《あわ》れみの顔で見られることよりも、彼女は自分たちの家に一人残っている方を好んだ。

しかし空気が鉛のように重くなったのはその沈黙のせいだった。はじめダク・キエンは試してみた――何ごともないようにおしゃべりを続けようとした。ハンは原稿からかすんだ眼を上げて一言言った。

「承知の上でやってんだろ。だったら、我慢するこった」

そこで最後には沈黙が残った。それは思っていたよりも都合がよかった。誰かに転嫁するわけにもいかず、邪魔も入らず、設計だけを相手にすればよかった。

ミアフアのチームとフェンのチームは構造を書き換え、部分を組み換えていた。窓の外では一時《ひととき》また一時とボットたちが各セクションをそっとはめこみ、封じてゆくにつれ、塊の輪郭が、ずれ、捻《ねじ》れて、卓の上の立方体に形を合わせていった。

最後のセクションが嵌《は》めこまれた時、ミアフアと産匠がやって来た。どちらも同様に心ここにあらずという顔をしていた。

心が沈んだ。

「産気づいたんではないでしょうね」

「破水しました」

産匠は前置き無しに言った。悪霊を払うため、床に唾を吐いた。出産時の母親の周りには常に悪霊がひしめいている。

「保って、あとふた時か三時《みとき》です」

「ミアフア」

ダク・キエンはどちらも見ていなかった。外の船を見ていた。巨大な塊を、その脇にあるものは皆小人になって影の中に包まれてしまう塊を見ていた。

風水匠はしばし何も言わなかった——いつもなら問題を最も適切な順番にならべかえている徴候だ。良いことではない。

「時が変わるまでには構造は完成します」

「ただし?」ダク・キエンは訊ねた。

「ただし、めちゃめちゃです。木質の筋は金質の筋と交叉しています。いたるところで気質同士がまざり合い、淀んでいます。気が流れません」

気、宇宙の息——どの惑星の芯にも、どの星の中心にも潜んでいる竜の息。風水匠として、どこがまずいかダク・キエンに指摘するのがミアフアの役割だった。しかし、意匠和合棟梁としてそれを修正するのはダク・キエンの肩にかかっていた。ミアフアにできるのは、自分に見える結果を指摘することだけだ。必要な調整を船体に施すためボットを送ることができるのはダク・キエンだけだった。

「わかりました。シャトルを用意しなさい。外に、船のドッキング・ベイの傍で待機させてください」

「閣下——」

産匠が言おうとするのを、ダク・キエンは遮った。

「船の準備は間に合わせると、前に言いました」

部屋を出てゆくミアフアの体は、積もり積もった恐怖に固かった。ダク・キエンはハンのことを思った――部屋で独り、その詩の上にかたくなに屈みこみ、その顔は産匠の顔のように、怒りに厳しく引き締まっているだろう。腹を立て、憤慨して、いつもは丸い顔がごつごつしているだろう。ものごとは急がせることはできない。いつだって可能性はあるとまた言うだろう。ハンならばそう言う――だが、そこには常に代償もあることは、絶対に理解することがない。そして、自分がそれを払わなければ、誰か他の者が払っていることも。

船は用意ができる。そしてその代償を全額ダク・キエンが払うことになるのだ。

また独りになるとダク・キエンはシステムに接続し、設計の見なれたオーバーレイが周囲を占めるのにまかせた。コントラストを調節して、設計以外は眼に入らないようにする。それから仕事にかかった。

ミアフアの言うとおりだった、船はめちゃめちゃだ。二、三日は仕上げをする余裕があるものと思っていた。通廊の角を丸くし、壁の照明を広げて、光が当たらない隅や、光が当たって眼がくらむところができないようにする作業だ。御魂屋だけでも――五芒星形の船の中心、胆魂が据えられるところ――四つの気質の筋がいきなり断ち切られていて、入口のすぐ外の鋭い線は、ボットたちがあわてて封じたことを示している。

死の息と呼ばれている。それがいたるところにあった。

ご先祖様、お守りください。

生きて、呼吸しているもの——その本質が削りだされた翡翠。ダク・キエンはトランス状態へすべりこんだ。その意識が広がって、構造物全体をとり囲んだボットたちを包みこむ——ボットを一つひとつ、金属の船体の中へ送りこみ、送りこまれたボットは、曲がりくねった廊下や通路を走ってゆく——そっと壁に溶けこみ、金属をなだめすかして適切な形態をとらせる、ゆっくりとして苦痛に満ちた作業を始める——からみあったケーブルを伝って、これをほどき、まっすぐにして、より太いケーブルの電流を調節する。心の中の映像で、船は瞬《またた》き、二つに折り畳まれたように見えた。ダク・キエンは外に浮かび、ボットたちが蟻《あり》のように這いまわるのを見つめ、各々《おのおの》に異なるセクションに命令を注入し、気質と内部構造のバランスを修正する。

シャトルに切り替えると、ゾキトルは仰向《あおむ》けに寝て、顔は歪んでいる。産匠の顔はけわしい。まるでダク・キエンが覗いているのを推しはかることができるように、上を見上げた。

急いで、時間はもう無い。急いでくれ。

そしてダク・キエンは作業を続ける——壁は鏡に変わる。通路には花々が彫りこまれる。ごまかせない鋭い角や線をやわらげる。泉を一つ開いた——むろんすべて投影だ。本物の水を載せるわけにはいかない——せせらぎの心なごむ音で構造物の中を満たす。御魂屋では、からみあった四つの気質が三つになり、そして一つになった。それから他の筋も導きいれ、からみ合ったものが自然にほどけ、五つの気質の筋がそろって室内をめぐれるように、複雑な結び目を作った。水木火土金、すべて船の芯のまわりを周り、胆魂がここに碇を下ろせば、それを安定させるようになる。

シャトルにディスプレイを切り替えた。ゾキトルの顔と、もう一つの顔の耐えがたい緊張の皺が見えた。

急げ。

まだ準備は完全ではない。しかし生命はこちらの用意ができるまで待ってはいなかった。ダク・キエンはディスプレイを切った――しかしボットの接続はつないだままで、最後の作業を仕上げる時間をかれらに与えた。

「今です」

通信システムに向かって囁く。

シャトルはドッキング・ベイに向かって動きだした。ダク・キエンはオーバーレイを暗くし、見慣れた部屋の光景が再び浮かびあがった――立方体と、そうなるはずだった設計、完璧な方のもの、《緋鯉》《波上亀《タートル・オーヴァー・ザ・ウエイヴズ》》《竜双夢《ドラゴンズ・トウイン・ドリームズ》》を連想させるもの、大脱出から真珠戦争までのシュヤの全歴史を、さらに商朝の滅亡ともっと古いことども、大越朝を打ち立てた黎利《れいり》王《おう》の剣、古き地球の首都ハノイの上を翼を広げて飛びこえた竜、二つの州と引換えに異邦人に売られた玄珍公主の顔を想《おも》わせるもの。

ボットたちは一つまた一つと、自動的にスイッチが切れてゆき、かすかな風が船を吹きとおって、海を載せた水と香の匂いを運んできた。

あの船に、あの傑作になる可能性もあったのだ。時間があれば。ハンの言う通りだ。それを実現することもできた。あれが自分の作品になったはず、完璧で誉《ほ》めたたえられ――これから何世紀も忘れられず、何百という他の棟梁《とうりょう》たちにヒントを与えることになったはずだった。

もし――

どれくらいそこで、その設計を見つめていたのか、わからない――苦痛に満ちた悲鳴に、物思いから引きはがされた。驚いてまた船からのフィードを点け、分娩室の映像を選ぶ。

灯《あか》りは暗くしてあったから、いたるところに影があった。これから喪に服する先駆けのようだ。陣痛が始まった時に与えられた茶碗《ちゃわん》が見えた――部屋の隅にまで転がっている。滴がいくつか、床の上に散っていた。

ゾキトルは背の高い椅子にしがみついてうずくまっていた。椅子は出産の守り神である二柱の女神、鬼子母神と観音菩薩《かんのんぼさつ》のホロに挟まれていた。影の中ではゾキトルの顔は羅刹《らせつ》の顔で、異質な顔立ちが苦痛で歪んでいる。

「いきめ」

産匠が言っていた。両手は女の腹の震えている山にのせている。

いきめ。

ゾキトルの腿《もも》を血が流れおち、金属の表面を染めるので、ついには赤のあらゆる色合いに反射するようになった。しかしその眼は堂々としていた――いにしえの戦士族の眼、他の誰にも頭を下げず、屈服しなかった者の眼。人間の子も、産む時には、同じ形で産むだろう。

ダク・キエンはハンのことを思った。眠れぬ夜のことを、二人の暮しの上に広がって、何もかも歪めている影のことを思った。

「いきめ」

産匠がまた言い、さらに血が流れ出た。いきめ、いきめ、いきめ――ゾキトルの眼が開いた。まっすぐこちらを見ている。そしてダク・キエンは覚《さと》った――ゾキトルを苦しめているリズム、波となって押し寄せている苦痛、それはみな同じ、万古不易《ばんこふえき》の鉄則の一部、恋人同士を結ぶ赤い糸よりももっとしっかりと自分たちをつないでいる同じ糸なのだ――子宮の中に潜んでいるもの、肌の下、心に魂に潜んでいるものなのだ。変わることもなく、消えることもない。性を同じくする者同士のつながりだ。ダク・キエンの手は自らの平らで虚《うつ》ろな腹にすべり、きつく押していた。あの苦痛がどんなものか知っている。その苦痛の層の一つひとつを、船の設計を思い描くのと同じく思い描くことができた――そしてゾキトルもまた、自分と同じく、その苦痛に耐えられるようにできていることがわかっていた。

いきめ。

最後の、心臓をひきちぎられるような絶叫とともに、ゾキトルは胆魂の残りを子宮から押し出した。胆魂は床にすべり落ちた。赤く輝く、組織と電子装置の塊。筋肉と金属のインプラント、血管とピンとケーブル。

それはそこで力つきたようにじっとしていた——心臓がいくつか脈打ってから、それはついに動くはずはないことにダク・キエンは気がついた。


ダク・キエンはゾキトルを訪ねるのを、何日も先延ばしにした。出産のショックで、まだくらくらしていたからだ。眼を閉じるたびに、血が見えるのだった。子宮からすべり出た巨大な塊、死んだ魚のように床に落ち、金属のウエハーと灰色の物質が分娩室の照明に輝き、そして何もかも死んでいる。はじめから存在していなかったように消滅していた。

むろん名は無かった——船にも名は無かった。どちらも名づけられる前に死んでいた。

いきめ。いきめ。そうすればすべてうまくゆく。いきめ。

ハンは最善を尽くした。精妙な書で書いた詩を見せる。将来のこと、次の任命のことについてしゃべる。まるで何ごとも無かったように激しい愛の行為にふける。失ったものの大きさをダク・キエンもただ忘れられるとでも言うように。しかしそれでも足らなかった。

まさに船が足らなかったように。

しまいに自責の念に耐えかねた。それはまるで棘《とげ》のついた鞭《むち》だった。シャトルに乗り、船へと至った。

ゾキトルは分娩室にいた。壁に背をもたせて座り、香り高い茶の入った碗を静脈の浮いた両手にかかえていた。二つのホロが囲んでいた。その白く塗られた顔は、暗くした照明の中にくっきりと浮かんで容赦がなかった。産匠はそばにうろうろしていたが、二人だけにするよう説得された――もっともゾキトルに何かあれば、ダク・キエンの責任であることをはっきりさせた。

「姉上」ゾキトルは笑みを浮かべた。わずかに苦い。「良い戦いでした」

「確かに」

ゾキトルならば、もっと良い武器が与えられていたならば、勝てた戦い。

「そんなに哀《かな》しい顔をされますな」

「私は失敗しました」

ダク・キエンはただそう言った。ゾキトルの将来はそれでも保証されたことはわかっていた。良い結婚をし、子どもを産み、そして自分の番がくれば崇《あが》められる。しかし今はゾキトルが胆魂を孕んだ理由はそれだけではないこともわかっていた。

ゾキトルの唇が曲がった。笑みと言えないこともない。

「手を貸してください」

「え？」

ダク・キエンは相手を見つめたが、ゾキトルはもう立ち上がりかけていた。震え、よろめいて、妊娠していた時と同じく、慎重に動く。

「産匠を――」

「先生は気を回しすぎです。まるでお祖母《ばあ》さんです」

ゾキトルは言った。そして一瞬、その声は刃《やいば》のように切れ味が鋭かった。

「さあ、歩きましょう」

ゾキトルは思ったより小柄だった。その肩はダク・キエンの肩よりも少し低かった。ダク・キエンに寄りかかりながら、ぎこちなく進む——船の中を歩いてゆくほどに、その重さはどんどん耐えがたくなった。

灯りが点いていた。水の音もした。通廊をゆっくりとぬけて回り、あらゆるものに生命を吹きこんでいる気のおなじみの感覚、鏡の中にかろうじて見える影、そして他の船の断片、《金山》のやわらかく曲線を描くパターン。《跳流虎《タイガー・フー・レプト・オーヴァー・ザ・ストリーム》》の徴《しるし》だった、扉に刻みこまれた書。《紅扇寶玉《バオユーズ・レッド・ファン》》の、ゆっくりと曲線を描いてどこまでも大きくなってゆく一連の扉——もともとの設計から拾い上げて組みこんだ断片——それが周囲一面にその驚異をほどき広げていた。配置、電子機器、装飾、それらを全部呑みこんで、ついに眼がかすみ、ぐるぐる回りだした。

御魂屋で、ダク・キエンは身動きせずに立ちつくした。五つの気質が二人を洗っている。破壊と再生の果てしない循環だ。中心は手つかずで染み一つなかった。独特の哀しみ、空《から》の揺籠《ゆりかご》のような哀しみがその周囲に漂っている。それでもなお……

「きれい」

ゾキトルが言った。その声は喉につかえ、震えていた。

酔払《よっぱら》いの遊びでがなりたてられた詩のように、霜に囲まれた花の蕾《つぼみ》のように美しい——

息をしようともがいている、生まれたばかりの子どものように美しくもはかない。

そして、世界の中心に立ち、ゾキトルのか弱い体がよりかかるのを支えながら、またハンのことを思った。影と闇のことを思った。人生の選択のことを思った。

きれいだ。

数日のうちに消えてなくなる。壊され、リサイクルされる。忘れられ、顕彰されることもない。とはいえ、なぜか、ダク・キエンはその想いを自ら声にすることができなかった。代わりに沈黙に向かってそっと言った――それが当てはまるのは船だけではないと知りながら――

「それだけの価値はありました」

何もかも――今も、これからの歳月にあっても。そして、自分は振り返ることはせず、後悔もしないはずだ。

包《ほう》嚢《のう》

Immersion

この作品のヒントになった会話の相手、ロシータ・レーネン＝ルイスに献《ささ》げる。

朝、もはや自分が誰だかわからない。

鏡の前に立つ——鏡は震えて変化し、見たいものだけを映す——間が空きすぎていると思える眼、色が薄すぎると思える肌。部屋の環境システムから漂ってくるのは妙に遠い匂い、香でも大蒜《にんにく》でもない、何か別のもの、昔知っていたが今はとらえどころのない何かの匂い。

すでに服は着ている——肌にまとっているのではない、その外側、一番大事なところで、青と黒と金の、交際が広く、良いコネに恵まれた女が着る、流行の服を化身《アヴァター》がまとう。鏡から顔をそらせる時、ほんの一瞬、鏡はゆらめいて焦点から外れる。するともう一人の女がくすんだ絹のガウンを着て見つめかえす。ずっと小柄でずんぐりして、あらゆる点で劣っている——赤の他人、無意味になってしまっている遠い記憶の人物。

キュイは埠頭《ふとう》で宇宙船が次々に到着するのを眺めていた。もちろん〈長寿ステーション〉のどこにいようと、ネットワークにフィードを求め、自分のルータにつないでもらえることはできる——そして船が、出産を逆転して眺めるように、それぞれのポッド用クレードルにすべり込むゆったりとしたダンスを視野に重ねあわせて眺めることもできた。けれども宇宙港のコンコースに立つのは格別だ――金兜園《ゴールデン・カープ・ガーデン》や青竜寺《アズア・ドラゴン・テンプル》にいては再現できない、間近な感覚があった。なぜなら、ここでは――クレードルからほんの数枚の金属で隔てられただけのここでは、真空の縁でよろめいていると、冷気にもぐり、空気でも酸素でもないものを呼吸していると感じられたからだ。自分が根無し草《デラシネ》になったように、あらゆるものの根源についにもどったような気分になれた。

きょうび、ほとんどの船はギャラクティクのものだ――〈長寿ステーション〉の元主人はステーションが独立したことを喜んではいないかもしれないが、戦争が終わってしまえば〈長寿〉はかなりの利益の源泉だ。船がやって来ては観光客が絶え間《ま》ない流れとして吐き出される――その眼はひどく丸く、まっすぐに過ぎ、顎はあまりに四角ばっている。顔は病的なまでにピンク色で生煮えのまま日向《ひなた》に放置された肉のようだ。観光客たちは包嚢《イマーサー》を使っている人間につきものの、くつろいだ余裕を見せて歩く。お薦めの呼び物に一瞬足を止めて眺め、それから交通センターに進んで、教科書通りのロン語で、推薦されたホテルまでの料金をかけ合う――生まれてからほとんどの時間、キュイが見てきた、嘔吐《おうと》の出るほどおなじみのバレエ。そろってステーションに降りてくる異邦人たちはゲジゲジか蛭《ひる》の群れのようだ。

それでもキュイは観光客を眺める。かれらを見ると首都《プライム》で過ごした時期を思い出す。向こう見ずな学生時代、騒がしいバーと野放図な週末、そして試験に向けての一夜漬け。あんな気楽な暮しは人生でもう二度と無い。あの頃にもどりたいと切望する一方で、そういう自分の弱さが大嫌いでもある。ステーションの社会でより上の階層へのぼる道を開くはずだったプライム留学は、家族との断絶感をもたらしただけだった。深まる孤独と不満と、何とも言葉にしようのない、何をめざしてよいのかわからない感覚だ。

終日、動かずにいたかもしれない――しかし視野の端にサインが一つ、点滅するのではなく、ルータが重ねてきた。二番めの叔父《おじ》からのメッセージだ。

「キュイよ」

叔父の顔は青ざめ、くたびれている。眼の下には眠っていないような隈《くま》ができている。たぶんほんとうに寝てないのだろう――この前見たときには、キュイの妹のタムと閉じこもり、ある結婚式への出前を差配していた――冬瓜《とうがん》五百個と〈繁栄《プロスパー》ステーション〉製、最高級の魚醤《ぎょしょう》六樽《たる》だ。

「レストランへ戻ってくれ」

「今日はあたしは休み」

そう返したが、思ったよりも子どもじみて、ダダをこねているような声になった。

二番めの叔父の顔が歪んだ。笑みかもしれない。もっとも叔父にはユーモアのセンスはほとんど無い。独立戦争で受けた傷痕が、粒子の粗い背景に白く浮き上がっている――今でもまだ痛むとでもいうように、捻《ねじ》れたり戻ったりしている。

「わかっとるが、おまえが必要だ。大事な客がある」

「ギャラクティクか」

兄弟やいとこたちの誰かではなく、自分を叔父が呼んでいる理由はそれしかない。プライムに留学したことで、自分はギャラクティクの考え方に通じているとなぜか一族は思っているからだ。一族が期待していたような成功にはつながらなかったとしても、役には立つ。

「そうだ。重要人物だ。地元の貿易会社のトップだ」

二番めの叔父はキュイの視野の中で動かない。その顔の向こうに船が何隻も見える。各々《おのおの》のポッドの前にゆっくりと位置を定めると、すぐ前に蘭の花が開くように穴が開く。それに祖母のレストランについては、裏も表もすべて承知している。つまるところタムの姉で、帳簿も見ているから、常連の中でも気取った連中はステーションのより高級な地域へ移っていて、客の数が徐々に減っていることも知っている。予算の限られた観光客がいくら流れこんでも、最高の食材で作られた値のはる料理に時間は割かない。

「わかった。行くよ」

朝食の席で、テーブルの上に並べられた料理を見つめてしまう。パンとジャムとそれに何か色のついた液体——一瞬途方に暮れるが、そこで包嚢のスイッチが自動的に入り、それはコーヒーであり、いつもの通り、濃く、ブラックで淹《い》れてあると思い出させる。

そうだ、コーヒーだ。

カップを唇に持ち上げる——包嚢がそっと促し、どこを掴《つか》み、どうやって持ち上げるか、思い出させる。どこにあっても可能なかぎり優雅で滑らかで、何の苦もなく模範となるやり方を思い出させる。

「ちょっと濃いかもしれない」

夫が申しわけなさそうに言う。テーブルの反対側からじっと見つめている。その顔の表情をどう解釈すればいいのか、わからない——これは奇妙ではないか。表情については何もかもすべて承知しているはずではないか。包嚢はギャラクティクの文化をあらゆる面からそのデータベースに記録しているはずで、そっと教えてくれるはずではないか。しかし包嚢は不思議にも沈黙している。そしてそれが、他のどんなことよりも怖い。包嚢は決して裏切らないはずだ。

「行こうか」

夫が言う——そして一瞬、その名前が浮かんで来ない。それから思い出す——ゲイン、ガレノス、古き地球のたしか医者にちなんだ名前。夫は背が高く、黒髪で肌は青白い——その包嚢の化身も本人と大して違わない。ギャラクティクの化身はほとんどがそうだ。適応するのに必死で努力しなければならないのは、ギャラクティクではない人間たちだ。ひどく眼につくからだ——蛾《が》の形に皺《しわ》の寄った細長い眼、黒い肌、より小柄でずんぐりした体は、揺れる椰子《やし》の葉よりも波羅蜜《はらみつ》を連想させる。しかし問題ない。完璧になれる。包嚢を身につければ別人に、白い肌で背が高く美しい別人になれる。

それにしてもこの前包嚢を脱いでからずいぶんと経《た》つのではないだろうか。ふとそう思う――一瞬、そこで宙吊《ちゅうづ》りになるが、すぐに包嚢からの情報の流れにかき消される。小さな矢印がパンとキッチンとテーブルのピカピカの金属に注意を促す――あらゆるものの文脈を供給し、蓮《はす》の花のように宇宙を開く。

「ええ、行きましょう」

その言葉に舌がもつれる――石に刻むようなギャラクティク語の文章ではなく、使うべき構文、使うべき代名詞がある。しかし、何も出てこない。まるで収穫の後の砂糖黍畑《さとうきび》のような感じだ。すべて刈り跡だらけで、中に甘いところは残っていない。

当然のことながら、二番めの叔父は、打合せにキュイは包嚢を着けて来いと言い張った――万一の用心だと言う叔父はいつものように如才なくなだめてくる。問題は包嚢が置いたはずのところに無いことだった。一族の他の連中に訊《き》いてみると、いちばん望みのある情報はいとこのカンからのもので、タムが居住部分をさらっていて、手に入るギャラクティクのテクノロジー製品を、どんなカケラも集めているのを見た、というものだった。一族の通信チャンネルでカンのメッセージを見た三番めの叔母がチッチッと非難した。

「タムねえ、あの子、いつも心が山の中をさ迷ってるんだよねえ。夢を見てても、稲は米にならないってのに」

キュイは何も言わなかった。自分自身の夢は、プライムから戻り、〈長寿ステーション〉の科挙に失敗したときに、しぼみ、死んでいた。だが、タムが傍《そば》にいるのはありがたい――

レストランの外が、一族の利害だけの狭い世界の外が見えているからだ。それに自分が妹についてやらなくて誰がつくのか。

タムは上の方の階の共有エリアにはいなかった。祖母が閉じこもっている部屋へ上がるエレヴェータをちらりと見たが、タムがギャラクティクのテクノロジーを集めていたのは祖母のご機嫌伺いに出るためではないだろう。代わりに下の階へまっすぐ降りた。タムとともに、同じ年頃の子どもたちと一緒に暮したところだ。

そこは厨房《ちゆうぼう》のすぐ隣で、大蒜と魚醤の匂いがそこらじゅうにまつわりついているようだ——もちろん下の方の階はいつも一番下の世代のものだ。食堂に料理を運ぶ女給たちの大群の匂いと喧騒《けんそう》の階だ。

タムはそこにいた。この階の共有エリアになっている狭い区画に座りこんでいた。床一面にテクノロジーをぶちまけている——包囊が二台（自分の包囊をそこらに放りだしておいて平気なのは、一族でもタムとキュイぐらいなものだろう）。リモートの娯楽箱は、地球化されたいくつもの惑星で放映されている子ども向けの劇を映している。タムが細かい部分に分解してしまっているので、何だかまったくわからないもの。食卓の上に、おろされた魚のように、金属と光学の部品だけにされている。

もっともどこかの時点でタムはどうやら全体の作業に飽きてしまったらしい。というのも今は丼から麺をすすって朝食を終わりかけていた。タムはその麺を厨房の残りものから調達したにちがいない。キュイには匂いでそれとわかったし、汁の辛味も舌の上に蘇《よみがえ》ったた。

——朝食には生春巻を巻いていたけれども、母の料理は思い出すだけで腹がぐうぐう鳴った。

「またやったね。あたしの包嚢を実験に使うなよ」

タムは驚きもしない。

「姉さんはあまり使いたくないみたいじゃないか」

「あたしが使わないからって、あんたのものになるわけじゃない」

キュイはそう言ったが、それは本当の理由ではなかった。自分のものをタムが借りるのはかまわなかったし、実のところ、包嚢を二度と着なくてもよければ、その方が嬉しい——包嚢を着るときの感覚が大嫌いだ。体に信号を送る最適の方法を探るため、包嚢のシステムが脳をつついてくる、鈍い感覚が嫌でたまらない。だが、包嚢を着ることが当然とされる時と場合があった。テーブルで給仕する時、大きな宴会の打合せの時、お客を相手にする時はいつもだ。

タムはもちろんテーブルで給仕はしなかった——物流やステーションのシステムに関することではとりわけ優秀だったから、ほとんど時間はディスプレイの前か、ステーションのネットワークにつながって過ごしている。

「タム？」

タムは丼の脇に箸を置き、両手を大きく広げる仕種をした。

「わかったよ。持ってきなよ。自分のをいつだって使えるから」

食卓の上に広げられたものを見て、キュイはどうしても訊いてしまう。

「進んでる？」

タムの仕事はレストラン内のネットワーク接続とネットワークのメンテナンスで、趣味はテクノロジーだ。ギャラクティクのテクノロジー。モノをバラして仕組みを見る。そして、また組み直す。娯楽箱にまで手を出したおかげで、レストランは環境音楽を設置することができた——ギャラクティクのお客向けには昔ながらのロン音楽、地元のお得意には最新の詩の朗読という具合だ。

しかし包嚢には手を焼いていた。こいつにはたちの悪い安全装置がついていた。バッテリー交換のために半分に開けることはできる。が、それから先には進めない。これまでの試みで、タムはあやうく両手が使えなくなるところだった。

タムの顔を見れば、同じことをもう一度やってみる気分ではないらしい。

「論理回路は同じはずなんだ」

「何と？」

キュイは思わず訊いてしまう。食卓から自分の包嚢をとり上げ、自分のものかどうか、シリアル・ナンバーを確かめる。

タムは食卓の上に広げた部品を手で示す。

「自動文学作成機と同じなのさ。軽い娯楽小説をつくるおもちゃだよ」

「それって同じじゃ——」

キュイは言葉を切って、タムが説明するのを待った。

「今ある文化の基準をとり上げて、一本の筋のある満足できる物語にはめこむ。たとえばある惑星の所有権をめぐって、自分たちの道を切り開き、異星人と戦う連中だ。そういう類《たぐい》のものは、〈長寿〉にいるあたしらには訴えるところがほとんど無い。つまるところ、あたしらは惑星というものを見たことがないからね」

タムはひゅっと息を吐いた——眼の半分はバラバラにした自動文学作成機を見ていても、もう半分は視野に重ねられた何かの映像を見ていた。

「まったく同じように、包嚢も特定の文化をとり上げて、人になじみのある形に分ける。言語、身ぶり、習慣、全体が含まれるパッケージだ。どっちのハードも論理構造は同じはず」

「それで何をしたいのか、まだよくわからないな」

キュイは自分の包嚢を着ける。薄い金属のメッシュを頭に載せ、ぴったりはまるように調節した。インターフェイスが脳に同調するのにたじろいだ。両手を動かして、設定の一部を工場出荷時の値よりも下げる——このしろものはいつもデフォルト状態に自動的に戻ってしまうのだが、偶然ではないだろうとキュイは睨《にら》んでいた。ゆらめく格子に包みこまれる。キュイの化身がゆっくりと現われて包みこむ。部屋はまだ見える——格子はかすかに不透明なだけだ——が、そこにはいないという感覚にはどうにも我慢ならない。

「どうかな」

「ぞっとするね。その化身は死体みたいだ」

「ハハハ」

この化身は色がずっと白く、背も高い。大方の客の意見によれば美しく見えると一致している。そういう時には化身があってよかったと想う。おかげで怒りの表情が相手には見えないからだ。

「こっちの質問に答えてないぞ」

タムの眼がきらめく。

「あたしらにはできないことを考えてみなよ。ギャラクティクが持ちこんだガジェットの中で、これ以上のものは無いんだ」

持ちこまれたものは大して多くない。しかしキュイはそのことを口に出して言う必要はもうなかった。ギャラクティクとあいつらの空手形についてキュイがどう思っているか、タムは正確に把握している。

「こいつはやつらの武器でもある」タムは娯楽箱をさした。「やつらの本やホロやライブ・ゲームとまるで同じだ。やつらにとっちゃあたりまえのことだ――包嚢を観光客設定にして着てればいい。異邦の環境をうまくくぐり抜けるために必要なものが手に入る。その環境はこいつ用のロンのスクリプトを書いたどこかの間抜けの眼から見たものにしてもさ。だけどこっちは――こっちはそいつらを拝んでる。あたしらはギャラクティク設定で四六時中包嚢を着てる。あたしらはやつらに似た姿になってる。なぜならあいつらは押しこんできていて、こっちはウブで譲ってしまうからだ」

「で、その状況を改善することができると思ってるわけだ」

キュイはどうしてもそう言わずにはいられなかった。納得する必要があるわけではなかった。プライムでは包嚢など見たこともなかった。それは観光客用で、ある街から別の街へ行くような時でも、市民たちはなんとかしのげるくらい自分はわかっていると思っていた。しかしステーションや旧植民地では包嚢が溢《あふ》れていた。

タムの眼がぎらりと光った。歴史のホロに出てくる反逆者たちの眼だ。

「バラバラにできれば、組み直せるし論理回路をはずすこともできる。相手に呑《の》みこまれずに対処することができる言語とツール」

この娘の心は山の中をさ迷ってると三番めの叔母は言った。タムの考え方のスケールが小さいと誰が非難できよう。あるいはまた考えてみれば、タムがその気になってできなかったことがあるではないかとも言えない。どんな革命も誰かが始めなくてはならない――〈長寿ステーション〉の独立戦争は、たった一篇の詩と、それを書いた詩人が不当にも投獄されたことが発端ではなかったか。

キュイはうなずいた。タムのことは信じていた。どこまで信じるか、自分でもわからなかったが。

「要点はついてる。もう行かないと。二番めの叔父さんに皮を剝《は》がれる。また後でな」

夫とともにレストランの広いアーチの下をくぐる際、上に眼をやって、看板になっている書を見る。包嚢はそれを「海姉《ハイ》さんの厨房」と訳し、その詳しい背景を教えはじめる。メニューや一番のお勧めも含まれる――様々なテーブルを過ぎてゆくにつれ、包嚢は気に入られるだろうと考える要素をハイライトする。粽《ちまき》や海老フライ。もっと風変わりな料理には手をつけないよう注意する。豚耳の漬物や醗酵肉《ネムチュア》（後者はステーションの方言によって呼び名が変わるので要注意だ）、あるいは現地生まれがそれはそれは好む、なまぐさいドリアンなどだ。

ゲイレンに遅れないようについていこうとしながら……どこかおかしいと感じる。ゲイレンはすでにずっと先にいる。実際いつも発散している同じ自信に満ちた足取りでどんどんと進んでいる。人びとは彼に道をあける。若くかわいい化身のウェイトレスがその前でお辞儀をするが、ゲイレン本人は気づいていない。そういう卑屈さが夫の神経を逆撫でることは承知している。〈長寿〉にはびこる時代遅れの慣習を、不平等や民主的政府の欠落をゲイレンはいつも口をきわめて非難している。――人びとが変わり、ギャラクティクの社会に適応して溶けこむのは時間の問題だと考えている。ずっと昔、ゲイレンと議論したというかすかな記憶がある。しかし今は言葉が見つからないし、なぜ口論したのかも思い出せない――夫の言うことは筋が通っている。まったくその通りだ。ギャラクティクは古き地球の圧政に対抗して立ち上がり、その桎梏《しっこく》から脱した。自分たちの宿命は自分たちで決める権利を獲得した。そして他のすべてのステーションや惑星も、やがてはかれらの進歩を阻んでいる独裁体制に対抗して立ち上がるべきだ。その通りだ。いつだってそれは正しい。

招かれもしないまま、あるテーブルに立ち止まり、そして二人の若い女が鶏料理を箸でつついているのを見る——魚醤とレモングラスの香りがたちのぼる。腐った肉のような、つんとして耐えがたい匂い——いや、いや、そうじゃない。肌の黒い女が湯気のたつご飯の皿を食卓に運んでくるイメージが見える。その両手は同じ匂いに染まっていて、期待で口の中に唾がわいてくる……

若い女たちがこちらを見ている。どちらも標準版の化身を着ている。最低限のタイプで、服は赤と黄がはでに混ざり、三流デザイナーが奇妙で不安定なカットをしている。顔はちらちらしていて、赤く火照《ほて》った頬の陰に、色の黒い肌がちらりと見える。ちゃちでけばけばしく、そしてまったくの場違いだ。その同類でなくてよかったと想う。

「何か御用、お姉さま」

女の片方が訊《たず》ねる。

お姉さま。昔はそう呼ばれたいと思っていた。これもまた自分の頭からは消えたらしい。言葉を探してもがく。しかし包嚢が示唆してくるのは中立で、非個性的な代名詞で、まちがっていると本能的にわかっているものばかりだ——それをこの状況で使うのは異邦人か外界人だけだ。

「お姉さま」

ようやくそうくり返す。他に何も思いつかないからだ。

「アグネスッ」

ゲイレンの声が遠くから呼んでいる——ほんの一瞬、包嚢がまた裏切るように思える。自分には名前がたくさんあるとわかっているからだ。アグネスはギャラクティクの学校で与えられた名で、ゲイレンやその友人たちが発音しても、ぶちこわしにならない。〈長寿〉で母がつけてくれたロン語の名前を思い出す。子どもの頃の愛称と大人になってからの名前。ビ・ニョウ、ビ・エウ。秋《トウー》。決して知ることのない惑星に生える赤い楓《かえで》の葉の記憶のようだ。

卓から離れる時、両手が震えているのを隠す。


キュイが着いたとき、二番めの叔父はすでに待っていた。客も待っていた。

「遅いぞ」

二番めの叔父は内線チャンネルで言ってきた。が、はじめから期待していないとでも言うように、どこかに気をとられている口調だった。頼りになると実は信じていないと言いたいようでもある——これにはこたえた。

「姪のキュイです。どうぞ、よしなに」

二番めの叔父はギャラクティク語で傍らの男に言った。

「キュイさん」

男が言った。その包嚢はロン語での名前のニュアンスを完璧に発音した。男は予想していたものと寸分違わなかった。背が高く、化身の層はひどく薄い。顎と両眼を細くし、胸をわずかに厚くしているぐらいだ。表面を整えているにすぎない。いろいろ考えあわせると、ギャラクティクにしては整った顔だちだ。男はギャラクティク語で続けた。

「ゲイレン・サントスだ。よろしく。こちらは妻のアグネス」

アグネス。キュイは顔を向けて、その女を初めてまともに見た——そしてたじろいだ。そこには誰もいなかった。ただ、部厚い化身だけで、あまりに濃密で複雑なので、中に隠された体を想像することもできない。

「どうぞ、よろしく」

直感的にキュイはお辞儀をした。両手を合わせた、若い者が年長者に対してする形——ロンの流儀で、ギャラクティク式ではない——するとアグネスの体に震えが走るのがわかった。見えるか見えないかではあったが、キュイは観察力が鋭いし、いつも気をつけている。包嚢が絶叫していた。ギャラクティク式に掌《てのひら》を上に向けて両手を差し出せというのだ。その声は意識から締め出した。自分の思考と包嚢の考えることの区別はまだつけられる。

二番めの叔父がまたしゃべっていた——叔父の化身は軽く、本人の肌の色を薄くしているだけだ。

「宴会の会場をお探しと伺っておりますが」

「そうなんだ」

ゲイレンは椅子を一つ引いて腰を下ろした。他の者たちもそれに倣《なら》うが、傲岸《ごうがん》で流れるような、くつろいだ態度はかなわなかった。座った時、アグネスがびくりとするのをキュイは見てとった。まるで、何か不愉快なことを思い出したという風情だった。

「結婚五周年のお祝いをしようと思っているんだが、それにふさわしいことをやりたいんだ」

　二番めの叔父はうなずいた。

「なるほど」顎をさすりながら言う。「おめでとうございます」

　ゲイレンはうなずいた。

「ぼくらは――」

　男は口を切り、妻を見やったが、その表情の意味がキュイにはまるでわからなかった――自分の包囊は何も示さないが、そこにはどこか奇妙になじみのあるところがあった。何か、これだと名指しできるはずのものだ。男がようやく言った。

「ロン式にやりたいんだ。伝統料理を使った百人の宴会だ」

　二番めの叔父が満足したのが、キュイにはほとんど実感できた。その規模の宴会の仕切りはたいへんだが、価格設定さえきちんとできれば、レストランは一年かそれ以上もやっていけるはずだ。が、何かおかしい――どこかが――

「どういうことを考えていらっしゃるんですか」

　キュイはゲイレンではなく、夫人の方に訊ねた。夫人――アグネスというのは生まれながらの名ではおそらくあるまい――部厚い化身をまとい、答えるとも思えず、そもそも口を開く様子もなかった。キュイの頭の中に、ぞっとするイメージが浮かんできた。

アグネスは答えない。予想通りだ。

二番めの叔父が大きく両手を広げ、気まずくなるところをひきとる。

「豚の丸焼きとかですか」

二番めの叔父は両手をこすり合わせた。これまで叔父がそんな仕種をするのを、キュイは見たこともなかった――満足を表わすギャラクティクの動作だ。

「苦瓜のスープ、竜鳳《りゆうほう》料理、焼き豚、山下翡翠《ひすい》……」

叔父は婚礼宴会用の伝統的な料理を列挙していた――この異邦人がどこまで本気か、探っている。鱶鰭《ふかひれ》や汁粉《しるこ》のようなもっと風変わりなものは避けていた。

「そうだ、そういうものが欲しいんだよな、おまえ」

ゲイレンの夫人は身動きもせず、しゃべりもしない。ゲイレンの顔が妻の方を向いたから、キュイはその表情がようやく見えた。軽蔑か憎悪だろうと思っていた。違う。苦悩なのだ。男は妻を心底愛している。が、何がどうなっているのか、さっぱり理解できないのだ。

このギャラクティクという連中ときたら。包嚢中毒を見ても、それとわからないのだろうか。もっともタムが言っていたように、ギャラクティクの間では包嚢中毒は稀《まれ》なのだ――かれらは包嚢を低レベルの設定で、二、三日続けて着るくらいで、それもめったにない。ほとんどはギャラクティクのままでどこへでも行けると思いこんで疑いもしない。

二番めの叔父とゲイレンは値段や料理について押し問答していた。会話が進むにつれて、二番めの叔父の口調はどんどんギャラクティクに似てゆく。ますます積極的に料金を下げに下げている。キュイはもうどうでもよかった。アグネスをじっと見ていた。見通しのきかない化身をじっと見つめた――プライムの最新流行のスタイルで、頬にはそばかすが散り、顔はわずかに星焼けしている赤毛の女だ。しかしそれは中の本人ではない。包嚢が奥深くまで掘りぬいている対象ではない。

本人とはまるで違うのだ。タムの言うとおりだ。すべての包嚢はバラバラにすべきだ。それで爆発したとして、それがどうした。現状でももう充分に有害じゃないか。

キュイは立ち上がって包嚢を毟《むし》りとりたくなった。が、交渉の最中ではそれは無理だ。その代わりに立ち上がり、アグネスに近づいた。二人の男はキュイの方をちらりとも見ない。値段の交渉に忙しすぎる。

「あなただけのことではありません」

キュイはロン語でそう言った。他には聞えないほどの低い声だ。

またあの奇妙にちぐはぐな瞬間的反応。

「それは外さなければいけません」

キュイは言ったが、それ以上、反応は無かった。衝動的にキュイは相手の女の腕を摑んだ。両手は包嚢の化身をまっすぐすりぬけ、暖かく、しっかりした肉体に触れた。

背景で二人が交渉しているのが聞える——交渉は難航している。ロンの男はゲイレンの猛攻撃に頑強に抵抗して譲らないからだ。それも皆遙《はる》かに遠い。知的な研究の対象というところだ。包嚢は時折り呼びたて、体の示す合図をあれやこれや解釈してみせ、あれやこれやをやるようにと促す——黙ったまま、背中をまっすぐにして座り、夫を支持しなければならない——そして、糊《のり》で貼りつけられたような口を笑みの形に保つ。

その間ずっとロンの娘の視線を感じている。氷水のように燃えている。竜に睨まれているようだ。娘は離れようとしない。その手が自分の体に置かれている。相手の体にそんな力があるとは思えないほどの力で握ってくる。娘の化身はごく薄く、その下は透けて見える。丸くふくらんだ顔はシナモンの色——いやスパイスの色でもチョコレートの色でもない。生まれてからずっと眼にしている色。

「それは外さなければいけません」

娘は言う。動かない。いったいこの娘は何のことを言っているのだろう。

外せ。外す。何を外すのだろう。

包嚢だ。

だしぬけに思い出す——ゲイレンの友人たちとの晩餐《ばんさん》、かれらが笑う冗談があまりに次から次へと変わるので、理解できなかった時のことだ。涙をこらえながら帰ってきた。気がつくとベッドサイド・テーブルの上の包嚢に手を伸ばし、その冷たい重みを両手に感じていた。彼の言葉がしゃべれれば、夫も喜ぶだろうと思った。その友人たちに自分の言うことが無教養と思われて、夫が恥ずかしく思うことも少なくなるはずだ。そして気がつくと何もかもうまくいっていた。ただし、設定は最大にして、外さずにいるならば。そして……そして包嚢を着たまま歩き、眠り、世間には包嚢が設計した化身だけを見せ――包嚢がタグづけし、ラベルを貼ってくれるもの以外は何も見なくなっていた。そして……

そして何もかもすべり落ちていったのではなかったか。ネットワークをプログラムすることはもうできなくなった。機械の内臓を見ることもできなくなった。テクノロジー会社での仕事を失った。そしてゲイレンの部屋へ来て、虚《うつ》ろな殻のように部屋の中をうろついていた。自分自身の幽霊――もう死んでいるかのように。故郷とそれが意味するすべてのものから遠く隔てられたまま。そして――包嚢はもう外れなくなっている。

「いったい何をやっておる」

二番めの叔父が立ちあがり、キュイに向きなおっていた――その化身は怒りに赤くなっている。青白い肌が見苦しい赤にまだらに染まっていた。

「我々大人がとても大事な話をしておるというのに」

他の状況だったらキュイはひるんでいたかもしれない。しかし叔父の声も身体言語もまったくのギャラクティクだった。その声は赤の他人のもののように聞えた――注文をとりちがえられて怒っている異邦人だ――後でタムの部屋にお茶の碗を抱えて座り、茶化しては妹がいつものように応じる相手でしかなかった。

「お詫《わ》びします」

キュイは言ったが、まるで上の空だった。

「いや、いいんだ」ゲイレンが言った。「ぼくはそんなつもりじゃ――」口ごもり、妻を見る。「ここに連れてきちゃいけなかったんだ」

「医者に見せるべきだと思います」

キュイは言ってから自分の大胆さに驚いた。

「見せていないと思うのか」男の口調は苦かった。「プライム最高の病院にもいくつか連れていった。妻を見ると、これは外せないと言うんだ。ショックで死んでしまうだろうと。たとえ死ぬまではいかなくても……」

両手を広げ、二人の間の空気が小さな埃の粒のように落ちるままにする。

「もどってくるのか、誰にもわからない」

キュイは自分の顔が赤くなるのがわかった。

「ごめんなさい」

今度は心の底から言った。

ゲイレンは軽く、なげやりな様子で手を振ったが、苦痛を隠そうとしているのは見てとれた。涙は男らしくないとギャラクティクは思っていることを思い出した。

「じゃ、それでいいね」ゲイレンは二番めの叔父に言った。「百万クレジットだね」

キュイは宴会のことを思った。卓上の料理と、それでアグネスは故郷のことを思い出すだろうとゲイレンは考えていることに想いをめぐらせた。そして結局のところ、それは失敗に終わる運命にあるのだ。なぜならすべては包嚢にフィルタリングされることになり、アグネスに残されるのは慣れない味のエキゾティックなご馳走《ちそう》だけだからだ。

「申しわけありません」

もう一度言ったが、誰も聴こうとはしていなかった。胸の中に燃えさかる怒りを感じながら、アグネスに背を向けた——つまるところ、まったく何の役にもたたないという感覚がふくらんできた。

「申しわけありません」

娘が言う——立って、腕を掴んでいた手を離す。すると内部で何か引裂かれるようだ。まるで、内部の何かが、自分の身体《からだ》を爪で破って外に出ようともがいている感じだ。行かないで、そう言いたい。お願い、いかないで。ここに私を置いていかないで。

しかし皆は握手している。決めたばかりの取引を喜んで、にこにこしている——鮫《さめ》のようだ、と感じる。虎のようだ。ロンの娘まで、背を向けていた。望みはないと諦めている。娘とその叔父は去ってゆく。各々に別々の通路を通って、レストランの奥に、自分たちの家へともどってゆく。

お願い、行かないで。

まるで、何か別のものが自分の身体を操っているようだ。自分でも持っているとは知らなかった力だ。ゲイレンがレストランのメイン・ホールに、喧騒と食欲をそそる料理の匂い――母が作ってくれたレモングラス・チキンと炊いたご飯の匂いに戻ってゆく――その夫に背を向けて、先ほどの娘の後を追う。ゆっくりと、そして距離をおいて尾《つ》けだすが、やがて走りだすのは、そうすれば誰も止めようとはしないからだ。娘は早足で歩いてゆく――顔から包嚢を毟りとり、嫌でたまらない仕種でサイドテーブルに叩きつける。ある部屋に入るのが見え、後を追って中に入る。

娘が二人、どちらもこちらを見ている。一人はその後を追ってきた者、もう一人の、年下の娘は座っていた食卓から立ち上がろうとしている――二人ともひどく異質で同時にひどくなじみ深い。二人とも口を開けているが、声は何も出てこない。

その一瞬の間に――たがいに見つめあった宙ぶらりんの瞬間――食卓の上に広げられたギャラクティク製機械の中身が見える。ひと塊の道具が見える。中身がとり出された機械が見える。そして、二人の前に半分開かれた包嚢、二つに割った卵のように半分にされた包嚢。二人はそれを開けて、リバースエンジニアリングしようとしているとわかる。そして二人が絶対に成功しないこともわかる。セキュリティ機構、その伝説的な知的財産を守るためのギャラクティクの暗号化のためではない。というよりも、もっと遙かに本質的な理由のためだ。

これはギャラクティクのおもちゃで、ギャラクティクの頭が考えたものだ。そのあらゆる層、内部のあらゆる論理的つながりからはこの娘たちにとっては異質の思考様式がにじみ出ている。言語や習慣はいくつかのルールの単純な組合せに煮詰めることができると信じるにはギャラクティクでなければならない。この娘たちにとってものごとはもっと遥かに複雑なことだ。包嚢がどう機能するのか、この娘たちには絶対に理解できない。娘たちはギャラクティクのように考えることはできないからだ。そんな風に考えることは、娘たちには絶対にできない。ギャラクティクの文化に生まれなければ、ギャラクティクのようには考えられない。

あるいは何年も続けて、無分別にもそこに中毒するのでなければ。

片手を上げる——蜂蜜の中で片手を上げているようだ。口をきく——何層にもわたる包嚢ごしになんとか言葉を押し出そうともがく。

「これのことは知っています」

そう言う声はかすれ、言葉はレーザーで撃ちこむように、一つずつぴたりと収まってゆく。それは適切だと、この五年間、これほど適切だと思えたものはなかったほど、ぴったりとはまって感じられる。

「手伝わせてください、妹たちよ」

星々は待っている

The Waiting Stars

異邦人宙域の隔離された一角に遺棄船区域《ウオード》がある。恒星間宇宙図に無数にある空白の一つで、近隣の象限に比べて、とりわけ気を引くものではない。ほとんどの人間にとってはただの空白。長い旅の途中にあってうんざりする部分、避けられるなら避けたいところで、有魂船《マインド・シップ》なら深宇宙《ディープ・スペーシズ》を近道して飛びこしてしまう。紅毛の低速船なら、乗客が凍眠用寝台で眠っている間に通過する。

近寄ってみて初めて、船の巨大な塊が迫ってくる。どれ一つとして、動くものはない。船体の一部を失い、二度と動くことはできないにしても、金属に反射する星明かりに、船殻はくっきりして新品同様で美しい――どこまで落ちぶれることができるか、忘れさせないために保存された生ける屍《しかばね》。紅毛たちがその軍事力をあからさまに示している。その武器は、どんな有魂船でも思うがままに仕留めることができると宣言している。

《辰砂館《シナバー・マンションズ》》のセンサー群には船はどれも皆小さく縮小されて映った。おもちゃの模型か化身《アヴァター》のようだ――ラン・ニェンでも掌《てのひら》の上に載せて簡単に握り潰せるもの。センサーの視線が動くにつれ、船が次々に視野に入ってくる。残骸に次ぐ残骸、焼けただれ、ねじれた見分けもつかぬ金属の塊、毟《むし》りとられたエンジン、粉砕された救命艇に、潰れたシャトル――ラン・ニェンは氷のような拳に握り潰されて心臓が破裂するかと思われた。あの中の船魂を思う。死んだか、不具になったか、動くことが永遠にできない……

「あの人、ここにはいない」

目の前の画面に次々に船が現れるのを見ながら言った。大量の死体の群れを前にして、哀《かな》しみと嘆きと怒りに押し流されそうになる。

「あせらぬことだよ、お嬢さん」

《辰砂館》が言った。船魂の声はいつものように面白がっている——つまるところこの船は五世紀は寿命があるわけだから、ラン・ニェンよりも、さらにはラン・ニェン自身の子どもたちよりもあまりに長く生きることになるから、「お嬢さん」と呼ばれるのは二人を隔てる何世代もの断絶を表わすにはひどく小さく不適切に聞えた。

「時間がかかることはわかってる」

「あの人は区域の外縁にいるということだった」

ラン・ニェンは唇を噛《か》んだ。あの人にはそこにいてもらわなければ困るのだ。さもなければ救出作戦は限りなく複雑なものになってしまう。

「カクによれば……」

「君のいとこが言うことは間違いない」

《辰砂館》が言った。

「だろうね」

赤ん坊のようにすやすや眠っていないで一緒にいてくれたら、とラン・ニェンは思った

——しかしこれから待っていることを思えば、カクには休む必要があると《辰砂館》は指摘した。相手はランクでは遥《はる》かに上だから、ラン・ニェンは従わざるをえない。それでもカクは頼りになる。コミュニケーション能力や巧妙な交渉能力がからんでこないかぎり、というごく狭い範囲の話ではあるけれども——一方で技術的情報では、一族のうちでカクの右に出る者はいない。その交際網は異邦人宙域の奥深く伸びている。そもそもこの区域のことを知ったのもそのおかげだ。

「あれだ」

センサー群がブザーを鳴らし、画面の映像が拡大モードになって、区域の端にある一隻の船を映しだした。周囲の巨体群に比べるとさらに小さく見える。《蔵六塞《タートルズ・シタデル》》はより新しい世代に属する船だった。船体はそれ以前の型よりもコンパクトで機敏、輸送よりも航行と機動性を重視して設計されていた。帝国造艦廠《ぞうかんしょう》から生まれたもので、これほど優雅で洗練されたものも無い——他の船とは異なり、艦首と船体は装飾されている。古き地球の大越《ダイ・ヴィエト》にまで遡《さかのぼ》る、古い伝説や神話からとられた無数の意匠が描かれている。その船殻の外側をただ一発の弾痕が傷つけている——城塞《じょうさい》の絵の塔の一つを貫く焦げた穴は御魂屋《ハート・ルーム》まで貫通して、船に生命を吹きこんでいた船魂を不随にしたのだ。

「あの人だ。どこにいようとわかる」

ラン・ニェンは言った。

《辰砂館》は何も言わないだけのたしなみを備えていた。もっとももちろんその厖大《ぼうだい》なデータベースに船のデザインを瞬く間に照合できているはずではある。

「ちょうど良いタイミングだ。では、ポッドを送りだすかね」

ラン・ニェンは両手が汗でつるつる滑ることに、だしぬけに気がついた。心臓は胸の中で、狂ったように早鐘を打っている。鐘の気が狂ってしまったようだ。

「そうだね、時間だ」

どこからどう見ても、これからやろうとしていることは狂気の沙汰だ。いかに隔離された部分とはいえ、異邦人宙域に侵入し、いかに軽いものとはいえ、船の損傷を修理しようというのだ。

ラン・ニェンは《蔵六塞》をしばし見つめた——船殻の曲線、居住区から離れたエンジンの優雅な傾き。船殻の弾痕は人間の胸にあいた弾痕のようにみえる。舳《へさき》にはもう少し小さな縁起ものがある。眼が良くないと見分けられない。新年の幸運を意味する花をつけた杏子《あんず》の小枝——もう三十年以上前、ラン・ニェン自身の母親が筆をふるったもの、その大《おお》叔母《おば》が最後の、宿命の任務へと出発する前に贈った餞別《せんべつ》だ。

もちろんラン・ニェンはその姿形を隅々まで暗記している。中の通廊のすべての曲り角、外からわかるすべての細部を暗記している——設計図によっても、それが手に入る前に、救出作戦が頭の中に芽生える前から——仏壇の前に立ち自分の大叔母でもある船の回転するホロを見て、そして船魂がどうして撃ち落とされることがあるのか、あるいは失われた者として諦められることがあるのかといぶかしんだ、あの時以来だ。

今では、ラン・ニェンは年をとった。血も凍るようなことも見てきた。自分自身、愚かそのものの策略を計画して、いとこと大大叔母までひきずりこむようにもなった。

年をとるのはまちがいない。たぶん賢くもなるだろう。運よく生き延びることができれば。

自分たちが何者か、施設にはいろいろ話が伝えられていた――いずれにしても自分たちの姿を見さえすればよかった。ずんぐりして色の黒い姿形や、笑うときらりとひらめく眼を見ればわかった。他にも手掛りはあった。息も荒く眼が覚めて自分がどこにいるのかわからず、脈打ちながらのたうつ何か、何なのかキャサリンにはまるで見当もつかないもののイメージが寮の白い壁から消えるまで見つめてしまう、その原因となる記憶。数十人の寮生たちの寝息にやがて眠りに引きもどされる。魚醤《ぎよしよう》や醗酵肉《ネムチユア》のような奇妙な食べ物が食べたくてたまらなくなること。溶けこめていない、自分の眼にはほとんど筋の通らない社会に四方八方から圧迫されている、というぼんやりして遠い感覚。

とはいえ、それも無理はない。自分はすべての級友たちと同じく、子どもの時に連れてこられた――みじめで危険な蛮族たちのもとから救出され、文明の光の下へ連れてこられた――白い清潔な部屋と刺激性のない食べ物、いつもうちとけすぎて感じられる、ぎこちない抱擁の世界に連れてこられた。救出されたと寮母にはいつも言われる。顔全体が整形され、頬骨が青白い肌から鋭く突き出て見えるように変えられた。安全なものにされた。

何から救われたのかとキャサリンは問うたことがある。はじめ誰もが訊《たず》ねた──施設にいる娘たちは全員が訊ねた。ジョウハナとキャサリンが最も激しく問うた。それも寮母があのビデオを見せるまでだ。

皆テーブルにつき、円形劇場の中央の画面を見た。この時ばかりは静かだった。突つきあったり、仲間内で冗談を言ったりする者はなかった。いつもは辛辣《しんらつ》な意見を真先《まっさき》に口にするジョウハナも何も言わなかった──腰を下ろし、身動きもならずに見つめていた。

最初の映像は自分たちと似たような女性だった──小柄で皮膚の色が紅毛《ギャラクティクス》たちよりも濃い──ちがうのはその腹が前に突き出ていることだった。何かのホラー映画に出てくる腫瘍のようにふくれ上がっている。隣に男がいて、その眼は焦点が合っていないから、インプラントを通じてネットワークで何か調べているのだろう──やがて女が顔を歪め、腹に片手をあてて、男を呼ぶ。たちまち男の眼が焦点を結ぶが、無表情だった顔に恐怖が現れる。

字幕が入る直前のほんの一瞬──時間の中で凍りついた一瞬、言葉が、音節を成す音がまとまり、ひどくなじみのあるものに聞えた。自分では筋を通すことがどうしてもできない子どもの頃の記憶のように──狭くるしい空間で大晦日《おおみそか》の爆竹が鳴らされるのがひらめく。加えて、爆竹で火傷《やけど》するのではないか、肉体の回復力が損われるのではないかという恐怖……次の瞬間、それは泡のようにはじけて消える。画面がこれ以上ないほど恐しいものへと変わったからだ。

カメラは揺れながら、脈打つ廊下を走っている——女の激しい息遣いが、苦しむ動物のようにたてる哀れな声が全員に聞える。早口に、小声で励ましている医師の声が聞える。

「生まれるよ」

女はくり返し何度もささやき、医師はうなずく——片手を女の肩に置き、あまりにきつく握りしめるので、その拳が濁った月の色になっている。

「しっかりしなくてはいけない。ハン、頼む。私のためにしっかりしてくれ。すべては帝国のためだ、帝国に万年も続いてもらうためだ。しっかりしてくれ」

そこで画面が切り替わる——画面はますます狂ったようにゆれ動き、その視野に映し出されるのは、壁に文字が流れている窮屈な部屋、顔に同様な恐怖の表情を浮かべた大勢の付添い、平らな表面に横たわり、痛みに悲鳴をあげている女の姿、などが脈絡もなく次々に浮かびあがる——女が腰に力を入れるたびに血が噴き出す——カメラが動いて女の脚の間にくる。医師の両手が暗く開いた口にさし入れられる——滑らかな、光沢のある姿が出るのを助ける。その間にも女はまた絶叫する——そして血が、その体にこんなにたくさんあるはずもないと思われるほどの血が迸《ほとばし》るその間に、胎内にあったものが外へと出てくる。そして頭が大きすぎる赤ん坊に似ていなくもない形ながら、ケーブルや鋭い角がこんなについていていては人間であるはずはない……

それが溶暗し、同じ女が医師によって清められている——あれ——赤子はどこにも見えない。女はカメラを見上げている。が、その眼は焦点が合っておらず、口の隅によだれが光っていて、両手はおさえようもなく痙攣《けいれん》している。

また溶暗し、次に明かりがついた部屋はどこまでも冷たくなったように思えた。

沈黙が深まる中、寮母が言った。

「こうして大越はその宇宙船のための胆魂を生むのです。女性の子宮で培養するのです。あなた方には全員この運命が待っていたはずです。この部屋にいるあなた方の一人ひとりにです」

寮母の眼は全員を見ていった。キャサリンとジョウハナにはいつもより長く留まった。クラスの中で二人はトラブルメーカーとして有名だった。

「だから我々はあなた方を連れ出さねばならなかったのです。あなた方が忌しいものを孵《かえ》すための牝馬《ひんば》にならないように」

「我々」というのはもちろん評議会をさす――ジョウハナに言わせれば狂信者ということになる。贖罪《しょくざい》主義者の教会の一つで、使い放題の金《かね》を持ち、子どもたちの救済と教育に金を注ぎこんでいる――そして人間から昆虫まですべての生命は神聖だと考えている（もちろん娘たちはその体系のどこに自分たちがあてはまるのか、よくわからない）。

雀《すずめ》の群れのようにクラスが解散されてから、ジョウハナは中庭に仲間を集めた。眼が熱を帯びたようにきらきらしている。

「でっち上げだ。でっち上げるしかなかったんだ。あたしたちをここに閉じこめておくのにばかばかしい説明をでっち上げたんだ。人工子宮の代わりに自然出産を使うやつなんて誰もいやしない」

キャサリンはまだ床に飛び散った血が眼に浮かんで、震えていた。

「寮母様が言うには、向こうじゃそうはしないんだと。出産することで胆魂とその母親の間に特別な絆が生まれると考えているんだ――でもその場にいなくちゃいけない。出産の間、意識がなくちゃいけないんだ」

「バカだ」ジョウハナはかぶりを振った。「まるであんなことが多少とも本当らしいとでも言うのか。あれはでっち上げ。それだけのこと」

「本物らしく見えた」

キャサリンは女の絶叫が忘れられない。胆魂が女の子宮からもがくようにすべり出たときの濡れた音も、医師たちの顔に浮かんでいた恐怖も忘れられない。

「人工ビデオはあんなに……どろどろじゃない」

娘たちは人工ビデオを見ていた。滑らかで如才ない代物で、男の俳優たちは背が高く、筋肉隆々で、女の俳優たちは可憐《かれん》で優雅、わざと作られた欠陥がごく薄くかぶせられて、全体が信じられるようにしてある。こうしたものを他のものと区別する術《すべ》を娘たちは学んでいた。嘘《うそ》だらけの中に真実をより分けるのは施設で生き残るための術だった。

「それも見せかけに決まってるさ。あいつら、その気になれば、何だってでっち上げるんだ」

ジョウハナはそう言ったが、顔は言葉と裏腹だった。彼女も衝撃を受けていたのだ。かれらがそこまでやるとはジョウハナも信じていなかった。

「あれは嘘じゃないと思う。今度だけはね」

キャサリンはそう言って立ち上がった。他の娘たちも自分と同じように信じていることは顔を見なくてもわかった――ジョウハナもたてついてはいるものの同じだ――そしてこれで何もかも変わることになると、内心で覚《さと》っていた。


カクがオンラインに来たのは、シャトルの救命艇が《辰砂館》から発射された時だった。船の重力が消え、救命艇用の架台の居心地の良い闇が、遺棄された船の群れの遠景に入れ換わる、胸の引き裂かれるような瞬間だ。

「よう、いとこ殿よ、さびしかったかい」

カクが訊《き》いてきた。

「さびしくて、がんがん燃えてる火にでも会いたいくらいだ」

ラン・ニェンは最後にもう一度装備を点検した――救命艇は最低限必要な機能だけの実用本位のもので、コクピットに自分の体をぎりぎり捩《ね》じこむだけのスペースしかない。非常時の脱出用以外のことは考えられていない構造の、ありとあらゆる隙間に、様々なケーブルや端末を詰めこんだ。《辰砂館》に頼めば、通常の運送用シャトルを出してもらえたろうが、救命艇の方が小さく小回りが効いた。遺棄船区域の防衛網をかわせる可能性が高い。

「ハハハ」カクの笑い声は少しも面白そうではない。「ところで一族は我々がやってることに気がついたよ」

「で？」
二、三年前だったら、そう言われたらラン・ニェンはどうしていいのかわからなくなっていただろう。今はほとんど気にならない。自分は正しいことをしている自信がある。親孝行の娘なら、一族の一人が異邦の墓地で朽ちはててゆくのをほうっておいたりはしない――大叔母を救出できないまでも、少なくとも遺体を持って帰って、適切に葬ることはできる。
「みんなは我々が、大大叔母さんの常軌を逸した目論見《もくろみ》の一つを実行しようとしてると思ってる」

「ふん」

ラン・ニェンは鼻を鳴らした。両手はコントロールの上を踊って、《蔵六塞》へいたる一方で、予期しない方向転換をする場合に備えて最大推力を確保できる軌道を計算している。

「常軌を逸した企てを思いついたのは私ではない」

あわてた口調で《辰砂館》が通信チャンネルで指摘した。

「それは若い者たちに任せている。ちょっと待て――」《辰砂館》は視界から消えた。「ドローンの群れが近づいてくる」

そりゃそうだ。紅毛が貴重な戦勝記念物を無防備のままさらしておくはずがない。

「どこ？」

救命艇のフロントガラスの視界に透明な図が降りてきた。フロントガラス一面に明るい点が浮かびあがる——高速で移動する小型船の大群で、基本的な運動情報を示すコンテクストによって変化する矢印と、予想される軌道を表わす円錐がついている。ラン・ニェンは悪態をつくのを抑えた。

「こんなにたくさん？　やつら、この壊れた宇宙船がほんとに好きなんだな」

質問ではなかったから、カクも《辰砂館》も答える手間は省いた。

「あれは外縁を巡回している防衛ドローンだ。すり抜けられるようにする。大大叔母さんのシステムにつなぐまでちょっと待ってくれ……」

カクが言った。

ラン・ニェンはいとこの姿が想像できた。《辰砂館》の下の方のデッキでベッドにうつ伏せになり、起こした顔には半ば当惑し、半ば集中した例の表情が刻まれている。ものを考える時の、いとこ独特の顔だ——何分もその顔のままでいる。あるいは答えが見つかるまでずっとだ。フロントガラスの向こうではドローンの群れが散開している——四方八方からまっすぐ向かってくる。こちらを圧倒しようとしている眼もくらむバレエだ。すばやく動かないと圧倒されるしかない。

決断を下す前にラン・ニェンの指が救命艇のコントロールの上に閃《ひらめ》き、バレル・ロールに入って、一番近いドローンの群れを回避する。

「よう、急いでくれよな」

カクからの応答は無い。くそったれ、考えすぎてるヒマはないぞ。ラン・ニェンは鋭く機体を傾けて、ドローンの一群を際どいところでかわした。ドローンは脇をすり抜ける――そして方向転換したが、思っていたよりずっと速い。ご先祖さま、あいつら速いよ。イオン推進エンジンにしちゃ速すぎる。カクは軌道計算をやりなおさなきゃならないぞ。

「おい、今の見たか」

「見たよ」カクの声は遠い。「もう計算に入れた。あの機体のサイズからすると、螺旋《らせん》エンジンを積んでる可能性が高い」

「そりゃあ面白いわなあ」ラン・ニェンはさらに二つのドローンの波を縫ってやり過ごした。周囲の救命艇の機体が発砲に揺さぶられるのに、猛烈に悪態をつく――スピードを維持さえしてれば大丈夫……大丈夫のはず……「――ただ、こっちは技術的なことには興味なんてないこたあわかるだろ。とりわけ今この瞬間には」

赤い細い線が画面に表われた――パニックに襲われた魚が辿るように右左に揺れ、傾いた軌道だ――《蔵六塞》とその救命艇用の架台の列までつながっている。ドローンが一番密集しているど真ん中にまっすぐ向かっていた。もっともそれが一番の問題というわけでもない。ラン・ニェンは言った。

「こんなの無理だ――」

ミスの余地がまったく無い――一カ所でもカーヴを曲がりそこねれば、次のカーヴに入るのに必要な運動量を回復できない。

「そこしかないんだ」カクの声には感情が無い。「大大叔母さんが隙間を見つければ途中でアップデートする。が、今は……」

ラン・ニェンはほんの一瞬眼を瞑《つむ》った——天に眼を向ける。もっともあらゆる方向が天だ——そして先祖たちに見守ってくださいと祈りを献《ささ》げた。それから画面に眼をもどし、そして飛びだした——両手はコントロールの上に閃き、滑り、救命艇の進路を反射的に調整してゆく——ドローンの大群のど真ん中を躍りぬける——中に突込み、飛びさり、《蔵六塞》との間を隔てる空間を突拍子もない線で抜けてゆく。眼は浮かびあがった映像から離れない——指がコントロールの上をさっと動いてごくわずかにずれたコースを設定された軌道に合わせる——進路からずれたとわかるその寸前にカーヴを合わせる。

「もうすぐだ」そう言ったカクの声にはかすかに励ましの響きがある。「大丈夫だ、行けるよ」

前方、わずかな距離のところに《蔵六塞》があった。救命艇用の架台は長い間に萎縮してしまっていた。が、外部からのシャトルや救命艇が接舷するためのハンガーは残っている。その入口は船の下半分の金属の表面に引かれた灰色の細い線だ。

「閉まってる」

ラン・ニェンは激しく息をつきながら言った——高速で突込んでいる。驚いた鼠《ねずみ》を追い払うようにドローンを追い散らしながら近づく速度は速すぎる。そしてもしハンガーが開かなかったら……

「おい！」

カクの声はひどく遠くから来るようだ。はるか離れて、通信システムによってなぜか音量がカットされている。

「その件は話し合っただろ。通常、船は弾が当たると非常用スタンバイ・モードになってる。だから開くはずだ――」

「だけどもし開かなかったら」

ラン・ニェンは訊きかえす――船は大きく迫り、フロントガラスいっぱいになった。もう救命艇用の架台が数えられる。あばたのように穴のあいた表面が見える――頑固に開かない扉に自分の救命艇がぶつかれば、どれくらいみっともない衝突になるか、想像もできた。

カクは答えない。答える必要もない。本当にハンガーが開かなければどうなるか、二人ともよくわかっていた。ご先祖さま、お守りを。ラン・ニェンは何度もくり返して祈った。ハンガーの扉が迫ってくる。が、なお開かない――ご先祖さま、お守りください！

扉に施された彫刻の、幾重にも重なった細部が見えるまで近づいたとき、扉が開いた。金属の拡がりが真ん中から流れるように現われ、小型の機体がすり抜けられるだけのサイズの穴が穿《あ》いた。穿いた隙間をラン・ニェンの救助艇がもみこむように抜けた。扉が流れるように閉まって、コックピットに闇が降りた。救命艇が急ブレーキをかけて止まり、ラン・ニェンの体は解体された人形のように引っぱられた。

震えが止まって救命艇から体を外すのにはしばらくかかった。それからおそるおそる足を下ろす。

スーツの小さなランプが照らしだしたのは、ひたすら巨大な、かき乱された影の塊だった。ハンガーはもっとずっと大きな船を何隻も収容できるだけの大きさがあった。三十年前、ここは満杯だったはずだ。紅毛たちは船の残骸をここへひきずってきた時にすべて取り除いていた。

「さあ入った」

ささやく。そして闇の中を進み出す。めざすは御魂屋と大叔母だった。

「すまないが、きみが選んだ最初の就職先は評議会によって却下されたよ」

ジェイスンがキャサリンに言った。

キャサリンは背をまっすぐにして椅子に座っていた。服がうまく着られていないことがひどく気になっているのをなんとか無視しようとしていた——襟ぐりは広すぎるし、腰の周りはふくれすぎてもいて、おまけに縫い子が長さを間違えていることにジョウハナと二人で気がついたから、ズボンの丈を大あわてで直さねばならなかったのだ。

「わかりました」

そう言ったのは他に言えることは本当に何も無かったからだ。

ジェイスンは机の上を見ていた。何か割り当てられる仕事を無から呼び出せるとでもいうように、金属に眼で穴を穿けようとでもいうように——ジェイスンが良かれと思っているることはわかっていた。この役割を、キャサリンのことなどまるで気に留めていない他人にまかせるよりも、おそらく自ら買って出たのだろう——だが、今はジェイスンが大越難民保護評議会で働いていて、したがっていかに小さなものではあろうとも、将来に対する自分の願いを拒否する一端を担っていることを思いださせられるのは嫌だった。

やがてジェイスンはゆっくりと諄々《じゅんじゅん》と説くように口を開いた——今朝から何十回となくくり返し練習したにちがいない。

「難民の配置先を選ぶにあたって、政府は細心の注意を払っている。きみを宇宙ステーションに送ることは——非生産的だと考えられたんだ」

非生産的。キャサリンは笑みを崩さなかった。仮面を貼りつけたままにしていた。もっとも唇の隅を上げ、喜んでいるように眼を輝かせているのは辛かった。

「わかりました」

同じことをくり返した。他に何を言っても無駄だ。

「ジェイスン、ありがとう」

ジェイスンの顔が赤くなった。

「きみの後押しをしようとしたんだ。だけど……」

「わかってます」

キャサリンは言った。ジェイスンは職員で、それ以上でも以下でもない。評議会の序列の最底辺の役人だ。たとえ自分の肩をもつことに積極的だとしても、自分が望むものをもたらすことはできるはずもなかった。それはそう驚くことではない。メアリもオリヴィアもジョウハナも……

「なあ、今夜会わないか。こんなことはみんな忘れてしまえるところに連れてくよ」

「そんなに簡単じゃないことはわかっているでしょ」

キャサリンは言った。レストランとか、急流下りとか、ジェイスンが考えている楽しいことで、これを忘れられるとでも言うのだろうか。

「わかってる。だけど、評議会についてはぼくにはどうにもならない」ジェイスンの口調はしっかりしている。「でもきみが楽しい想《おも》いをすることは保証できる」

そんな気分ではなかったが、キャサリンは無理矢理笑みを浮かべた。

「覚えておきます。ありがと」

建物から出て、広いアーチの下を過ぎた時、ガラスの窓に陽光がきらめいた――そして一瞬、我を忘れた――ガラスのパネルに映っている星明かりを見つめていた。老いた女が一人、壁を手でなぞりながら、腸《はらわた》が引き裂かれるような哀しい笑みを向けている……まばたきすると映像は消えた。が、哀しみとおちつかない感覚は残った。まるで何か欠くことのできないものが欠けている感覚だった。

ジョウハナは階段で待っていた。腕を組み、芝生に穴を穿けんばかりの眼をしていた。

「何て言われた」

キャサリンは肩をすくめたが、簡単な動作がどうしてこんなに難しいのか、わからなかった。

「同じでしょ。非生産的」

彼女たちは皆同じ配置を申し込んだ——全員が宇宙に関するものを求めた。天文台、宇宙ステーション、あるいはジョウハナの場合には、正面から低速船の乗組員だ。全員が言い方こそ違え、同じ理由で却下された。

「何をくれた」

ジョウハナが訊ねた。ジョウハナ自身の紙はすでに丸められて一番近い端末でリサイクルされていた。彼女は北へ、スティールへ向かい、考古学的発掘に加わることになっていた。

キャサリンは肩をすくめたが、実のところそんな軽い気持ちではなかった。娘たちはいつも星空の下にいると安らぐのだった——宇宙に出たいといつも思っていた。故郷の惑星に少しでも近づきたいと切望していた——無重力で、引き止めるものもなく浮かび、ついに属することのない価値観によって測られ、評価されることのないところに行きたい。

「ニュース記者だって」

「少なくともそんなに遠くまで行くことはないね」

そう言うジョウハナは少しばかり腹を立てたようだ。

「そうね」

ニュース社のオフィスは施設からほんの通り二本隔てたところだ。

「あんたの配置はジェイスンの差金だね、きっと」

ジョウハナが言った。

「かれ、そんなことは言ってなかったけど——」

「言うはずはないよ」

ジョウハナはやわらかく鼻を鳴らした。ジョウハナはジェイスンがあまり好きではなかったが、ジェイスンがいることがキャサリンにとってどれほど大きいかは心得ていた——そしてキャサリンとジョウハナの間が丸々大陸一つ分離れるとなれば、それがもつ意味はずっと大きくなることも承知していた。

「ジェイスンは自分の失敗を言いふらすんだ。気に病んでるからね。でも、成功したことをしゃべることはまずないね。大口叩いているように思うんだろ」

ジョウハナの顔が変わって、なごんだ。

「かれ、あんたのことを好きなんだよ——心の底から。あんた、この世で一番ツイてるんだよ」

「わかってる」

キャサリンはそう言いながら、自分の唇に触れたジェイスンの唇を思いだした。自分が満たされて欠けるところがないと感じられるまで、じっと抱きしめてくれたことも思い出した。

「わかってる」

この世で一番ツイてる——自分とジェイスンと自分の新しいフラット——それに行きつけの場所、それに施設からもそう遠くはない——もっともこの最後の要素がありがたいものかどうか、自信はない。適切なふるまいというものを寮母に叩きこまれた歳月を思い出させられたいか、自信はない。完璧ではないギャラクティク語をしゃべるといつも奪われたものや、食べ物が少しばかり好きでないことを示すと何時間もさせられた寮のトイレ掃除、〈長寿ステーション〉に植民したギャラクティクの大統領の名を覚えられなかった時は、ひと晩、裸で冷えてゆく中、外に締めだされた——体を暖め、眠らずにいるために、全員体を寄せあっているのを寮母が見て、動物のようにふるまったというのでさらに五時間、道徳の説教をされた。

キャサリンは両の掌に爪をくいこませた——痛みで今現在に意識をつなぎ止めた。今は評議会本部の階段に座っているのだ、施設とそれが自分たちにとってなんだったかはもう遙か昔の話なのだ。

「あたしたちは自由よ」ようやく言った。「大事なのはそれだけ」

「あたしらが自由になることはないね」ジョウハナの口調は暗く、激しかった。「あんたの経歴には『施設』を示す印がついてる。それにたとえその印がなかったとしても、あたしらがいつか溶けこめると、本当に信じてる?」

首都《プライム》に似た者は他にいなかった。ここでは大越は歓迎されない。その眼を持つ者、その肌の色をした者、施設で何年も過ごしてもついに消すことはできなかったその仕種をする者はいない。

「不思議に思わないか……」

ジョウハナの声は細くなって黙りこんだ。言葉に出すには大きすぎることを噛みしめているようだ。

「何を」

キャサリンは訊ねた。

ジョウハナは唇を噛んだ。

「あたしらが両親の、本物の両親のところにいたとしたら、どんなだったかと思ったことはない？」

彼女たちには思い出せない両親。計算もしてみた――施設にいた子は誰もそこに来る前のことは何ひとつ覚えていなかった。娘たちがごく小さな時に連れ出されたからだ――それが最善のやり方だったと寮母は言った。ジョウハナはもちろんもっと禍々《まがまが》しいこと、預かった子どもたちを大人しくさせておくために施設が何か注射したというようなことだと非難した。

キャサリンは一瞬、大越での暮しを思った――ホロ映画に出てくるような、調和のとれた牧歌的なイメージだ。例の出産の動画という否定のしようもない現実に木端微塵《こっぱみじん》にされたイメージ。

「あたしたちは繁殖用の牝馬のように利用されたのよ」

キャサリンは言った。

「あなたも見たでしょ――」

「確かに見たさ」ジョウハナはぴしゃりと言い返した。「でもひょっとすると……」その顔は真青《まっさお》だ。「ひょっとすると他のもの全部と引換えなら、そんなにひどいもんじゃないかもしれないじゃない」

愛されることと引換えなら。一人前に扱われるなら。溶けこめるなら。星空を見上げて、どれが故郷なのだろうと思わなくてもいいのなら、自分の家族のもとへ、いつか戻れるかもしれないと夢見なくてもいいのなら。

キャサリンはあの動画を思い出しながら、腹をさすった――あの女の腹から這い出てきたもの、母親の血をまとった金属のぎざぎざと輝く結晶の塊を思い出し、一瞬、自分があの女になったように感じた。肉の衣から離れてその体の上に浮かび、苦痛のうちに自分が出産するのを見ている。次の瞬間、その感覚は消えた。が、まだ本来の自分より遥かに大きく拡大されていると感じていた――遥か遠くから自分を眺め、自分の人生が、つまらない無意味な人生が、それでいて最初から最後まで完全に縛りつけられている人生が過ぎてゆくのを眺めている。

ひょっとするとジョウハナの言うとおりかもしれない。つまるところ、あれもそれほどひどいものではないのかもしれない。

ラン・ニェンの予想より船は小さかった――《辰砂館》での経験をもとに進んでいたが、あれはより古い世代の船だ。《蔵六塞》は同じ機能をより小さなサイズで実現していた。

ラン・ニェンはハンガーから居住区へ登った。装備は肩からかけている。ドローンのような洗練された防衛システムを予想していたが、何も無い。生命を賦与《ふよ》された船の、おなじみのぬるぬるした感覚が壁にあった。船魂がまだ生きている徴候だ――もっとも、かろうじて、ではある。壁は剝出《むきだ》しだ。《辰砂館》で慣れていた手の込んだ装飾は無かった――スクロールする書や、星々や花の流れる絵もなく、アンビエントなツィターの響きなど、沈黙を活性化するようなものは何も無い。

ぐずぐずしている余裕はあまり無い――カクによれば、外縁防衛のスイッチが入った瞬間から、もっと大きく装備の重い防衛手段が人間の手によって起動されるまで二時間――とはいうものの、どうしても見ないわけにはいかなかった。居住区の部屋の一つを覗きこんだ。中はやはり空《から》だった。壁には弾痕があった。室内の色といえば、椅子に飛び散った数滴の血の乾いた痕だけだ。船の撃沈という悲劇――乗っていた人びとの処刑、残骸の遺棄船区域への曳航《えいこう》――を思い出させるものは乾いた血痕と食卓の上の一枚の女のホロ写真。愛《いと》しい母か祖母か、供え物も線香もない、裸で見捨てられた写真。壊された仏壇で残ったものはそれだけだ。ラン・ニェンは悪霊祓《ばら》いに床に唾を吐き、通廊へもどった。

霊廟《れいびょう》の中に入った感じだ。一度、姉にそそのかされて、カクと一緒に一族の先祖の社《やしろ》で一晩過ごした時のようだ。二人ともほとんど眠れなかった。怪物か何かが出たわけではない。線香と供物の香りの只中《ただなか》で、その場所全体からにじみ出る、ひどく大きな沈黙のせいだった。それによって、自分たちもまたいずれ死ぬことを思い知らされたからだ。

船魂もまた死ぬことがありえる――救援は無益だ――いや、そんな風に考えている暇はない。あたしにはカクがついてる。二人してかかれば……

カクの声がしばらく前から聞えていない。

そう気づいた途端、立ち止まった――船の中の沈黙だけではなかったのだ。自分の通信機もまた無気味に黙りこんでいる。いつから――《蔵六塞》に入った時からだ。いとこの声が聞えたのはあれが最後だ。非常用スタンバイモードとハンガーの扉について指摘し結局は何もかもうまくゆくはずと、冷静に言う声……

通信機を点検してみた。どこも故障してはいないらしい。しかしどの周波数に合わせても、静電しか聞えない。ようやくそれほど混んでいないように思える周波数が見つかる。

「よう、聞えるか」

ノイズが載っている。

「ひどく――聞えにくい」カクの声とかろうじてなんとかわかる。「何か――かんしょう――してる」

「わかってる。どのチャンネルもノイズばかりだ」

ラン・ニェンは答えた。

カクはしばらく答えなかった。答えた時、声はさっきより遠くからに聞える——カクがまた興味を惹かれた問題があるのだ。

「ノイズじゃない。連中、データを送信しているんだ。こいつは……」

そして通信が切れた。少しでもノイズの少ないところはないかと、ラン・ニェンはあらゆる周波数を試してみた。が、見つからない。ラン・ニェンは罵《ののし》るのを抑えた——紅毛が船に仕掛けた障碍物《しょうがいぶつ》がどんなものでも、カクは迂回《うかい》する方策を見つけられるだろう。しかしこれはなんとも異様だ。なぜ、データを送り出してるんだ。予想される襲撃者の通信を邪魔するのは大して重要なことども思えない——少なくとも防衛用ドローンやその類《たぐい》には比べるべくもない。

ラン・ニェンは通廊を進み、渦巻く通路を御魂屋へとたどった——耳には静電しか聞えない。脈打つ歌に、頭の中からまともな思考がかき消される——少なくとも沈黙よりは良い。見捨てられた都市で水中を動いているような感覚よりはマシだ——遅すぎたという感覚、大叔母はすでに死んで回復のしようもない、ここでできることは大叔母にとどめを刺して、みじめな状態に終止符を打つことだけだ……という感覚よりマシだ。

脈絡もなく、以前に見た動画を思い出した。曾祖母が御魂屋に腰をおちつけている映像だ——《蔵六塞》の生涯の最初の数年、幼年期の一番大事な時期に、船の母親が同乗して、船魂を成人まで導くのだ。曾祖母は船にお話をしてやっていた——そして《蔵六塞》は発音された言葉を懸命にまねして壁に文字としてスクロールしては、うまくゆくたびに大喜びで笑い声をたてる——それは幼くかわいく、その存在の最後の往《い》く末は何も知らない。

船内の他の部分とは異なり、御魂屋は混みあっていた——部屋いっぱいに紅毛の装置が詰めこまれ、中央に据えられている船魂の上を這いまわっていた。船魂を端から端まで覆って、その下の金属の輝きもほとんど見えない。物珍しい装置からは大きく距離をとった——船本体から出ている突起や棘《とげ》は、妙な角度に突き出し、何かまるでわからない黒っぽい液体で光っている——そして紅毛の装置が船魂の上に幾重にも積み重なっている。ケーブルと、見たこともない機械たちの塊で、何がどうなっているのか、解きほぐすだけでかなりの時間がかかりそうだ。

そこらじゅうにディスプレイがあって、グラフやダイヤグラムを何十となく映しだしている。ラン・ニェンには見当もつかない何かの変数の値が変わるにつれて、画面も変化していた。生命にかかわる数値のようだが、ラン・ニェンには何だかまるでわかるはずもなかった。

ラン・ニェンは船魂の方に向かって年長者にする礼をした——おざなりなものになったのは、船魂に自分の姿が見えるかどうか、自信がなかったからだ。言葉によるものも、その他の手段を通じても、礼を受けた反応は無かった。

大叔母さんはあそこにいる。はずだ。

「ヘイ」

カクの声が耳許でした——はっきり明瞭で、こんなに心配そうな声は出したことがない。

「どうして聞えるんだ」ラン・ニェンは訊ねた。「御魂屋にいるからか」

カクは鼻を鳴らした。

「そんなんじゃあない。すべてのデータは御魂屋から流し出されてる。両端で送信をフィルタする方法を見つけただけさ。いや面白い問題だ……」

「そんなことしゃべってる場合か。もう一度蘇生作業をおさらいしてもらわないと――」

「いや、そうじゃない。まずこっちから伝えなきゃいけないことを聞いてもらう必要がある」


呼出しが来たのは夜だった。評議会の制服を着た男はキャサリン・ジョージかと訊ねた――まるで相手がその本人だと、朝の三時に画面の前に蒼《あお》ざめた顔と乱れた恰好で立っているのだとはわからない、とでも言うようだった。

「はい、私です」

キャサリンはのしかかってくる悪夢と戦っていた。全身に返り血を浴びたという記憶とともに夜中に眼が覚めた。何もできないまま見ている目の前で、星々が崩壊した。嚙み砕かれた音がして闇の中にただ独り宙吊《ちゆうづ》りになっている。致命傷を受けたことはわかっているる――

男の声は平静で感情がこもっていなかった。スティールで事故があった。起きるはずのない、残念なできごとで、評議会はお悔やみを申し上げる――こんな時間に電話したのは申しわけないが、お知らせした方がよいと考えた……

「わかりました」

キャサリンは言った。背中をいやになるほど真直ぐにしている――最後に評議会と対面した時、宇宙へ出たいという自分の想いは非生産的だと、ジェイスンに告げられた時のことを思い出していた。ジョウハナに評議会が告げた時……

ジョウハナ。

しばらくしてから男の言葉がガラスの上の水のようにキャサリンの上を流れていった――虚《うつ》ろな激励、中身のない哀悼《あいとう》の意、その間キャサリンは心臓を抜きとられたように突っ立って、泣きたい、吐きたいという欲求と戦っていた――時を巻きもどしたかった。先週に、ジェイスンが恥ずかしそうな笑みを浮かべて、花をつけた杏子の枝を差し出した時に戻りたかった――ジェイスンが焼いてくれたレモン・ケーキの、つんとする鋭い匂いをかぎたかった。キャサリンが気に入るかどうか、わかるのを待つ間、注意深く表情を消していたジェイスンの顔を見たかった――ジェイスンの腕の中にしっかりと抱きしめてもらい、そして大丈夫だ、何もかも大丈夫だ、ジョウハナは大丈夫だと言ってもらいたかった。

「他の人たちにも連絡します」男が言った。「ただ、お二人はお互い親しかったので……」

「わかりました」

キャサリンは言った――もちろん男にはこの皮肉はわからない。同じ返事を前回も評議会に、ジェイスンにしたことはわからない。

男は接続を切った。そしてキャサリンは独り残された。居間に立ちつくし、今にも押し流そうとしてくる想いを押し戻す——腹の中がはずれた感覚はまったくなじみのないものでもない。このギャラクティクたちのもとに自分は属していないという認識。自ら選んでここにいるのではなく、しかしここから出ることができないという認識。自分の人生はもっと大きく、一センチ刻みでゆっくりと死んでゆくよりも、ニュース・フィードの原稿を書きながら、その貢献を認められることはまるでないよりも、もっと充実したものであるはずだ、という想い——ジョウハナの人生はもっと大きなものであるはずだった……

画面はまだ点滅していた——評議会の通信は前にも入っていて、見ていなかったのかしら。でもなぜ——

暗闇の中、両手で探り、通信を再生するよう指示した——通信が解凍されるので、画面は一瞬暗くなった。それからジョウハナの顔を見つめていた。

一瞬、苦痛に満ちた永遠とも思えた一瞬、キャサリンはほっとして、さっきのは間違いだったのだと思った。ジョウハナはやはり生きていたのだ。それから自分がいかにバカか、覚った——これは通話ではなく、墓の彼方《かなた》からの遺言なのだ。

ジョウハナの顔は青かった。あまりにも青いので、抱きしめて、大丈夫だというういつもの嘘を言ってやりたくなった——が、その言葉を口にすることはもはやできない。絶対にできない。

「ごめん、キャサリン」

ジョウハナの声は震えていた。両眼の下の隈《くま》は顔の半分まで広がり、ホラー映画に出てくる青ざめた怪物に見せている――幽霊、さまよえる魂、人肉を求めてやまないグール。

「こんなことはもう続けていけない。施設はまだましなんだけど、あれがどんどんひどくなってる。夜中に気分が悪くなって眼が覚める――まるですべての良いものが世界から吸い取られるみたい――食べ物は味がしなくて、あたしは日中、幽霊のように漂っていて、自分の人生全体がなんの意味も真実も無いみたい。施設であたしらの記憶にされた処置がどんなものか知らないけど――それが今になって崩れてきてるのよ。私はバラバラにされてる。ごめん、もうこれ以上ガマンできない。あたしは――」

ジョウハナはほんの一瞬、カメラから眼をそむけた。それからキャサリンに眼をもどして言った。

「あたしは行かなきゃならない」

「だめ」

キャサリンはささやいた。が、起きてしまったことは変わらない。できることは何も無い。

「あなたはあたしたちの中でいつも一番強かった。お願い、そのことを忘れないで。お願い」

そしてカメラは切れ、部屋の中に沈黙が拡がった。重く、耐えがたい沈黙。キャサリンは泣きたくなったが、涙はもう残っていないのだ。

「キャサリン」

寝室からジェイスンの眠そうな声がした。

「仕事の受信箱をチェックするには早すぎるよ……」

仕事。愛。無意味だとジョウハナは言った。キャサリンは巨大な窓に歩みよった。眼下に広がる都会を見つめた——強大な首都。ギャラクティク連邦の中心。その建物は光に包まれ、街路にはフローターが行き交っている。中央には議事堂の大きな図体がふくらんでいる。ギャラクティク連邦が故郷の銀河系のほとんどをまだ支配していると誇らかに宣言していた。

明かりが多すぎて星も見えない。が、想像はできた。そしてその引力も感じられた——あのうちのひとつは自分の故郷であることはまだ覚えていられた。

嘘だ、とジョウハナは言っていた。あたしたちをここから出さないために組み立てられた嘘。

「キャサリン」

ジェイスンが後ろに立っていた。片手でキャサリンの肩を包んでいた——いつものように、ぎこちないほど優しい。フラットのひとつに一緒に住まないかと言い出したあの日のように、片足に体重をかけ、まっすぐキャサリンを見ることはしない。

「ジョウハナが死んだ。自殺」

ジェイスンが凍りつくのを、見るというよりも感じた——そしてしばらくして言った時、口調があらたまっていた。

「ほんとうに残念だ。ジョウハナはきみにとってあんなに……」

声は小さくなって消え、ジェイスンもまた黙りこんで、下の都会を見つめた。

この感覚――子どもの頃、眼が覚めた時に感じたのと同じ感覚。この世界はどこかがひどくおかしいという、ぼんやりした感覚。影の中から男たちが監視している、自分を引きこむのに最適の瞬間を待っている、自分の体に完全にもどったわけじゃないという感覚――肩の上のジェイスンの手は幽霊の手で、ジェイスンの愛も自分を安全に守るには足らないという感覚。周りの世界に何度もくり返し罅《ひび》が入ってゆくという感覚――キャサリンは息を吸いこみ、その感覚をふり払おうとした。これは哀しんでいるだけのことだ、そのはずだ。疲れているだけのことなのだ――が、感覚は消えようとせず、かすかに吐き気すら湧いてきた。

「私たちを殺せばよかったのよ」キャサリンは言った。「その方が親切だった」

「殺すだって」

ジェイスンは心底ぎょっとしたような声で言った。

「私たちを両親から引き離した時に」

ジェイスンはしばらく黙っていた。

「我々は殺しはしない。我々を何だと思っているんだ。外見が違うものはなんでも殺したり燃やしたりするお伽話《とぎばなし》の怪物だとでも。もちろん我々はそんなんじゃない」

　ジェイスンの口調にはもはや不安もぎこちなさも無かった。まるで何かの泉に触れたよう、原始的な反射だけが隠された逆鱗《げきりん》に触れたようだ。

「私たちの記憶を消した」

　口調が苦々しいものになるのを隠そうとはしなかった。

「消さざるをえなかったんだ」ジェイスンはかぶりを振った。「さもなければ、その記憶にきみたちは殺されていた。わかってるだろう」

「どうしてあなた方を信用できるわけ」

　ジョウハナをご覧なさい、とキャサリンは言いたかった。私をご覧なさい。それだけの価値はあったと、どうして言えるわけ。

「キャサリン……」ジェイスンはうんざりした声で言った。「前にも話したじゃないか。昔の動画も見ただろ。きみたちの幼児期を盗もうとしたわけじゃない。誰の幼児期を盗もうとしたわけでもない。だが、きみたちの記憶を手つかずのままにしておくと……事故が起きたんだ。不注意だ。ジョウハナみたいに」

「ジョウハナみたいに」

　キャサリンの声は今や震えている。しかしジェイスンは動かない。キャサリンをなぐさめるようなことはせず、抱き締めることもない。キャサリンはついにふり向き、ジェイスンの顔を見つめる。かれは光に、信仰に貫かれていた。その眼はキャサリンから外され、自分は正しい、自分たちは全員正しく、幼児期が盗まれたとしてもギャラクティク市民になるための代償としてはささやかなものだという、ゆるぎない確信がその存在から、あらゆる汗腺から、しみ出ていた。

「何を使ってもできるんだ」

ジェイスンは子どもに人生を説明する口調でゆっくりとおちついた声で言った。ともに生活してきた歳月の中で、何度も何度もくり返された台本、キャサリンたちのためになされた、許しがたい、途方もないあの同じ選択にいつも戻ってくる。

「鋏《はさみ》、ナイフ、割れた罎《びん》。血管を切る。首をくくる。薬を飲む……他に方法は無かった……きみたちの記憶を消すしかなかった。きみたちを白紙の状態にするしかなかった」

「するしかなかった」

キャサリンは今や震えていた。だが、まだ男は気づかなかった。まだ男が見えるようにできなかった。

「本当なんだ。それ以外に無かったんだ」

それでわかった。男は本当のことを言っていると、いつもわかってはいた——男が言っていることが正しいからではない。キャサリンたちの未来として他のものを想い描くことがまったくできないからだ。

「わかったわ」

キャサリンは言った。吐き気は、あるべきところからはずされた感覚は消えることは無い——この男に対する心の底からの嫌悪感、自分を捕えて離さないこの人生への嫌悪感、自分がなったもの、ならされたものすべてへの嫌悪感は消えることが無い。

「わかった」

「ぼくが好んでやったと思うかい」男の口調は苦々しい。「それでぼくが夜よく眠れると思うかい。ぼくがあの選択をしたわけじゃないが、あの選択はひどかったとぼくは毎日思っているんだ。評議会にできることが他に無かったか、きみたちの存在を作っているものを何もかも奪わずにすんだ解決策は無かったかと、毎日考えているんだ」

「何もかもじゃない」キャサリンはゆっくりと慎重に言った。「私たちは大越人の姿形をしている」

ジェイスンは顔をしかめた。おちつかない顔になった。

「それはきみの体だよ、キャサリン。当然、それは盗まれはしないさ」

当然。男のおちつかない様子を見ているとだしぬけに、こいつらはそれも変えることができたのだとキャサリンは思いあたった。記憶をいじくったのと同じく、いとも簡単にできたのだ。肌の色を薄め、眼をよりめだたなくして、ギャラクティクの社会に溶けこみやすいようにできたのだ。しかし、こいつらはそうしなかった。最後まで操ろうとした、とジョウハナなら言ったところだ。

「私の体で一線を引いた。それでも記憶を盗むのはかまわなかったわけ」

ジェイスンは溜息をついた。窓にふり向き、街路を見た。

「いや、かまわないわけじゃない。それはすまない。しかし、他にどうすればきみたちを生かしておけたと言うんだ」

「私たちは生きたいとは思わなかったこともありえるわ」

「頼むからそんなことは言わないでくれ」

男の口調が変わった。恐がり、守りに入っている。

「キャサリン、誰でも生きる価値はある。きみにはとりわけある」

私には生きる価値は無いのかもしれない、とキャサリンは思った。が、男はしっかりと抱きしめて離そうとしない――このフラットにつなぎ留める碇《いかり》、この居間に、人生につなぎ留める碇。

「きみはジョウハナじゃない。わかってるだろう」

あたしたちの中で一番強い、とジョウハナは言っていた。自分が強いとは思えない。もろく、ふわふわと漂っている。

「ちがう」やがて、キャサリンは言った。「もちろん私はちがう」

「さあ、薬湯を作ってあげるよ――キッチンで話そう。薬湯が要《い》るような顔をしているよ」

「いいえ」

キャサリンは顔を上げた――闇の中で男の唇を探した。男の息と男の温もりを呑《の》みこんで、虚ろな体の中を埋めたかった。

「私に要るのはそれじゃない」

「ほんとうかい」

ジェイスンの顔は迷っていた――やさしく、人が好《よ》く、そしてうぶだ。この人に惹かれたのはこれ以外に無い。

「きみの状態は――」

「しいい」

キャサリンはそう言って男の唇に指をあてた。そこにキスしたこともあったのだ。

「しいい」

後になって、愛をかわした後で、男の肘の上に頭を載せ、命綱にすがりつくように、相手の心臓のゆっくりした動悸《どうき》に耳を傾けながら、思っていた。この虚ろな感じをいつまで押し留めておくことができるだろうか。


「宛先はプライムだ。すべてのデータはプライムに送信されてる。それにこの区域のほとんどの船から出てる」

カクが言った。

「わかんないな」

ラン・ニェンは応えた。自分の装置を船につないでいた。わけのわからないターミナルは慎重によけた――中心にはあえて近づいていない。大叔母が安置されているあたりを、紅毛のテクノロジーの産物が一面這いまわって、船魂と船魂を船につないでいるコネクタの塊はよく見えない。

ディスプレイのひとつでスクリーンセイバが起動した。ラン・ニェンが見たこともない惑星の夜だ——細長いフローターやヘルパー・ボットの大群、広く、人間味のない街路からすると、紅毛の惑星だろう。街路に沿って植えられている樹々はあまりに高くて形も完璧だから、何年も交配を重ねた末に作られたものにちがいない。

「大叔母さんはここにはいない」

カクが言った。

「わか——」

わからない、と言おうとして、その時、カクの言葉の真の重要性がどんとやってきた。

「ここにいない、って。大叔母さんは生きてるぞ。船を見ればわかる。周りじゅうで音がしてる……」

「そりゃそうだ」カクの声は少しばかりいらいらしている。「ただ、それは……無意識のなせるわざだ。眠っていても息してるようなもんだ」

「夢を見てるのか」

「ちがう」

カクは答えた。言葉を切る。それからひどく慎重に言った。

「大叔母さんはプライムにいると思うんだ。放送されているデータは船魂の思考プロセスらしい。高密度に圧縮されて、全部混ぜあわされてる。向こうの端じゃ何かがそのデータを展開して、そして送ってる先は——うがあ、わからん。とにかくあいつらが適切だと思ってるところへ送ってるんだ」

何もわからないとまた言いそうになるのをラン・ニェンは唇を噛んで抑えた。が、ありきたりな返事をするしかなかった。

「プライムね」

これはえらいことだ。船魂を、家族もいて愛されている船魂を捕える——それを眠らせる、というのも別のところで、見知らぬ惑星と、まるで異質な文化の下に目覚めさせるためだ——花か木でも移植するように船魂を移植できる……

「プライムにいるのか」

「端末か、なんらかの動力源としてだ」

そう言うカクの声は暗い。

「なんでわざわざそんなことをするんだ。もう一台余計にコンピュータを動かすだけにしたってとんでもないエネルギーの浪費じゃないか」

「おれが紅毛のやることはなんでもお見通しだと思うか」

カクがよく練習しているように、両手を上にあげて万歳しているのが想像できた。

「わかってることを伝えてるだけだよ」

いずれにしても紅毛——ギャラクティク合星国——のやることはほとんど筋が通らない。かれらはある孤立した銀河に漂着した大脱出船団《エクソダス》の一つの子孫だ。何十年も他から孤立していて、お互いに対立して厖大《ぼうだい》な規模の民族浄化をやりあったあげく、故郷の惑星から出て、資源と居住可能な惑星をめぐる冷酷な競争相手として現れた。

「わかった、わかった」

ラン・ニェンはゆっくりと息を吸いこんだ。当面の課題に集中しようとする。

「その無線放送を切断する手順を教えてくれないか」

カクは鼻を鳴らした。

「おれだったら、まず船を治すね」

ラン・ニェンは膝をついた。船の背骨の一本に巻きついているケーブルを睨《にら》みつけた。

「オーケー、ここまで来た当の目的のものから始めよう。見えるか」

沈黙――そして等身大のカクのホロが目の前に現れた――もっとも化身は太い筆ほどの幅しかないが、大大叔母さんは充分細部まで描画してくれたから、カクを見誤ることはなかった。

「かわいいな」

ラン・ニェンは言った。

「ハハハ。帯域が無いから、どうでもいいところはなしだ――細かいところはそっちの側に任せるしかない」

カクは片手を上げて、部屋の一番外側の端にあるディスプレイのひとつを指さした。

「まず、こいつを外せ」

時間はかかったし、骨も折れた。カクが指さす。ラン・ニェンは確認してから外し、次へ移る。二度、ケーブルの一本のひどく近いところまで指を突っこみ、そばで電気がばりばりと走るのを感じた——まったく冷や汗ものだ。

二人の娘は部屋の外縁から中心へと進んでいった——最後に巨大な量の装置と格闘した。カクの最初の試みで、一本のケーブルが無気味な音をたててはずれた。二人は待った。が、何も起きない。

「何か焼いちまったかもな」

ラン・ニェンが言った。

「まずいな。用心してる時間がないことはわかってるな……たぶん三十分かそこらで他の防衛手段がオンになる」

カクはまた動いて、もう一つのずんぐりした端末を指さした。

「こいつを外せ」

終わってから、ラン・ニェンは一歩下がって、自分たちの成果を眺めた。

御魂屋はかつての栄光をとりもどしていた。紅毛の装置の代わりに、船魂が収まっているところの、おなじみの突起や鋭い有機針があった。そして船魂の本体も見えた——揺籠《ゆりかご》に気持ちよさそうに収まり、船の制御装置に取り囲まれている——無数の腕がコネクタのラックを摑《つか》んでいる。巨大な頭が光を反射していた——きらきら光るケーブルや、血管に覆われた球形に近い形だ。紅毛の攻撃の焼跡がはっきり見える。頭の縁の細長い黒い部分で、血管を二、三本、傷つけていた——コネクタのひとつにも当たっていて、そこはインク色に焼ききれている。

ラン・ニェンは止めていたつもりもなかった息を吐き出した。

「あれでコネクタが攪乱《かくらん》されたんだ」

「そして大叔母さんは傷を負った。でも死にはしなかった。おまえが言ったとおりだな」

「ああ、だけど――」

だけど、攻撃のシミュレーションを何度もくり返し、いつも同じ予後におちつくのと、そのシミュレーションが実際と一致して、損傷が修理可能であるのを目の当《ま》たり《あ》にするのは、まったく別のことなのだ。

「おまえのバッグの中に新しいコネクタがあるはずだ。それをはめこむやり方を教える」

カクが言った。

作業が終わると、ラン・ニェンは一歩下がった。そして大叔母を見つめた――どこか妙な形で、船魂のプライバシーを冒したような感じがした。船魂にとって御魂屋は要塞で、好きなように現実を曲げられる、望む姿をとることができる。こんな風に大叔母を見るのが、外見を装ったり、見せかけなしに見るのが……こんなに不安なものとは思ってもみなかった。

「で、次は」

カクに訊ねた。

細かいところは見えなくても、いとこがにやりとしているのがラン・ニェンにはわかった。

「次は放送を切るだけで大叔母さんが戻ってくるように、ご先祖様に祈るのさ」

またプライムの夜。また悪夢にどっぷりはまり、キャサリンは息が詰まって眼がさめる――赤い灯のイメージ、スクロールしている文章、骨の髄が冷えてゆく感覚、あまりに奥まで冷たいので、いくら重ね着しても暖かく感じられるとは思えない。

ジョウハナはそこにいなかった。傍ではジェイスンが小さくいびきをかいて眠っている。その時、いきなり吐き気にとらわれる。彼に何と言われたか――自分の記憶を締め出したこと、元々の故郷を盗んでから、別の故郷を与えたことを、いとも軽い調子で口にしたではないか。吐き気が過ぎ去るのを待つ。いつものように、これまでの生活におちつくのを待つ。が、吐き気は去らない。

代わりに立ち上がり、窓へ近づき、立ったままプライムを眺める――広く清潔な街路、完璧な樹々、夜のフローターのバレエ――無数のダンスが作り上げるその社会が、夜明けから夕暮れまで、そしてその後も圧迫してくる――ジョウハナなら何と言っただろう。しかしもちろんジョウハナはもう何も言わない。ジョウハナは先へ、闇の中へ行ってしまった。

腹の中の吐き気は消えようとしない。むしろ広がる。ついには体が檻《おり》のように感じられる――初め、その感覚は腹の中だと思う。が、感覚は上へと動く。ついには手足もあまりに重く、あまりに小さく感じられる――体のどこも、動かすのがひと苦労になる。両手を上げる。自分のものではない外肢を動かしている感覚にさからう――そして顔の輪郭をなぞる――なじみのある形がないか、現実につなぎ止めてくれるものが何かないか。重さが広がる。胸を圧迫するので、ほとんど息もつけない――肋骨に罅が入り、両脚が床に縫いつけられる。眼が回る。気を失いそうだ。しかし、慈悲深い暗黒はやってこない。

「キャサリン」ささやく。「私の名はキャサリン」

もうひとつの名が、勝手に唇に昇る。ミ・チャウ。ヴィエト語で自分につけた名前――レーザーに引き裂かれるほんの一瞬前、暗黒に沈む前だ。ミ・チャウ。父親とその同胞をはからずも裏切った王女、その血が海底で真珠となった王女。その名を舌の上で味わう。するとそれが、もはやそれだけが自分のものと思える。

最初の時を思いだす――プライムの上で、見知らぬ体の中に目覚め、息をするのも苦しく、こんなにも小さく、宇宙の中を導いてくれた星々からこんなにも遙かに離れてどうなってしまったのか理解しようとあがく――施設の廊下を幽霊のようにさまよい、ギャラクティクが自分に何をしたかをついに知ると、トイレで自分の血管を切り、足下にゆっくりと血が溜まってゆくのを見ながら、逃げることだけを考えていた。二度めに目覚めた時を思い出す。二度めの、キャサリンとしての、朦朧《もうろう》とした人生。

ジョウハナ。ジョウハナは二度めの人生を生きのびられなかった。今この瞬間にも、その三度めの生を始めている。どこか施設の奥深くで――肌の黒い他の子どもたちと見分けのつかない肌の黒い子ども――混乱と混沌《こんとん》の他、何の記憶もない……

外では明かりは薄れていない。が、そこにあるのは星々――けばけばしく、見慣れぬ、プライムの上に浮かぶ星々、その配置はどこかおかしい。そして、だしぬけに思い出す。星々がどんな具合に周《まわ》りにあったか、惑星から惑星への道を示していたか――より速く移動するため、深宇宙に入ると捕えられたその冷たさを、ちょうど今捕えられている、骨まで摑まれているように――自分が本来どれくらい大きいか、広いか、思い出す……

そこらじゅう星だらけだ。そしてそこに重なって映しだされている二人の大越の女たちが何度もくり返し呼んでいる。自分を呼びもどしている。ずっと自分のものだった体に呼びもどしている。家族のもとへ呼びもどしている。

「さあ、おいで、おいでよ」

女たちはささやき、その声は他のどんな音よりも強くなる。寝室のジェイスンの寝息よりも、フローターのエンジンの音よりも、キッチンの大蒜《にんにく》のかすかな匂いよりも強くなる。

「おいでよ、大叔母さん！」

自分はこの体には収まらない。この抑圧された人生には収まらない――想いが広がり、ハンガーと居住区画をとり囲む。架台に収められた液体を積んだ救命艇の重量も包みこむ――一族の集まりを思い出す。ありとあらゆる年代の子どもたちが、自分の通廊の壁に手をついている。自分の金属の壁に触れる子どもたちの肌の感触を思い出す。かけっこをしている子どもたちの笑い声、御魂屋で静かにおしゃべりしている母親たちの声を思い出す。また新たな年が始まるので挨拶にきている。そして外殻に触れる筆の感触。幸運をもたらす杏子の花を描いているのだ……

「キャサリン」

後ろでジェイスンが呼ぶ。

意志をふりしぼって、ふり返る。もう一つの、遙かに大きな体に同時に、小さな、詰めこまれていた体にも意識を保つだけの力を、どうにかして捻《ひね》り出す。ジェイスンはドアの柱に片手をかけて立っている――顔は真青だ。星明かりの中で、色を失っている。

「思い出した」とささやく。

男の両手が伸ばされる。頼みこんでいる。

「キャサリン、お願いだ、行かないでくれ」

ジェイスンに悪意はない。それはわかる。隠していたことはどれも、愛するゆえに隠していた。私を生かし、幸せにし、二人を分けへだてるあらゆるものに抗して近くに引き止めておくためだ。今ですらジェイスンの愛を想うと、心臓に棘が刺さるようだ。記憶の洪水に比べれば、哀れなほどとるに足らない、最後に残る後悔。だが、まったく何の意味もないわけじゃない。

今向かっているところでは、独りきりになることは二度とない――ジェイスンと共にした形では、この世界全体で、自分を除いて大事なものは何も無いと感じることは決して無い。家族ができる。子どもたちと叔母たちと叔父たちのうるさい群れがやってくるだろう。しかし、ジェイスンとなんでも、あらゆるものを分け合った、やさしく、冒されることのないプライバシーのようなものは何も無い。ジェイスンのような恋人をもつことは二度とない――うぶで率直で、自分が何を求めているか、それを手に入れるためにどこまでやるか、おそろしいほどの自信にあふれている恋人。大越の社会にはジェイスンのような人間は居場所が無い――おのれの分をわきまえず、身のつつしみ方を知らず、失敗をどう受け入れるか、道理の引込め方を知らない人間。

これから行くところでは、独りになることはありえない。それでもひどく寂しくなることだろう。

「お願いだ」ジェイスンが言う。

「ごめんなさい。戻ってくる――」

その約束はジェイスンへの、ジョウハナへのもの。自分の言うことはもう聞くこともできず、自分の声も聞きわけられないジョウハナへの約束。存在全体が広がる。火にかけられた水のように薄まる――そしてその瞬間、気がつくとジェイスンに手を伸ばしている。最後にもう一度触れようとしている、その顔を最後にもうひと目見ようとしている。自分でも持っているとは知らなかった心が引裂かれるのを感じながら。

「キャサリン」

ジェイスンは彼女の名を何度も何度も泣きながらささやく。そしてその名、ほろ苦い記憶とともに、なおまといついている嘘をたずさえて、自分の存在全体がほどけてゆく――飛び去ってゆく。待っている星々に向かって。

形見

Memorials

ファム・ティ・タン・ハーはカムが思ったとおり自宅にいた。叔母《おば》さんたちの知識についてや、どうやってその情報を手に入れたのか、訊《たず》ねることは今ではやめている。言われたままにやるだけ。年長者にかわいがられている従順な娘で、余計なこともせず、不満も言わない——ガールフレンドのテュイが暇な時にそれは念入りに再構成している物語の中で称揚されている孝行娘の模範だ。

タン・ハーは大女で、一族全体の上に聳《そび》えたっているにちがいない——もっとも今は悲しみに頬はこけ、袖の黒の喪章にすべての歓《よろこ》びを吸い取られているようではある。

「下の姪《めい》の……カムでしたね」

名前を口にする際、一瞬、口ごもる。微妙なやり方だが、訪問の目的をさっさと言う方が身のためだとはっきり示している。

「よう、まいられた」

二人が座っているのはタン・ハーの私室で、一族の他の者たちとは隔てられている——カムはもう長いことこの仕事をしているから、どこに配慮すべきか充分心得ている。内密な話であることを巧妙に念押ししておいたから、タン・ハーは物見高い叔母やいとこたちを遠ざけておき、さらには壁面ディスプレイやインプラントのスイッチも切り、すべてのネットワークも停止していた。録画や動画の送信を示すような大きな活動の山も見られない。

タン・ハーはよく訓練されたしぐさで茶を注ぐ。蓮《はす》の花の優美な香りが部屋いっぱいに拡がる。カムは頭を下げて、もてなしに感謝を示す。

「下の叔母さま、おくやみ申しあげます」

タン・ハーは会釈するが、何も言わない。

もっとも言うことは何もない。カムは深く息を吸ってから言う。

「風や雨は天命です。私どもは家族でその嵐をしのぎます。けれどときには……」一度言葉を切る。それから言葉を探っているような口調で「ときには風が家の中に入りこんでしまい、これを外へ逃がすには身内ではない者の助けを借りねばならないこともあります」

茶碗《ちゃわん》に伸ばされていたタン・ハーの手が途中で止まった。眼を上げる。カムをまっすぐ見つめているのはまちがいない（カム自身はもちろん礼儀を守って眼は卓の上に伏せたままだ）。

「何を言いたい」

その口調はギャラクティクのように無遠慮でつっけんどんだ——下の階級の者や召使いにでも使う呼称を使っている。

「わかるように言いなさい」

なるほどそこまで伝統には従っていないわけだ——皆そうだが、避難先の社会に汚染されているのだ。そのことは後のためにしまっておいて、同じくむきつけの無遠慮な調子で単刀直入に言う。

「尊くもお祖母さまが亡くなられたとき、医師の一人が叔母さまのもとに来ました――ギャラクティクで、叔母さまの息子と言っても通る若い顔の者です。医師は叔母さまが一人になるまで、叔母さまが年長の方々から離れて一人になるまで待っていました。医師は申しました、お気の毒に存じます。こんなことを申しあげるのは適切ではないかもしれません し――」

タン・ハーが鋭く息を吸いこむのが、目に見えるよりも耳に聞えた。これでこちらのものだ。

「――永代化《えいたいか》を断わられたことは存じていますが、それは判断をまちがわれたというものです。誰でも永遠に生きたいと望むものです。最後の最後では故人は万全ではなかった、頭が充分に働いてはいなかったのでしょう……」

タン・ハーが茶碗を皿にもどしてたてた音は部屋の中に銃声のように響く。

「あの男には愚か者と言ってやった。お祖母《ばあ》さまの魂は地下の黄泉《よみ》にあって、輪廻《りんね》転生《てんせい》にゆっくりと進んでいるのだとも言ってやりました。永代化はただの記録、故人の不完全なイメージにすぎず、動画や写真と変わりはしません」

カムは自分の茶碗を卓にもどし、そのざらりとした金属の表面に両の肘をついた。

「それでも叔母さまはそのチップを受け取られました。しまっておいて、年長の方々には一言もおっしゃられませんでした。通夜の間も、葬列や埋葬の時にも、故人の魂に香を献《ささ》げる百日の間もおっしゃっていませんね」

タン・ハーの両手がほんの一瞬だが震え、そして止まる。

「それが事実だとして……」

カムは笑みを浮かべる。

「まちがいのない事実です。どうしても必要とあれば、マリオン・シムズ病院のエリオット医師の証言をご提示できます」

エリオット医師に悪意は無かったとカムは承知している――連中はいつもそうだ。祖母にふさわしい仮想宇宙がタン・ハーには見つかるはずと考えた――祖母が第二の人生を送ることができ、孫たちが会いに来られるような空間、現実の世界よりも規則の柔軟性が大きな世界。ほとんどのギャラクティクにとっては、永代者になることは恥でもなんでもない。それどころか、永代者と生者の間にそう大きな違いもない。永代者は銀行口座を持ち、商売を営んでいる。永代者の家族を作っている者さえいる。子どもを作ることはできないし、宿となっている宇宙を離れることもできない。が、そんなことは死後の生の代償としては何ともささいなものではないか。

問題はエリオット医師は竜《ロン》ではないことだ――だからカムやタン・ハーのような人間が何をどう考えるか、わからなかった。

「わかった。望みは何」

タン・ハーが訊ねた。

相手は恐がっている――カムがすっぱ抜いて、年長の連中に訴えるにちがいないと思いこんでいる。さもなければこの情報を握って脅迫に使うと思っている。カムは息を吐き出し、これ以上できないほど穏やかな顔をタン・ハーに向ける。

「チップは叔母さまには無用のものです」

「欲しいと言うのか」

タン・ハーの笑いは血の止まっていない傷にライムの絞り汁をかけたように痛烈だ。

「私が渡すと思うのか」

「それはご面倒なものではありませんか」

カムは愛想のよい声を出す。天気か子どもたちのことでも話しているような声。

「ごく簡単に二つに折ることもできますけれど、それは敬愛するご先祖さまの写真を引き裂くようなものです――許される罪ではありません。永代者用の仮想宇宙を見つけて、お祖母さまに新しい人生をさしあげることもできましょう。でもそれには年上の方々にこれまでのことを告白しなければなりません……」そしてこの部屋という聖域の中にあって、タン・ハーがそんなことはしないと二人ともよくわかっている。「さもなければ私にお渡ししていただくこともできるわけです」

タン・ハーは首を傾《かし》げる。戦う相手の意志をつきとめようと観察している雄鶏《おんどり》というところだ。

「だろうね。しかし、おまえのことは知らない。私でも真二《まつぷた》つに折れるように、おまえにもバラバラにできる――記憶や感情をバラして、コードや戦争体験の断片として熱心なギャラクティクのマニアに売ることもな」

口にはされなかったが、スティーヴン・ケアリの名が、鎮められることのない、白い衣を着た幽霊のように部屋の中に漂っている――ロンの難民たちに対してケアリがしたあらゆるインタヴュー、老いたロンたちからケアリが引き出した戦争のあらゆる記憶、それが大きな形となる、ロンたちの喪失体験を把《とら》えて形になるのだという約束――それらの結果は記念館《メモリアル》という、これ以上ないほど苦いものに行きついた。

「私はちがいます」

カムはただそう言う。

「それで信用しろというのか」

ここでほんとうのことを伝えることもできる。あの叔母さんたちが何者か知らない、なぜあの叔母さんたちがあそこへ行け、ここへ行けと指図するのかわからない、タン・ハーが亡くなった祖母に孝行するように、自分も孝行しているだけだ、ただ、つないでいるものは愛でも子としての義務でもない、もっとずっと品下《しなくだ》るものだ――強欲と脅迫と何もかも失うことへの恐怖だ。しかし嘘《うそ》をつくことで叔母さんたちに金《かね》をもらってもいる。そこで嘘をつく。

「信用できないというのはごもっともです。でも、私がチップを求めるのは、バラバラにするためでないことは誓います」

誓いにはそれなりの価値がある。いにしえの一族同士の間の契約のようなものだ。カムは誓いを安売りする。生計を立てている武器だからだ。

タン・ハーの手がひきつる。眉間《みけん》に皺《しわ》が寄る――が、人間の心が表に出る無数の形を読みとるのにカムは慣れている。それに結局どうなるかもわかっている。洪水のように、結果は避けようがない――タン・ハーは言い訳したり、説得しようとしたり、あるいは孫としての義務を果たせないと抵抗したりするだろう。しかししまいには誘惑に屈して、誰にも言えない後ろめたさを抱えたままでいるのに耐えられなくなり、祖母の幻が収められたチップを渡すことになる。そうなるのだ。いつもいつもそうなるのだ。

だからこそカムは自分が嫌で嫌でしかたがない。

帰りは遅くなる。例のチップは包装されてハンドバッグの中だ。自分が何をやっているか、嫌でも思い出させてくれる――巻きこまれているものを、何もかも思い出させる。日々重ねている嘘、叔母さんたちがやっていることへの恐怖も思い出させる。永代者をバラして、部品や記憶を取り出しているのだ。そういうものは皆、活発な取引の対象だ。ギャラクティクたちが愛してやまない仮想映画用だけでもない――永代者たちは、尋常でない、風変わりな記憶を求めて搾取《さくしゅ》されている。映画にどっぷり漬かって出てこないような、すれっからしの視聴者でもわくわくできるようなものがあるからだ。それは合法ではないが、しかし仮想宇宙のどれかに入り、その法律の拘束に身をゆだねないかぎり、永代者としては自分の身を守ることはほとんどできない。むしろ、そういう扱いを受けても無理はない、と叔母さんたちなら言うところだ。

カムは本当のところを知っている。正しいことは何もない――永代者は実在の人間の谺《こだま》にすぎないが、だからといってそれを売ることが正当化されるわけじゃない。しかしとにかく金が欲しいから、やめるわけにはいかない。

帰ってみるとテュイは机に向かっている。ガールフレンドは食卓の前に座りこみ、職場の同僚で永代者のダフネ・レナルズに猛烈な勢いで報告を送っている――しゃべっているスピードはカムには眼が眩《くら》むほどだ。が、永代者の基準からするとゆっくりしたものであるはずだ。フラットのボットたちはすでに掃除をすませ、釜の中のタイ米《ジャスミン・ライス》の豊かな香りが食欲をそそっている――フライパンの中のオムレツの大蒜《にんにく》と魚醤《ぎょしょう》の匂いがそれに重なる。

しばらくしてテュイは作業を終えて顔を上げる。

「おかえり」

「ただいま。どうだった」

「セキュリティの穴は埋められたと思うんだけどね。ミスってるかもしれないが」

テュイは顔をしかめる。

ネットワーク・セキュリティで博士号をとっているテュイがまるで自信がないことに、何度見てもカムは驚いてしまう。大方の基準からすれば、一族の期待に応えられないでいるのはカムの方なのだ。ギャラクティクがその市民に課している最低限の量の勉強もほとんど終えられずに、ランドフォールで、給料の安いつまらない仕事を次々に渡り歩いていた。ニュース収集屋、区画清掃係、低レベルのネットワーク・サポートといったところ。ありとあらゆる仕事についたし、それで残っているものと言えば、ひどく辛かった記憶しかない。三人のロンの学生と狭苦しい部屋に詰めこまれ、金がどこから来るのか、ついにわからなかった。

「大丈夫に決まってるよ」

カムは言いながら近寄ってキスする——テュイの唇を深く味わう。

「医者に行った？」

テュイはカムから身を離して肩をすくめる。食卓の上に二つあるココナッツ・ジュースのグラスの片方をとり、もう片方をとれとカムに合図する——テュイはカムより年上で、何かというと指図したがる。

「もちろん。すべて正常。あんまり騒ぐなよ」

「大事なことだよ」

カムは言い張る。

「大したことじゃない。子どもができるのは自然だ」

テュイは自分の妊娠について議論する気分では全然ないらしい。ジュースをすすり、床に眼をおとす。

「そっちは今日はどんな具合だった」

カムは肩をすくめる。実感の伴わない暢気《のんき》な風を装う。

「いつもと同じ。話すほどのこともないよ」

「どっちにしても話したことはないじゃないか」

カムはギャラクティクの情報機関の仕事をしているとテュイは思いこんでいる。カムが念入りに育てた嘘だ。もう一つ、母用の表向きの顔はネットワーク記者だ。が、テュイにつく嘘は真実にもっとずっと似たものでなければならない。

「ほらほら、ココナッツ・ジュースを飲めよ。今日もいつもと同じくらいぞくぞくもんだったんだろ」

テュイがカムを見る眼には愛があふれている——心底自慢なのだ——それを見るとカムの腹の中がでんぐり返る。あんたが想像していることは何一つしてはいないと、どうしてテュイに言うことができるだろうか——自分は泥棒で、人さらいで、他人をあざむき、難破した人の生につけこむことにひたすらすがって生きているのだ、などとどうして言えよう。

テュイには言えない。腹の中の子にも言えない。そしてテュイの妊娠が人目にもどんどんはっきりわかるようになるにつれ、布を織るときのように、二人の人生のあらゆる側面をねじってゆくにつれ、選択肢がなくなってきている。それでもなお、カムは無理矢理笑みをうかべる。心の底からの笑顔には見えないと自覚しながらも。

「ありがと」

いつもの通り、カムは叔母さんたちに記念館で会う。

面会場所として叔母さんたちがなぜここに執着するのかわからない。一つには自分や自分が選んでいることを嘲《あざけ》ろうとしているのではないかと思っている——つまるところ、裏切者を糾弾するのに、記念館ほどふさわしいところが他にあろうか。

カムは回り道をとり、警官がいないかと辺りに眼をくばる。馬鹿馬鹿しくはあるが、尾《つ》けられていると感じたことが何度かある——ふと通りすぎた人混みの中に、同じ顔が何度も見えた——それに確信はないが、警察のエアカーやトラックが傍《そば》に駐《と》まっていることが多すぎるような気もしている。単に後ろめたいだけで、ランドフォールの警官の存在にいちいち反応しているだけかもしれない。

今では記念館の入館は無料だ。維持費はギャラクティクの裕福な一族からの寄付でまかなわれている。カムは入口に並ぶギャラクティクの列の後ろにつく——ここにロンはあまりいない。カムが唯一のロンかもしれないくらいだ。いつもと変わらない朝まだき。重要な戦いの記念日でもないし、大虐殺を追悼《ついとう》する日でもない。だから人の数は少なく、誰もしゃべる気分にはない。

助かる。しゃべることに耐えられるかどうか、自信がない。

物理的な現実では記念館は大したものではない。ずんぐりした建物が、これを生かしているサーバ群の上にうずくまっている——宝物を守っている蟾蜍《ひきがえる》というところだ。中に入ると長い螺旋《らせん》がアクセス房に向かって延びている——仮想現実が徐々に姿を顕《あら》わすにつれて、記念館は訪問者に戦争のこと、ロンの大脱出のことを思い出させる。はじめは壁のスクリーンの映像。そして最後は仮想宇宙に先立つ、完全3Dの展示になる。これには二つの目的がある。記念館を「適切」な文脈の中に置くこと、そして訪問者が物理現実から仮想宇宙へ、押しつけがましくなくそっと移行できるようにすること。

どちらの目的も達せられていない。

文脈は他のすべてのものと同様に、ギャラクティクが設営している。だから西と東の大陸同士の戦争に火をつけた彼ら自身の役割はきれいさっぱりと取り除かれ、行き先を失った地元民たちを救えなかった英雄として提示されている。そして自分たちがそもそも大脱出を引き起こしたことや、平和維持の名のもとにモクハウティンで彼らの部隊がふるった残虐行為は隠しながら、そうした悲劇を嘆いてみせる。

文脈に注意を払っていないとしても、移行の方はシームレスとはまるで言えない。仮想宇宙が現実にとって代わってゆくときには何度もがくんとくるし、しまいにはボットたちが頭に電極をつけてゆく、冷たくべっとりした感覚がやって来る。全身の筋肉が一度にもみくちゃにされるような、倒されたばかりの立木にでもなったような嫌な感覚だ。

そうしてようやくカムは記念館の中に立っている。ぶるぶる震えながら、痺《しび》れた筋肉をなんとか動かそうとしている。周りでは他の訪問者たちが立ち上がっている。オンライン・ストアで買った花や紙のカードやちょっとした記念品を手にしている。上の階へと進んでゆく。死んだ兵士や罪もない大脱出の犠牲者、それに死んだ子どもたちに献げるお供え。カムの歴史の教師たちは言ったものだ。死んだ子どもたちというのはなぜか、シュアン・フォンの陥落や東大陸の侵攻で殺された他の誰よりも、追悼し哀れむに値するとでもいうようだ、と。

いつものようにカムの手には何も無い。ふり返ってみることはせずに、入館エリアを出て、記念館の奥深くへ向かう。

記念館はある意味ではシュアン・フォンだ――戦争前夜の街。街路はエアカーや私用シャトルが行き交い、天に向かって輝く穂先をそろえた槍《やり》のようにビルが上方に聳えている――頭上の軌道体《オービタル》の影が落ちている。地表の喧騒《けんそう》を面白そうに見下ろしている富と力のある連中の家だ。

ここはあまりに多くの面でシュアン・フォンではない。

カムの祖母がほめたたえてやまなかった街ではない。母がその両親の腕に抱かれて脱出した際持ってきた記憶の街ではない。ギャラクティクからの亡命者が定宿にしていた、流行最先端のけばけばしいホテルの街だ。古風で風変わりな寺の街。そこで行われている仏教の儀式を描いている者は、観音菩薩《かんのんぼさつ》を信ずることがどういうことか、罪の重さを、輪廻《りんね》を信ずるとはどういうことか、理解することができない。ここでの一族揃《そろ》っての宴《うたげ》は、ギャラクティクの眼から見たもので、食べ物や親孝行の価値を把握できていない。路地裏ですら、そこに住む一家の一つひとつにとってのなつかしき我が家ではなく、むさ苦しく汚れている——ありとあらゆる点で、微妙に、実に不愉快な形でずれている。ロンにとって大切なものの、出来の悪いまがいものでしかない。

悪気はなかったんだと、寛容な気分のときのロンは、スティーヴン・ケアリのことを言う。自分のプロジェクトが異境に流されたロンの助けになる、その苦境を世界に知らしめることになると、心底考えた（まるでそのことについて残らず、哀《かな》しみをまとったあさましい内実や秘密が残らず世界の知るところにならなければ、ロンの苦しみは現実のものではない、とでも言うのだろうか）。

カムは黎利通りを歩き、派手に飾りたてた関帝廟《かんていびょう》を過ぎ、付添いのロンをしたがえた影のようなギャラクティクたちとすれ違う——そうして叔母さんたちとの会合場所に向かう。

叔母さんたちはいつも同じ場所にいる。古いギャラクティクのアンシブル・ステーション裏の狭い路地だ。小さな古びた屋台で、プラスティックの椅子に座っている。湯気のたつ汁の丼が前にある——牛肉と八角茴香《はっかくういきょう》の料理の匂いは、記念館の中でギャラクティクの思考様式によって処理されていないと感じられる唯一のものだ。叔母さんたちはずんぐりして、肌の色は黒い——記念館を訪れた者のもつ、確固とした存在感にはほっとする——仮想宇宙の要素の一つである、どこかぼんやりして、ゆらゆら揺らめいている化身ではない。

もちろん彼女たちは叔母ではない——おそらくロンではないし、女ですらないかもしれない。どこの仮想宇宙でもそうだが、記念館にも化身のオプションがある。肌の色を変えるのはわけもないし、声色を変えるのも、生物としての種も変えて、翼のある馬やライオンになるのも簡単だ。もっともそんなことをしても何か意味があるとも思えないが。

「いらっしゃい」最年長の叔母さんが言う。「おすわり」

カムは座らない。ささやかな、哀れな抵抗、相手の言いなりにはならないことを示そうという、無駄な試みだ。

「ブツはシャトルポートのロッカーに置いてある。番号は八六八」

「いつもの通りだね」

最年長の叔母さんは笑みを浮かべる。が、その眼までは笑っていない。

「ようやった。払ってるだけのことにちゃんとやってるね」

また椅子を示す――空いている唯一の椅子――色は赤、幸運と朗報の色。大晦日《おおみそか》と一族の集まりを思いだして居心地が悪くなる。

「すわらないか。ここの汁は旨《うま》いよ」

「ここじゃ旨いと言えるものは多くないよ」

年下の叔母さんの一人が言う。眉をひそめたままだ。

「ほれほれ」最年長の叔母さんが言う。「年寄り女の愚痴なんぞ、この子に聞かすもんじゃない。まだ若すぎる」

カムはもはや若くない――結婚適齢期は過ぎた。人生をまともなものにするにも遅すぎる――何も考えずに嘘を鵜呑《うの》みにしていた年も過ぎた。しかしそういうことは何も言わない。

「万事順調だったろうね」

最年長の叔母さんがさらりと訊ねる。カム自身の叔母たちがカムの仕事のことを訊ねる時と同じ、さりげない調子だ。

カムはファム・ティ・タン・ハーのことを思い返す――カムの払うカネとひきかえに祖母のチップを渡してよこした時の顔――後ろめたさと恐怖の間で歪んだ顔、その甘い言葉にもかかわらず、カムは信用できないと知っている顔。

「予想通りだよ。特に支障はなかった」

「支払いは……」とカムは言う。

これを聞いて三人とも笑みを浮かべる。カムが内心どう感じているか、正確に知っているようだ――全身がねじ上げられたようで、吐き気がする。この種のカネを受けとるのは、他にどうしようもないからだ。年下の叔母さんの片方が手を開き、一束の紙幣を見せる。大統領の肖像が印刷された古いもの――男の鋭角的な顔はいつ戦争が始まってもおかしくないことを承知して皺が寄り、背を丸めている。真ん中の年の叔母さんが言う。

「全額だよ。約束どおり、百万クレジット」

ちょっとした額だ――この百分の一の額でもこしらえるのに、ロンは苦労していることを思えばかなりの額ではある――実にたくさんのロンが首都《プライム》の薄汚れた地域の薄汚れたレストランを守るか、より裕福な亡命者に料理人として雇われるかして、子どもたちの暮らしが自分たちのものよりも良くなるようにしようと、爪に火をともすようにして金を貯《た》めている。このカネがカムのものになるには条件が二つある。仕事を果たすこと。そして叔母さんたちについて口をつぐんでいること。

どちらも当然のことながら、どんどん難しくなっている。

カムは札束に手を伸ばし、その上で手を握る——一瞬、叔母さんの肌に触れて、冷たさを感じる。蛇の鱗《うろこ》のように乾いている。札束は砂糖のようにカムの肌に溶ける。それが自分の銀行口座に入っていることは、ネットワークにアクセスしなくてもわかる。

「礼は言わなくていいよ」真ん中の年の叔母さんの声は面白がっているように聞える。「さて、次の仕事が待ってるが、それまで一週間あるから、あんたも嬉しいだろう。ガールフレンドと家族と過ごす余裕ができるからな」

カムは驚かない——もちろん向こうは自分とその暮らしを隅々まで監視しているだろう。もちろん向こうは他にも代理人を使っている。コインロッカーからチップを回収したりする者だ。もちろん向こうはテュイのことを知っている。明後日はテュイの祖母の祥月命日だ。毎年のことだが、カムとテュイはグリーンヘイヴンの実家に赴き、仏壇を拝むことにしている。

とはいえ、その次に来るのは……

「それに赤ん坊だ」もう一人の若い方の叔母さんが言う。「赤ん坊を忘れちゃいけない」

赤ん坊。どうして知っているのだ——赤ん坊は秘密なのだ。カムの母親すら知らない。はかない胸算用、よりよい未来への祈りなのだ。カムの両手が握り拳になる。自分でも止められない。

「どうして、どうして知ってる」

「あんたのファイルにみんなあるじゃないかね」真ん中の年の叔母さんが言う。「心配するな。あたしらは誰にも言わない」

こいつらはこの件を握っておく。使えるかもしれない道具としてためこんでおくのだ――こいつらはなんでも餌にする。カムの人生のどんな断片もカムに対して使う武器にする。

「あんたらが言わないことはわかってる」

怒りを押し殺しながら、カムはそっけなく言う。

真ん中の年の叔母さんは笑う。革がみずから破れるような、耳障りな音。汁を身ぶりで示す。

「飲んだ方がいい。冷めないうちに」

叔母さんたちの一人は音をたてて丼から麺をすすっている。満足そうな顔だ。状況が違えば、それでカムの腹も減ってくるところだ。

「汁はいらない」

「ああ。そうだったね、忘れてたよ」真ん中の年の叔母さんが言う。「あんたは仕事の後じゃいつも怒ってるんだった」

「怒ってはいない」

「この子をからかうのはやめな」最年長の叔母さんが眉をひそめて言う。「ごめんなさいね。老人はときに……でしゃばりになるからねえ。もちろんわしら自分の人生なんてもう無いからね。だから、気晴らしできるとなるとついやってしまうんだ」

「なるほど」

幽霊のような給仕が、ガラスのカップに入れた三色のプリンのデザートを運んでくる――毒々しく眼に痛いような緑色がめだつ。蛸《たこ》の木の葉の食欲をそそる色とは似ても似つかない。赤い豆も濃い血の色だ。匂いは……おかしい。その理由をはっきり言うのは難しいのだが。それに汁の丼が片づけられると、どこかおかしいという感覚だけが残る。

あらためてスティーヴン・ケアリとその仕事をまるごと罵《ののし》る。

最年長の叔母さんがカップに匙《さじ》をつっこみ、眼には見えない軸にそって回す。四角い氷がぶつかりあうような音がカムの耳に聞える。誰にもそんな力を出せるわけがない。「わかってないね」最年長の叔母さんが言う。緑が数十本の筋に分かれるが、調和は全然とれていない。それを見てカムが思い出すのは、根元から切断されたネットワーク・ケーブル以外の何ものでもない。

「ま、気にするな。次の仕事のことを説明しよう。あんたの頭がすっきりしゃっきりするだろうからね」

「私は――」

カムは言いかけてやめる。自分の口からどんな言葉が出ようとしているかに愕然《がくぜん》とする。

頭がすっきりしゃっきりなんかしたくない。その次の仕事のことなんか聞きたくない。おまえらなんか消えてなくなれ。

最年長の叔母さんはじっとこちらを見ている。他の二人もだ——慈悲もなく、面白がっているのだ——致命傷を負った虎が何度も立ち上がるのを見ている禿鷹《はげたか》だ。

いや、こいつらを敵に回している余裕はない。感情が出ないように気をつけながら、ゆっくりと言う。

「結構。次の仕事について聞かせてもらいましょう」


グリーンヘイヴンへの出発は遅れる——驚くことではない。叔母さんたちとの打合せは思ったより時間がかかった。テュイがまだフラットにいるのではないかと期待していた。が、テュイは出かけていて、コンソールに伝言を残している。カムの母親とヒッチハイクしてゆく。宇宙港で特注した果物の籠《かご》を忘れないように。

リンブルック橋を過ぎてウェストバラに入ってから、警察のシャトルが後を尾いてくるのに気がつく。はじめはなんとも思わない。交通量は多いし、警察はそこらじゅうにいる。上にあがって高速レーンに乗ると、そのシャトルも同じことをするのが見える。また高度を下げて、ある摩天楼《まてんろう》の中腹にあるパーキングエリアで軽く食べようとしても、シャトルも尾いてくる。

異常なことでもない——カムは数えきれないほど止められている。単純にカムの外見が違うからだし、ほとんどのロンに買えるはずのない高い新車に乗っているからだ。そういう時、母はいつも背を丸める――訛《なまり》の強い短い文句をしゃべる。プライムに送還されるのではないかという恐怖にさいなまれるからだ。カムは怖くない。くつろいでいれば、怖いはずはない。自分が嘘を何重にもまとって歩いていて、何か口にするたびに、足下の影が延びてゆくことを、心の奥底で知っていなければ、怖くない。

カムは摩天楼のテラスに座り、眼下のエアカーのダンスを眺める――ランドフォールに向かう道がいつものように混んでいる。出勤する人たち、リンブルックの芸術祭へ向かう人びと、漂白剤の匂いが肉や魚の匂いを圧倒している白壁の殺菌済みスーパーへ向かう連中。

「よろしいかな、お嬢さん」

警官の姿が遙かな高みに聳えている――カムの優に一・五倍のサイズ、燃えるような髪の毛、そばかすが散る肌はそれはそれは青白く透き通って、血管の色に染まっている。カムの心臓が喉元にとびあがり――半ば下がったところから降りようとせずに早鐘を打っている。

「なんですか」

女性警官はジョージ警部補と名告《なの》る――腰を下ろし、コーヒー・カップをカムの右手の脇に置く。テーブルの上のコーヒーの、気分の悪くなる臭いを吸いこんでしまい、もどして逃げだしたくなる衝動を抑えこむ。

「警部補、ご用はなんでしょう」

「永代者の件です」

「何をおっしゃってるのかわかりません」

カムは嘘をつくようになって長いから、感情がいっさい顔に出ないようにできる。

ジョージ警部補の眼が細くなる。

「グェンさん、おたがい猫をかぶるのはやめよう。私が言ってるのはロンの永代者のことだ。メモリ取引に関わっている人間の基準では稀《まれ》で貴重とされてるものだ」女は笑みを浮かべる。「何のことかあなたがわかってることはわかってる」

これはカムにはもうおなじみのダンスだ——あまりに何度も踊っているので、もう憶《おぼ》えこんでしまっている。が、憶えていても役にはたたない。結果がわかりきったものになるのを避ける役にはたたない——つまるところ、これははったりではないからだ——どちらがどちらに対して力を持っているかですべては決まる。

カムは無理矢理に茶をすする——続けざまにすするから唇と舌をやけどして、苦いものが腹に下りてゆく。

ジョージ警部補が言う。

「想像がつくようにロンの永代者は大いに珍重されてる——闇市場では高値を呼んでるし、シム・ビデオの最近作にはとりわけ年長の世代のロンで内容を強化したものがたくさんあることはよくご存知だろう——戦争の苦しみにはどこか——ビデオをたまらなく魅力的にするものがあるんだな」

戦争の苦しみ——ただ一つの何の意味ももたないギャラクティクの逃げ口上で、カムの一族がくぐり抜けてきたものをすべてひっくるめていとも手軽にかたづけてくれる。

「シム・ビデオは見ません」

カムは言う。椅子に座ったまま無理にもじっとしているが、ジョージ警部補が笑みを浮かべるのが眼に入る——餌をみつけた鮫《さめ》のように歯をむきだす。

「まさかね」

ジョージ警部補は言葉を切り、コーヒー・カップを脇にどける——まるでカムに秘密を打明けようとでもするようだっ
「ともあれ闇市場には……噂が流れている。ロンの永代者は探すのがどんどん難しくなっている——それで私がここにいて、あなたに話をしてるわけだよ、グェンさん」

カムは何も言わない。罠《わな》が見える。ずっと動かないでいれば、罠をよけることができるんじゃないか——ひょっとすると……バカだ、とテュイなら言うだろう。が、テュイはここにはいない。その存在の重みが欲しいと、どれほど必死に願っても、いないのだ。

「率直に言おう」

ジョージ警部補が言う。まるで今までは率直でなかったとでも言うのか。巧妙に爆弾をつきつけるように言っていたではないか。

「グェンさん、あなたはよく組織された犯罪集団の使い走りをしている。そしてこちらは

あなたをしばらくの間、強制再教育へ送るだけの証拠を握っている」

だが、この女はそうはしないわけだ。カムの世界が氷のような明晰《めいせき》なものに、考えることの一つひとつが焼いて延ばした砂糖のように透明で脆《もろ》いものになる。

「警部補さん、狙いは何です」

ジョージ警部補はにやりとする。

「有象無象に用はない。あなたに金を渡している連中が狙いだ。あなたには手伝ってもらう」

このダンスをカムはもう何度も様々な人間を相手に踊ってきていて、ステップは全部憶えこんでいる。

「どうして私が手伝わなきゃならないんですか。私は結局、強制再教育されるんでしょ。それにそっちの方が私にとってはずっと危なくない。おっしゃるとおり、向こうはよく組織された犯罪集団でしょ。バカではないと思いますね」

ジョージ警部補はかぶりを振る。皮肉を面白がっている――愚か者ではない。さもなければ送り込まれてくるはずがない。

「多少……免除がある。あなたがギャラクティク警察に協力してくれたことへの感謝の印としてだ」

「免責特権ですか」

カムは両肘をテーブルについて言う。

「免責は無理だ。さっきも言ったように――証拠がある。それは消せない」

はったりの一手。

「警部補は力があるでしょう。手配はつけられるはず」カムは声を平静に保つ。「証拠は――そういうものがあるとして――紛失することもある。抹消もできるはず」

これが自分だけのことなら、カムは諦めて、自分のやってきたことの償いをしているところだ――しかしテュイがいる。生まれてくる子どもがいる。

ジョージ警部補は顔をしかめる。

「強制再教育半年」

「二ヶ月」

カムはがむしゃらに出る――沈黙が長びくのでやり過ぎたとわかる。

「三ヶ月。グエンさん、もっとずっと長くして当然なんだよ」ジョージ警部補の口調は嫌悪感に満ちている。「今この場かぎりの条件だ」

三ヶ月。もろもろ考えあわせてみれば、そんなに長くはない――どこか人里離れた惑星で、すべての通信を断たれての三ヶ月――テュイとも赤ん坊とも連絡はとれない。それにその件はカムの経歴に書きこまれる。別の仕事を探す時には邪魔になるだろう――もちろん、叔母さんたちに道連れにされないと仮定しての話だ。向こうが、病気から裏切りまで、すべてを含む不測の事態に備えた対策を用意していても驚くにはあたらない。

カムが答えないでいると、ジョージ警部補はかぶりを振る。

「よく考えてみることだ。あなたの大事な身にいくらかリスクを伴えば三ヶ月。もしくはリスクをとらなければ五年——永代者の密輸は最低がそこだ。それに私個人としてはもっと長くなるよう努力するつもりだ」

コーヒー・カップを胸の前に守るように抱えて立ち上がる。

「連絡先を置いてゆく。これからの数年の人生をどうするか、一週間以内に知らせてくれ、グェン・ティ・カム」

カムが着くのは遅い。一族は厨房《ちゅうぼう》に集まっている。母は煮たった湯に最後の餅を入れている。父がその脇にいて、母が餅を一枚ずつ巨大な鍋に入れるのに、いちいち、それああしろ、それじゃだめだと口をはさんでいる。テュイといとこのハンは餅に巻きつける縒《よ》り糸をなっている。いとこのヴィエンは皿や茶碗を自動食洗機に入れている。叔父叔母たちの姿はどこにもない——おそらく居間にいて、仏壇のお供えをかたづけているのだろう。

「おかえり」テュイがカムにうなずく。「すまないが先にやってたよ」

カムはかぶりを振る。

「いや、遅れたのはこっちだから。外せないアポがあって」

果物の籠を食卓の上に置き、母と父に挨拶し、いとこたちには年の順に挨拶する。

「遅れてごめん」

母は鼻を鳴らす。

「料理を手伝ってくれる手はたくさんいるよ。もっとも、ぶきっちょなのが大半だけどね」

中身は何かと籠の中を覗きこむ。

「あんたたち、何をもってきたんだい」

ドラゴンフルーツにマンゴー――年毎にどんどん値段が上がってきている果物だ。それにつれて大脱出も年寄りたちの頭の中の遠い記憶になってゆく。そのどれ一つとしてもランドフォールではうまく育たない。成長する間《ま》もなく他の穀物の肥料にならないよう、専用の環境と生物学者の一団が必要だ。

「あれまあ、こんなものを。あんまり高いものはだめだよ」

口ではそう言いながらも、母が喜んでいるのはカムにはわかる。娘や姪《めい》にごちそうでご機嫌をとってもらうのは嬉しいのだ。天命として下された幸福の印、年をとったことの報酬だからだ。

父は果物を覗《のぞ》いて、ぶっきらぼうにうなずく。

「少し皿にとってやれ。お祖母さんはいいものが好きだ」

仏壇にお供えした後は、あらゆるものが眼の回るような活動の中に溶けてしまうようだ。母と一緒に菜園を散歩し、ボットたちが木の枝を刈りこみ、温室から薬草を採取するのを見る。いとこのヴィエンとともに父が最新のネットワーク接続をインストールして、狂信的な取り包み党の会員権を取得するのを手伝う。そしてその間ずっと、真実の周《まわ》りの縁を渡っている。セキュリティ契約について母に冗談めかして話す。テュイに話すのと同じだ

――口から出る言葉は、人生の壁の鋲《びょう》は、ひとつ残らず嘘ばかりだ。

二日めに一同はシュアン・フォンの追善をする。

皆は仏壇の前に黙って頭《こうべ》を垂れる――祖母の顔のホロを見る。その顔に刻まれた哀しみの皺、丸めた背は、先祖たちに加わってもなお亡命の重みに耐えて働いているようにみえる。

「お恵《めぐ》みに感謝します」母はそう言いながら、線香に一本火をつけ、三度礼をする。「食べ物をありがとうございます。私どもはそれを新しい惑星に持ってきました。お金をありがとうございます。おかげで私どもは一緒に戦争から逃げることができました。愛をありがとうございます。それはシュアン・フォンとともに滅びはしませんでした」

皆はシュアン・フォンのことを想《おも》っているはずだ。母や父やカムの叔母叔父たちは皆眼に涙を浮かべている。今は縁を断たれてしまったと承知している街を想う。食物を実らせることができる前に切られてしまった稲の穂のように、その街路に一面に散らばる死者たちを想う。

カムの想いはともすれば記念館へと流されてゆく。叔母さんたちと、グラスの中で氷のぶつかる音、人間には不可能なほどさりげなく、速くぶつかる音――祖母は自分のことを、自分のやっていることをどう思うだろうか。厄介な孫娘を許すものがその心にあるだろうか。しかしもちろん、そこにあるのはカム自身の心の闇、これからどうなるのか、自分でもわからない闇だけだ。

法事の最後の日の夕方、カムは居間でテュイと二人だけになる。厨房に積み上げる前に、皿から食べ物をかきとる。

テュイにジョージ警部補のことを話したい。洪水か火か、どちらを選ぶか、話したい。しかしできない——自分の嘘に、自分の破綻に身動きもならない。

しかしテュイは実によく見ている。

「何かまずいのか」

「仕事がらみだよ」

そう言う——するとテュイの口の中で言葉が干上がるのが見える。

「ああ、ごめん。訊いちゃいけなかったな」

「いや、いいんだ」カムは口ごもる。「ただ——しばらくいなくなるかもしれない」

「任務かい」

テュイの眼は痛いほど真剣に意気ごんで輝く。それがカムには耐えられない。

「のようなもの」

カムは溜息をつく。どちらを選ぼうと、未来に待っているのは何一つ愉快なことでは無い。

「わたし——長くなるかもしれない。子どもは——」

テュイの手が自分の腹にそれる。幸運のためというように撫でる。

「生まれるまでには戻らないわけか」

「わからない」

泣きたいと自分は思っているようにカムは感じるが、体から水分は一滴残らず絞り出されているようだ。

「まるで、わからないんだ」

両手が震えている。あまり激しく震えるので、持っている皿がたがいにかちかち当たる。

「わかった」

テュイはしばらく何も言わない。不満そうだ。

最後の皿を運びだすとき、カムは仏壇の方をこっそり見やる——どこへ動いても、祖母の視線が後を追ってくるようだ。

「あのさ——」

口ごもり、言いよどむ。祖母はどなり、泣きおとし、やらねばならぬことをやって、戦争でモクハウティンが封鎖される前に一族を惑星から脱出させた——一族の者たちはいろいろな点で祖母に肩を並べる存在には決してなれないと承知している。

「お祖母さまなら、あたしらのことを認めたと思う?」

テュイは箸を集めて握り、考えこみながら重さを測る。

「私らがこうなったことをか。どの世代もその前の世代より劣るもんだ。同時に勝ってもいる。つないだ手の一つひとつが時の始まりまでさかのぼる……」

テュイは眉をひそめ、また腹を撫でる。

「カム……」

「なに」

「出産のこと——後で話そう。簡単じゃないとわかってるけど」

何もわかっちゃいない。そうカムは思い、あわてて激しく瞬《まばた》きする。世界が急に曇るからだ。

「ごめん」

皿が手の中でぶるぶる震えている。ゆっくりとそれを床に置く。そしてどこかへ行ってしまった言葉を探して、仏壇を見つめる。

「ああ、カム」

テュイは二人を隔てる空間を心臓の鼓動一回分でまたぎ、カムに思いきりキスをする。

「バカなやつ」

「おまえだって」

カムは必死に笑顔をつくろうとしながら言う。

二人はあとかたづけの残りを黙ったまますませ、それから足音を忍ばせて二人の部屋へ引っ込む。後になってカムはテュイと並んでベッドに寝て天井を見つめ、これからのことを思う。ジョージ警部補のことを思う。記念館と叔母さんたちのことを思う——そしてそれが全部、眠りの中に滑りこみ、溶けあい、まざりあい、混沌《こんとん》としてごちゃまぜになる。響いているのは爆弾と宇宙港から離陸しようとしている宇宙船の群れの音、そのすぐ後に西大陸の兵士たちがシュアン・フォンの街路に行軍してくる――そして祖母の顔になる。カムを値踏みするように見つめている老女。そしてくるりと回って闇の中へ歩みさる……

カムはぎくりとして眼が覚める。悪夢の名残りを振りはらおうと、頭を左右に振る。外はまだ暗い。厨房から煮えたばかりの粥《かゆ》の匂いがする。母が静かに歩きまわるのが聞える。茶碗と匙を探しているのだ。自分も起きて厨房に行くだろう。そして仕事のために家に帰ってくる嘘をつく。会社で大事な仕事をしている、プロジェクトを再生するのに自分が必要とされてる……

嘘ばかりだ。

だが、それも長くはない。もうそんなに長くはない。


すべては同じ、これまでとまったく変わるところは無い。カムはシュアン・フォンの通りを歩いてゆく。杏子《あんず》の樹のつんとくる甘い香りを吸いこむ――旧正月《テト》の黄色い花綵《はなづな》が通りを飾っている。新年は甲寅《こういん》の年、落下の年だ。四身襖《アオ・テイー・タン》姿の若い娘たちとすれ違う。シャツとズボン姿のギャラクティクたちを見てくすくす笑っている。街路は清潔そのものだ。花びら一枚落ちていないのは非現実的――人工知能が住人のゴースト・タウンにも見える。

歩きながら自分の手にどうしても眼が行くのを抑えられない。ジョージ警部補が渡してよこした追跡子はジョージがカムの掌《てのひら》に注入した時には赤く光っていたが、記念館の中では眼に見えない。一連の思考でそれは転移するとジョージは言っていた――その手順をカムと一緒に何度もくり返しさらった。それは標的の手にもぐり込み、送信を始める——どこへ行こうと追跡できる、記念館を出たところで逮捕する。

警部補はカムに気をつけろとも無事もどるようにとも言わなかった——もちろん言うはずがない。もちろんどっちに転んでも気にしない。

アンシブル・ステーション裏の路地で叔母さんたちは待っている。が、湯気のたつ汁の丼はその前に置かれていない。服装も違う——ギャラクティクの衣裳《いしよう》のように見えるものを着ている。長く垂れた服が華奢《きやしや》な体を包み、あるはずのないふくらみの輪郭を見せている。それはどこか……

おかしい。とカムは言いたいが、言葉は唇の外には出ない。代わりに自分はしっぽを出しているのではないかと思って、一瞬、心臓が止まりそうになる。ジョージの追跡子がついていることがわかるのではないか、だから叔母さんたちはふるまいを変えているのではないか。いや、違う、それはありえない。まだ起動してもいないのだ。叔母さんたちにわかるはずはない……

カムは椅子を引く。脚が舗装にこすれる音が聞える。

「今日は汁は無し?」

口調を軽いものにしながら、訊ねる。

「汁にはまだ早いよ」

最年長の叔母さんが笑みを浮かべる。獲物を狙ってうろついている虎が歯をむき出したようだ。

「グェン・ティ・サオはどんな具合だったかな」

カムは肩をすくめる。

「大して言うことはないよ。チップはシャトルポートのコインロッカー一二一に置いてある」

「結構」

最年長の叔母さんは眉をひそめる。するとその周囲の空気がひき締まって威嚇してくるようだ。

「それはまた早かったね。もっとたいへんだろうと思っていたよ」

カムはかぶりを振る。しゃべれる自信がないからだ。実際にはたいへんだった——椅子に腰を下ろして嘘をつき、丸めこむのがこれまでこんなに難しかったことはなかった。あとほんの数日、ほんの数時間待てばいい——そうすればついにこの連中から解放されるとわかっていたからだ。

「支払いは」

そう言って——待つ。胸の中で心臓が大きく鳴っている。最年長の叔母さんが食卓の向こうから手を伸ばしてくるのを待つ。金の受け渡しがされるのを待つ。自分の手を見やることはしない。

最年長の叔母さんは動かない。ならば、そういうことなのだ。やり過ぎた。生意気すぎた、大胆すぎたのだ——手の内をさらけ出してしまったのだ。あんなことをすべきではなかった。

とうとう最年長の叔母さんはかぶりを振り、ゆっくりと手をカムに向かって伸ばす。掌の上には昔ながらの札束。覚悟を決めてカムも手を伸ばす——金が手から手へ移る時、チリチリする。そして追跡子がカムを離れ、標的に移る時、またチリチリする。

最年長の叔母さんは眉をひそめ、何かうるさいものでもあるというように自分の手を見る——そこには何も無い。叔母さんには見えるはずがない——不可能だ……

「ふうん」

最年長の叔母さんは唇を引き結ぶ——手をぎゅっと握りしめるから、中にあるものを潰さんばかりだ。

「何か他に言っておきたいことはあるかえ」

カムは反射的に頭に浮かんだ生意気な答えを抑えこむ。代わりに言う。

「何も。次の仕事は」

「連絡するよ」

最年長の叔母さんはまだ自分の手を見つめている。まるで追跡子を実際に感じとれるとでもいうようだ。それは不可能だ。叔母さんとそのお仲間は立ち上がり、ふり向きもせずに歩みさる。

カムは後に残る。心臓が狂ったように早鐘を打っているのをなんとか静めようとしてみる。連中には何も見えなかった。何か見えるなんてことはありえない……

　叔母さんたちの姿が見えなくなるまで待つ――それから深く息を吸い、追跡子を起動する。

　何も起きない――少なくとも目に見えることは何も無い。しかし記念館の外ではジョージ警部補のバンの中で何かがオンラインになっているはずだ――警部補のチームが集合し、叔母さんたちを追跡しようとしている。ジョージが切望している逮捕をして、永代者にとって世の中を少しばかり安全にしようとしている。カムは自分のやるべきことはやった。回れ右をして、入ってきたのと同じように記念館を出ていっていい――手には何も持たず、最悪の事態に備えて覚悟を決めながら。

　それでもだ。

　それでもカムは知らないわけにはいかない。それでも、気がつくとどういうわけか叔母さんたちの後を追っている――同じ祈りの言葉がぐるぐるくり返されるのが、頭の中で聞える。やがてそれは他のものすべてにとって代わってしまう。ここは記念館だ。死についての規則など定められていない仮想宇宙だ。連中に何かできるはずはない。自分の存在を終わらせるようなことは何もできないし、ほんの束の間を除けば傷つけることもできない。

　何も無い。ただし……

　ただし、連中がここをハックしていなければ、の話だ。

　いや。そんなことは不可能だ。誰にもそんなことは……

しかし相手は叔母さんたちだ――正体が何であれ、連中はすべてを知っている。あらゆるファイルにアクセスしている。カムの生活の細かいところまですべてアクセスしている。仮想宇宙をハックすること、記念館のように、それはそれは固く守られているものでもハックすることだって、その力の及ばないものだろうか。

陽光の中に出る。小さな区画が詰まっている狭い路地に出る――くたびれたホロ画面に各々《おのおの》の売物を宣伝している家がぎっしりと並んでいる。小さな抜け穴にあわてて逃げこむボットたちを過ぎる。滑らかな形のエアカーが脇をすり抜け、ちょっと止まってカウンターを突き出し、中年の女が蟹麺《かにめん》を買う。

ここまでシミュレーションの奥にくるとギャラクティクはまったくいない――ロンだけだ。ボットたちを肩から垂らして運んでいる機械工やら、焼豚サンドイッチの売子、VRゲームに我を忘れて夢中になっている若者や、一族全員に見守られながらエアカーから降りている老女。

食べ物の匂いは圧倒的だ――炊きたてのご飯と大蒜と魚醤の匂い、通りすぎてゆく無数のレストランでぐつぐつ煮えているだしの匂い。あまりに狂っていて、もうずっと前に跪《ひざまず》いてげえげえやっているはずだ――が、そうはならない。

カムは角を曲がる――どこがおかしいのか、何が見えていないのか、何とか必死につきとめようとしながら、曲がったとたん、叔母さんにあやうく正面衝突しそうになる。

連中は止まっている――待っていたのだ。胸の上で腕を組んでいる。最年長の叔母さんはやや離れて、突き出したその手には赤い光が点滅している――ジョージの追跡子が現れている。

ありえない――向こうにはこんなことは……

「わしらにはわからないと思ったのかえ」

最年長の叔母さんが訊ねる。その声は表向き穏かだ。天気の話でもしているようだ。

カムは動きを止める――助けを待つのは無駄だ。そんなものは来ない。今は自分だけだ。そしてあたりに危害を加えそうなものは何も無いにもかかわらず、生まれてこの方、こんなに怖くなったことはない。

「どうしようもなかった。あんたらと一緒に落ちるか、あっちの命令をきくか」

最年長の叔母さんは何やら考えこむ様子で、自分の手を見やる。

「なるほど。ギャラクティクの警察のコードだね。やっつけ仕事だ――腐ったパッケージばかりだ。すぐわかる」

いきなりカムのすぐ脇に立ち、一見あまり力を入れていないようにカムの肩を押える。が、体の中で何かが引裂かれていく感じだ。最年長の叔母さんは小柄な女だ。どうしてこんなに力があるんだ――どうしてこんなことができる――

「あんたらの側に立てっこないじゃないか」

カムは食いしばった歯の間から言葉を絞り出す――最年長の叔母さんはまだカムを押えつけていて、カムの体は徐々に畳まれてゆく。両の膝が支えきれずに曲がり、頭が垂れて地面に近づく。

「どっちにしてもあんたらバラバラにするために永代者を買ってるじゃないか」

「そういうおまえは何者だね」最年長の叔母さんの声には蔑《さげす》みがこもっている。「おまえはわしらの金を喜んで受け取り、何も訊ねなかった。それでいきなりわしらを裏切ることにしたって、そうはいかないよ」

カムは地面に跪いている。最年長の叔母さんの両手の重みに押しつぶされたのだ。息がまともにできない。絶望的なまでにまったくの一人だ――ジョージ警部補はたとえ何かまずいことになっているのではないかと思っても動かない。カムを助けるために何もしようとはしない――カムがやってきたことをどう思っているかは至極はっきりとさせている。

必死になって息をつこうと、言葉を押し出そうとするうちに、あらゆるものが異常なまでに明瞭に見える――周囲のものが細かいところまで、すべて見える。広く舗装された街路のど真ん中に固まっている集団に、好奇の眼を向けてくる野次馬たち――最年長の叔母さんのそよ風にうねるガウン――布地の細かい縫い目の一つひとつ、鋏《はさみ》の入った跡、そして袖のへりの細かい刺繍《ししゅう》――それはギャラクティクの模様ではない。蓮の花の細い鎖が、数珠のようにへりをぐるりと回っている。

ロンだ。これはロンの模様だ。

そして見える――眼に見えるのではない。心と魂に見える。叔母さんたちが着ている服は、祖母がずっと毎日着ていたものだ――ギャラクティクからとロンからの影響の融合したもの。友人たちの祖母祖父が着ていた服。モクハウティンが内戦で焼けた時、あの惑星から持ってきた服。

そして周りにいるのは……

見まわしはしない。その必要もない。眼に映る者は一人残らず——ラーメン屋、サンドイッチの売り子、エアカーに乗っている主婦——誰も彼も本物の生きている人間の確固たる存在感を備えている。

「あんたらロンなんだ。みんなロンなんだ」

「もちろんわしらはロンさ」最年長の叔母さんが言う。「わしらを何だと思っていたんだ」

カムは跪いている。大蒜と魚醤と、その他故郷の無数のものの匂いを吸いこんでいる。通りにいる者が全員、周りに集まっているようだ。ひしひしととり囲んでくる人びとにカムは眩暈《めまい》を覚える——様々な断片が眼につく。見たことのあるような、ないような顔の断片。まさか。

カムには見える。みんな見える。群衆の後ろの方にかたまっている——タン・ハーの祖母、ファム・フゥ・ヒャウの兄、レ・ティ・クォクの母、他にもそれぞれの家族から取引して奪ってきた者たちが全員、記念館の中で血肉を与えられている。こんな離れわざは不可能なはずだ。

「永代者」カムはささやく。これもまた本当のことだとわかっている。「あんたらみんな永代者なんだ」

「ここはわしらの家だ」最年長の叔母さんが言う。「自分たちのためにわしらが作ったところだ」

叔母さんはカムから離れている。周りの街路を見つめて立っている。カムは焼けるような肺に息を吸いこみながら、眼にしたことに必死になって筋を通そうとする。

かれらは……内部から記念館を乗っ取っているのだ。コードとプロセスの間に身を隠し、自分たちのための、周囲から隔絶した領土を築いた。かれらは……

もともとここにいるはずがない。いることになってはいない。隠れているのも無理はない。自分たちが何者か、何をしているのか、誰にも言わないのも無理はない。記念館は永代者に開かれた仮想宇宙ではない。これは博物館だ。一時的に訪問するところであって、住みついたり、宿にされたりするところではない――街の中に故郷の街を、何年もかけ、丹精こめて築くことが許されるところではないのだ。

永代者たちは記念館をとりもどす力と欲求を持っているのだ。スティーヴン・ケアリの傑作の中に、一層また一層と広げて、これを自分たちのものとして取り戻す力と意志を持っていたのだ……その企てに自分は協力していなければならなかった。その間ずっと叔母さんたちが永代者をバラバラにするのを手伝っていると思っていた。自分は……事の重大さに打ちのめされる。

自分は叔母さんたちを売った。チップを売り払ったのとまったく同じだ。自分自身の、自分だけの未来を保証しているなどとはほとんどまったく思いもせずに、叔母さんたちを裏切った。

いちどきに呑《の》みこむには大きすぎる。

「ごめんなさい」カムはささやく――ロン語で、幼くて何も知らぬ子どものための代名詞を使う。「知らなかった」

沈黙が深まる中で、若い方の叔母さんの一人が言う。

「自分が何をやったかわかるというのは、そう易《やさ》しくはないわな」

「ごめんなさい」

カムはまた言う。その言葉が無意味であることはわかっている――安物を寄せ集めた武器、焼けた粘土のように脆《もろ》い約束。

カムはシュアン・フォンの街の明るい陽光の中に戦《おのの》きながら立っている――そこはスティーヴン・ケアリの空想が生んだ妙に歪んだ空間ではない。ギャラクティクの眼を通じて見える、貧困にまみれた、戦争の無力な犠牲者ではない。母や祖母や、カムのすべての祖先たちにとっての故郷だ。騒がしく、いくつもの面の重なる、カムの同胞、カムの一族を形造った街、カムとテュイが同胞たちとともに担う歴史の連続、皆の魂の溝に刻まれた言葉とイメージ。

そしてカムは悟る。生まれてこの方、もったことのないほどの確信をもって悟る――これを保つために必要なら、どんな対価も自分は払う。記念館が生ける歴史のコーナーを内蔵しているのを確かなものにするために、細くてつまもうとするとすぐ逃げるが、しかしどんな鋼鉄よりも確固とした糸、ロンをその故郷に今なお結びつけている糸、戦争の真実、過去の真実である糸を守るためならば。

カムは最年長の叔母さんに手を伸ばす。

「償いをさせてください」

最年長の叔母さんは向きなおる。その掌には追跡子が赤く輝いている――紅葉の色、新年の提灯《ちょうちん》の色。

「手伝わせて。わたしがそれをもらえば――」

「どうしておまえが信用できるね」最年長の叔母さんは訊ねる。「おまえは自分の命がどちらに傾くかわからなければ、わしらを裏切ると、何度もくり返し充分に証明してくれてるよ」

裏切り――ロンへの裏切り、ロンの永代者への裏切り、一度ならず、何度も何度も――同胞を自分では犯罪組織と思っていた相手に、くり返し何度も――裏切りと利己主義と強欲と……

カムは両手を広げる――今度ばかりは言うことが無い。

「何をしようと言うんだね」

さっきの若い方の叔母さんが言う。

「はっきりしてるじゃないか」

最年長の叔母さんはまたカムの脇に立っている。片手をさりげなく上げる。カムの喉までほんの数センチだ。ほんのわずか動かすだけで、叔母さんはカムの喉笛を潰せる——記念館の奥にここまで入れば、本当に死ぬのは確実だ。テュイは待って待って、子どもを独りで育てることになる。そして子どもには何も話せない。カムについて意味あることは何も話せない。

「沈黙は金《きん》さ。そしてわしらが信用できる沈黙は墓場の沈黙だけだろ」

「その子はロンだよ」真ん中の年の叔母さんが言う。

「こいつは何者でもない。嘘をついて、だまして生きてるんだ」

「わしらみんなそうじゃないか。わしらみんな嘘をついてあざむいてだましてるんだよ、姉さん——この子をだましたようにね」

「自分だけのためじゃない」

「わしら自身が生き残るためだと言いたいのかい」若い方の叔母さんの笑みは苦い。「それは利己的じゃないと言うのかい。わしの眼を見て、それは利己的じゃないと言ってみな」

最年長の叔母さんは何も言わない。

「お願いです」カムは言う。「さもないとやつらがやって来て、見つけてしまいます」

最年長の叔母さんの眼がカムに向きなおる。祖母の眼、黒く、底の知れない眼がカムの人生を始めから終わりまで、隅から隅まで量りにかける。

「自分が頼んでいることがどういうことか、おまえはわかっているのかい」

カムはジョージ警部補のことを思う。再教育のことを思う——テュイと自分たちの子どものことを思う。後に来る世代に劣り、また優《まさ》るそれぞれの世代を思う。自分が欲しいものはそれはたくさんあった。そしてそのすべてが、つまるところまちがっていたとわかったのだ。もし自分がこれをすれば――追跡子を掌につけたまま記念館を出ていけば、恥ずかしそうにうつむき、さもジョージ警部補を恐がっているのにふさわしい顔で出ていけば――自分の生活は再び嘘を中心に回りだす。カムが大の得意としているような半分だけの真実とはぐらかしに包まれることになる。

大事なのはここだ。それは陰の嘘ではない。内側から自分を食い荒らす虫ではない。別の種類の嘘だ――カムの人生の秘密の部分を、重要な、充分な重みのある意味をもつものにする嘘だ。

「はい、もちろん、自分が何をしようとしてるのか、わかっています」

そして手を伸ばし、最年長の叔母さんの手を自分の手で包みこむ。そして戦争前夜の陽光のもと、祖先たちの街に立って、自分の肌に触れる乾いて節くれだった肉を、未来を担う力の源泉のように感じる。

哀《かな》しみの杯《さかずき》三つ、星明かりのもとで

Three Cups of Grief, by Starlight

緑茶。緑茶は蒸した、または軽く乾燥させた茶葉で淹《い》れる。茶の色は薄く、心地良い草の味がする。煎《せん》じすぎてはいけない。苦くなる。

葬儀の後、クァン・トゥは自分の区画に歩いてもどった。独《ひと》り腰を下ろし、狭い部屋を掃除しているボットたちのゆったりしたバレエを眺めるともなく眺めた——金属の壁はすでに一点の染みもない。母の存在や母の弔問に訪れた無数の人びとの痕跡は残らずぬぐいとられていた。共有ネットワークは切っていた——母の生涯を安直に要約したものや、別れを告げずに墓畔《ぼはん》に集まった何千何万もの参列者の葬列の動画が延々とくり返されるのには耐えられなかった。哀《かな》しんでいる者たちにたかる禿鷹《はげたか》ども——あの連中は母を知らない、気にかけてもいない——連中が供えた花は皆、錦衣衛《きんいえい》にかける生命保険ほどの価値もない。

「兄さん、そこにいるんだろ」

声がした。鍵をかけた扉の向こうだ。

「入れてくれないか」

当然だな。クァン・トゥは動かなかった。

「独りにしてくれと言ったはずだ」

鼻を鳴らしたのは可笑《おか》しいと思ったからか。

「わかったよ。そちらがそうするんなら……」

妹の《正榕虎《タイガー・イン・ザ・バンヤン》》が厨房《ちゆうぼう》に実体化して、磨いたカウンターの上、朝の茶の残りの近くに浮かんでいる。もちろん実物ではない。宇宙船の御魂屋《ハート・ルーム》に収められている胆魂《マインド》は重すぎるから、軌道を離れるわけにはいかない。惑星の上に投影しているのは化身《アバター》で、本体の完璧な縮小版だ――優雅できりりとして、船殻に一カ所小さな黒い点があるのは喪章だ。

「いかにもだね」言いながら浮かんだまま部屋の中を回る。「独り閉じこもっているわけにはいかないよ」

「そうしようと思えばできる」

妹を言い負かそうとするのは、まるで八歳の頃にもどったようだ――言い負かすことに何か意味があるとでもいうようだ。妹はめったに怒らない――だいたいにおいて有魂船《マインド・シップ》は怒らないものだ。帝国造艦廠《ぞうかんしょう》が全体としてそういう風に設計しているのか、それとも自分の（そして母の）寿命はたかだか数十年であるのに、妹の寿命が世紀単位であるという単純な事実からきているのかは、よくわからない。妹は哀しんでいない、とも思っていた。が、変わってはいる……ゆっくりと慎重に動いている様子、何かに、いやどんなものにでも触れると自分が壊れるとでもいう様子はどこか……

《正榕虎》は食卓の近くに浮かんでボットたちをじっと見ている。彼女ならボットは簡単に乗っ取れる。この区画にわざわざセキュリティをかけるほどのものはない。だいたい、誰がボットを盗むというのだ。

何よりも貴重なものはすでに取り上げられてしまった。

「独りにしてくれ」

と言ったものの、独りになりたくはなかった。本当に独りだけにはなりたくない。部屋の中の静けさを聞きたくはなかった。ボットたちの脚が金属の上でカチカチいう音には、温《ぬく》もりも人間らしさも、かけらも無い。

「あの件を話したいかい」

《正榕虎》が言う。何を話すのか言う必要もない。必要があるかのようにふるまって妹を侮辱することはしなかった。

「話して何になる」

「とにかく話してみることだよ」その声はあまりに如才なくて、薄気味悪いほどだ。「話せば助けになる。少なくとも、なるという話だ」

クァン・トゥの耳にあの錦衣衛の声がまた聞えた。失ったものへの哀悼《あいとう》の意をゆっくりとおちついた口調で表わす。それから眉をひそめ、腑《はらわた》にナイフの一突き。

御母堂のお仕事はたいへん貴重なものであることはご理解いただかねばなりません……この状況は通常のものではありません……

ゆったりしてもったいぶった学者の口調。もって回った役人の言葉遣いはそらで覚えている——自分に対して政府が口実にできることはそれしかない。しかも伝えるにあたって、哀悼の言葉や勅命の、過剰なまでの固苦しさに鎧《よろ》われていた。

「母さんは……」震えながら深く息を吸いこむ──哀しみのせいか。それとも怒りか。「母さんのインプラント・メモリをもらうのは私だったはずだ」

葬儀の四十九日後に、だ。その間に母の人格が移されて定着し、ファイルの上で先祖代々の列に加えられる。それはもちろん母ではない。母であるはずがない……知識を有し、助言をしてもらうためのシミュレーションにすぎない。それでも何も無いよりはましなのだ。人生に大きく口をあけた虚《うつ》ろな穴をふさいでくれたはずだ。

「長子としての兄さんの権利だ」

《正榕虎》が言う。その声の響きにあるのは──

「不満か。おまえが欲しかったのか」

もっとつまらないことをめぐって一族が争うことはよくある。

「もちろん欲しくなんかない」朗らかな、心の底からの笑い声が響いた。「バカなことを言うなよ。ああいうものが私の何の役にたつんだ。ただ──」口ごもり、なんと言ってよいかわからぬままに体を左右に傾ける。「兄さんに必要なのはそれだけじゃない。母さんだけじゃない」

「母さん以上のものがあるか」

「兄さんは──」

「おまえはあそこにいなかった」

クァン・トゥは言った。妹は遥《はる》かな旅に出ていた。大越《ダイ・ヴィエト》帝国を成す惑星から惑星へと人びとを運んでいた。世界から世界へと飛びまわり、星につながれた人間たちのことなど気にもしない。妹は――妹は母さんのおぼつかない手を、その手がグラスを落とすところを見ていない。そのグラスが割れる、銃声のような音を聞いていない。毎晩、母さんをベッドに運ぶこともしなかった。腕の中で日毎軽くなってゆく体に、張りきった皮膚から日毎に肋《あばら》が突き出てくる、その硬さによって、病の進んでゆくのを知ることもなかった。

母さんはほとんど間際までまるで変わらなかった――頭脳明晰《めいせき》で、回転が速く、状況を完璧に把握していた。自分のチームの報告書の余白になぐり書きし、新しい宇宙ステーションの建設現場に指示を送っていた。自分にとって不都合なことなど、何も起きてはいないかのようだった。あれはありがたいことだったろうか。呪いではなかったか。自分にはどちらともわからない。それがわかったところで、打ちのめされるのは確実だから、知りたくもない。

「私はここにいたよ。最後の時に」

《正榕虎》がゆっくりとやさしく言った。

クァン・トゥは目をつむった。防腐剤の匂い。それに鎮痛剤の鋭い臭気が鼻をつく。そして肉体がついに崩壊する、とうとうくずおれる時のつんとする臭い。

「すまん。おまえもいた。そんなつもりじゃなかった……」

「そんなつもりじゃなかったことはわかってる」

《正榕虎》が近づいた。肩をかすめる——幽《かす》かに、触れるのがわかるか、わからないか。子ども の頃、ずっと傍《そば》でしていた息。

「それでもね、兄さんの生活は母さんの世話に食いつくされてただろ。息子として当然のことをやっただけだと言うだろうね。少しも気にならないとも言うだろう。でも……それはすんだんだよ、兄さん。終わったんだ」

終わっちゃいない。そう言いたかったが、その言葉は自分の耳にも虚《うつ》ろに響いた。近づいて祭壇を見つめる。母のホロを見つめる——茶とご飯のお供えの向こう、冥界をめぐる旅の間、母を支えるはずの食べ物の向こう。動画が順繰りにくり返されている——妹を妊娠して臨月の母。抱魂婦特有の、いかにも動きにくそうにゆっくりとした仕種。祖父の命日に仏壇の前にクァン・トゥと《正榕虎》の後ろに立つ母。当時の調査研究相からホアン・ミン勲章を授与されている母。そして診断の下る前、すでに瘠《や》せて衰弱しはじめていた母——研究室にもどるのだ、放置されている自分のチームと研究にもどるのだと言って聞かなかった母。

あの錦衣衛をまた思い出した。首に食いこんでくる死刑執行人の縄目のようなあの言葉。あいつ、よくも。あいつら皆よくもやってくれたものだ。

「母さんは帰ってきた」内心渦巻いているものをどう言葉にすればいいのかわからぬままに言う。「おれたちのところ、家族のところに戻ってきた。それは意味あることじゃないのか」

《正榕虎》の声には皮肉な響き、面白がっている色がある。

「母さんが夜目を覚まして、肺がとび出るほど咳《せ》きこんでる時、介抱したのは女帝じゃなかったよね」

そんなことは……考えただけで反逆罪になる。ましてや口に出して言うとは。もっとも錦衣衛とて、哀しみや怒りを情状酌量するだろう。それに女帝にとってはまだこれからも利用価値はある。いずれにしても、実のところ、二人ともたいして気にしてもいない。

「母さんが死んだ時、つき添っていたのは女帝じゃなかった」

あの時、母はこの手にしがみついていた。眼は大きく見開かれ、白眼の中に血管が浮き出し、そしてそこには恐怖があった。

「わたし……おねがい……」

身動きもならず、立ちつくしていた。やがて後ろで《正榕虎》がささやいた。

「サイゴンの灯《ひ》は緑に赤、ミトーのランプが明るく暗く……」

古き地球の子守唄《こもりうた》、詞はおなじみのゆっくりして心地よいリズムへと乗ってゆき、反射的に声を合わせていた。

帰ってお勉強しなよ
九つの月でも待つよ、十回の秋も待つよ……

すると母は力を抜いて、そして体をあずけた。そうして二人は一緒にうたい続けた……母がいつ死んだのか、わからなかった。気がつくと眼から光が失《う》せ、顔はいつもの鋭さが消えていた。それでも母の死の床から身を起こした時、頭の中ではまだ歌が聞えていた。それに何ものも埋めることのできない、大きな穴がぽっかりと口を開けていた。

それから――何度も奉納の儀式があり、最後に墓の上にひと握りの土がふりまかれた後に……あの錦衣衛がやって来た。

錦衣衛は若かった。童顔でまだ青い。それでもすでに特権を持つ者特有のおっとりして傲岸《ごうがん》な仕種を身につけていた。墓の傍でクァン・トゥに近づき、大袈裟《おおげさ》な表現で哀悼の意を述べた……実際に伝えようとすることは二つの文で充分だった。そしてクァン・トゥの世界はもう一度粉々に打ち砕かれた。

貴殿の御母堂のインプラント・メモリはテュイエト・ホア教授へ与えられます。御母堂の研究を続けることができる最適任者です……

たしかに帝国は食糧を必要としている。宇宙空間で育ち、収穫できる米が要る。大衆を養うための、より確実に収穫が得られる米が要る。いやむろん、食べられない者がいてもいいと思ってるわけじゃない。しかし……

インプラント・メモリは常に親から子へと渡される。それは一族の財産であり、富である。墓の彼方《かなた》から先祖たちが届け続けてくれるアドバイスだ。自分は――母さんが死んでゆく時にも、母さんを失うことにはならないとわかっていたことで自分を支えていた。実際にはいなくならない。長いこといなくなるわけでもない。

「母さんはいつもおれたちから取り上げられた。何度も何度もだ。そして今度という今度は、最後の最後になって、母さんがおれたちのものになるはずだったのに……家族のところへ帰ってくるはずだったのに……」

《正榕虎》は動かなかった。が、壁の一つに葬儀の動画が共有ネットワークから映し出された。この狭い区画では人びとが弔問する余地がなかった。無数の弔問客は廊下や壁龕《へきがん》にあふれ、黙ったまま押し合い圧《へ》し合いしている。

「母さんは死んでもまだあの人たちのものだ」

「それでいいのか」

化身は横に体をずらした。肩をすくめるのに相当する仕種だ。

「兄さんよりはね。私は母さんを憶《おぼ》えている。あの人たちは誰も憶えていない」

例外はテュイエト・ホアだ。

テュイエト・ホアのことは憶えている。毎年毎年正月三日に年始の挨拶にやって来た……弟子が師礼をとっていたのだ。どうしても親しむことができない大人から、自分や《正榕虎》とあまり年の変わらない女性へと変わっていった。が、彼女は固苦しくぎこちない態度を崩さなかった。テュイエト・ホアにとっての理想の世界では母さんに子どもなどいるはずがないのは確かだった。母さんが仕事以外に引きずられるものなど存在してはならなかった。

「兄さんにはこれからがある」

《正榕虎》がゆっくりと優しく言った。脇に来て、祭壇を見つめる。厨房のスペースにボットたちが集まり、そこに置かれた三つの茶碗《ちゃわん》の茶を淹れかえはじめた。

「物事はこういうものだと受け入れることだよ。償いがあることはわかってるだろ……昇進や手当がある。役所の手続きは……優先される」

賄賂《わいろ》やエサだ。値段などつけられないものの代わりに金《かね》をくれようというのだ。

「まっとうな取引だな」

苦々しい口調でゆっくりと言う。テュイエト・ホアが受けとるものに、どれほどの価値があるのか、向こうは正確に知っているのだ。

「そりゃそうだよ」《正榕虎》が言った。「でも兄さんはそのままじゃ体もこわすし、将来もダメにする。母さんがそんなことを望んでいないことはわかるだろ」

まるで……いや、それは不公平だ。母さんは仕事に夢中になって帰らないこともあった。でも、いつだって自分たちのために時間を作ってくれた。自分たちの面倒をみて、一緒に遊んでくれた。王女と漁師と一晩で消えてしまった城砦《じょうさい》のお話をしてくれた。そしてずっと後になると、青竜園で一緒に長い散歩をしながら、松の木や、頭上を飛んでゆく鶴を大喜びで指さした。建設省での駆け出し官僚としてのキャリアについて活発な話し相手になってくれた。

「この件をこじらせてはいけないよ」

《正榕虎》が言った。その下でボットたちが小さな完璧な形の茶碗を運んできた。茶碗には緑色の、香りのよい液体が入っていて、青磁の地に入っている罅《ひび》は卵殻に入ったもののように見える。

クァン・トゥは茶碗をとりあげた。心地よい草の香りを味わう——墓の向こうでも母さんはこれが気に入るはずだ。

「わかってる」

そう言いながら、茶碗を祭壇に置いた。その嘘は、母が最後に吐き出したそっと漏れていった息と同様に、滑らかに漏れでたのだった。


烏龍茶。この茶は茶匠が入念に仕立て、味、色ともに広い多様性がある。茶の甘みはかすかに力強さを含み、二番煎じ、三番煎じと進むと新たな色合いと味わいが出てくる。


テュイエト・ホアは眼が覚めた——パニックと恐怖の感覚がふくれ上がり、入り乱れ、それから手順を思い出した。

私は生きている。私は正気だ。少なくとも……

深く吸いこむ息が震えている。そうして家で、自分のベッドに寝ていることに気がついた。眼が覚めたのは——いつまでも収まらない激しい動悸《どうき》は別として——共有ネットワークからそっとつついてきたからだ。睡眠の周期の最も浅いところでボットたちがリレーして光を点滅させたのだ。自分でかけた目覚ましではない。「至急」とラベルのついたメッセージが来たという合図だ。

またか。

心の奥でつつくものがある。自分のものではない一連の思考だ。メッセージを見なければいけないと促してくる。部下からのメッセージに適切に対処するのは、新たな局長としての義務だという注意。

デュイ・ユェン教授だ、もちろん。

教授は生きているときも強引だったが、死んでからも変わらない。そして教授はホアの上司だったにすぎず、血のつながった祖先ではないから、自分には……ぴたりとはまってはいないように感じる。どこか遠いのだ。まるでガラス越しにしゃべっているようなのだ。

自分は運がいいことはわかっている――自分の一族のものではないインプラント・メモリを入れられると、脳が混乱して取り返しがつかなくなることもありえる。十五人もの赤の他人が思考を左右しようと、遠慮会釈なく争う事態にもなりかねない。デュイ・ユェン教授の声は聞える。時どき、デュイ・ユェンの祖先たちも遠い幽霊のように聞える。が、それくらいだ。もっとずっとひどいことになっていたこともありえる。

もっとも、もっとずっとうまくいっていたことだってありえる。

頭の裏でしつこく話しかけてくる声、義務を果たせと絶え間《ま》なくせっついてくる声を無視しながら起き上がる。そしてそっと厨房へ入った。

ボットたちは一日の最初の茶を用意していた。前はその一杯を仕事場で、いつもの手順を始める前に飲むのが習慣だった。デュイ・ユェン教授の病の間はそうだった。教授は出勤してくるたびに、日《ひ》毎《ごと》瘠せ細り、顔色が悪くなっていった――やがてそれがメモと映話の連続になった。最後の指示を、それが指の間からすべり落ちる前に必死になってプロジェクトに注入しようとしていた。ホアにはその茶を喫する静けさが心地良かった。そのおかげでデュイ・ユェン教授がまもなく死ぬというどうしようもない事実を認めずにすんでいたからだ。その時には誰もが、先導する有魂船を失って、虚空に漂うことになる。

今、ホアは別の形の静けさを楽しんでいた。こうして朝一番に茶を喫している――この早い時間にはインプラント・メモリは無理に介入してくる気にはなるまい。

それがうまくいっていたわけではない。今朝は別らしい。

腰を下ろし、香りを嗅ぐ――花の香りと甘みが完璧にバランスのとれた、かすかに木の実の風味のある芳香――茶碗の表面の上で手が震える――頭の中でデュイ・ユェン教授にはもう少し待っていてもらう。もう二、三分、たとえ数分でも現実がどっと入ってくる前の静穏な時間をもてるのは貴重だ。

それから抵抗を諦めて、メッセージを開いた。

ルオン・ヤ・ランからだ。水の酸性バランスを担当している研究者だ。ラボからリレーされた動画に映る顔は蒼白《そうはく》だが、冷静そのものだ。

「ホア先生、残念ですが、第四稲田のサンプルに菌糸による疾病が発生しました……」

ホアの頭の奥でデュイ・ユェン教授が身じろぎし、入ってくる言葉を解析しはじめる——ステーションの非公開ネットワークにアクセスして、直接関係のあるデータをダウンロードする——ありがたいことに、教授はホアより速くない。すべてのデータを解析して内容を消化するのに十五分から二十分かかる。もちろん教授は教授なりにいろいろ疑っている——あそこの稲の品種特有のものかもしれない。星明かりでも繁殖できるように第十六番惑星に生える、夜に開花する蜜夢草《ハニー・ドリーマー》から採り入れた変異かもしれない。それとも稲田自体の状況だろうか……

ホアは自分でもう一杯茶を淹れた。そしてしばしボットたちを見つめる。沈黙がおりる。デュイ・ユェンの声は頭の中でゆっくりと小さくなり、消えていった。独りだ。ようやく独りになれた。

第四稲田を最後に点検したのはヤ・ランの弟子のアン・カンだ——カンは切れるし、熱心でもある。が、ことさら慎重な方《ほう》ではない。カンには自分で点検したのか、ボットを通じてか、確認しなければなるまい。点検した時に定められた手順と規則に従ったかどうかも。

立ち上がり、ラボに歩いていった——頭の中はまだ静かだ。ラボまではすぐだ。ステーションはまだ建設中で、できているのはラボと十人の研究者のための居住部分だけだ——空間の割当としては気前がいい。故郷のステーションのどこにあっても権利として割当てられる区画より遙かに広い。

金属壁の向こうの外部空間ではボットたちが懸命に働いている——骨組を補強し、調和設計棟梁《とうりょう》が綿密に立てた計画にしたがって、造られた骨格に床や壁をはめこんでゆく。ボットたちが外でその役割を果たしていることは、わざわざ外を映す動画をインプラントに呼び出すまでもなく、わかっている。自分自身、同じことだ。むろん、ここにいる者たちばかりではない。帝国造艦廠では錬金術師たちが、いずれこのステーション全体を統御することになる胆魂を、その母親の子宮に移す前に欠陥がすべて確実に無くなるよう、慎重に設計している。

ラボではヤ・ランが病気の出た田で忙しく作業していた。入ってゆくと申しわけなさそうな眼でホアを見た。

「通信をご覧になりましたか」

ホアは顔をしかめた。

「見ました。分析する時間はありましたか」

ヤ・ランの顔が赤くなった。

「いえ」

わかってはいる。適切な分析をするには二十分以上かかる。それでもだ……

「おおまかにでも無理矢理見当をつけるとすれば」

「おそらく湿気です」

「カンは——」

ヤ・ランはかぶりを振った。

「私も確認しました。田の中に汚染物質は持ちこまれていません。カンがこの田を最後に開けたのは二週間前です」

田はいずれもガラス・ケースに収められている。環境のコントロールを確実にするためだ。そしてボットが監視し、ときに応じて科学者も見まわる。

「菌類の潜伏期間は二週間以上になることもあります」

ホアは暗い口調で言った。

ヤ・ランは溜息をついた。

「それはその通りです。でも、私は環境だと思います。適切に維持するのはちょっと厄介です」

湿気と闇。田の中で成長するのにこれが完璧な条件になるものはゴマンとある——帝国が喉から手が出るほど欲しがっている穀物だけではない。名前のつけられている惑星はごく少ない。食糧を栽培できる惑星はさらに少ない。デュイ・ユェン教授には夢があった——ここと同じような宇宙ステーションのネットワークという夢だ。古き地球上の陽光のシミュレーションではなく、星明かりだけで育つ米の田と養魚池を備えたステーションという夢。栽培し、維持するのにひと財産もかかることのない必需食糧という夢。

そしてみんながその夢を信じた。死にかけた男が川のきらめきを垣間見る時のように。女帝自身がそれを信じた。信じるあまり、女帝はデュイ・ユェン教授のために法律の執行を停止し、そのインプラント・メモリをデュイ・ユェンの息子ではなく、ホアに与えた。年始の挨拶で見憶《みおぼ》えていたのは物静かな少年だった。今は彼なりに一個の学者に成長している——葬儀では怒りくるっていた。それはそうだろう。インプラント・メモリは本来かれのものだったのだ。

「確かにね」

ホアはそう言って跪《ひざまず》きながら、この田のデータをインプラントに呼び出した。視野いっぱいに先月一ヶ月間の温度のグラフが浮かびあがる。曲線の中にわずかなへこみがあるのは、いずれも点検時のものだ。研究者が田を開けたのだ。

「先生」

ヤ・ランがためらいがちにたずねた。

ホアは動かない。

「何です」

「この三ヶ月でこの品種がダメになった田はこれで三つめです……」

ヤ・ランが口に出さない問いはわかっている。他の品種——第一から第三までの稲田の品種……もテストのどこかで失格していたが、頻度はそこまでではない。

内部でデュイ・ユェン教授が身じろぎした。原因は温度だ、と教授はやわらかくしかし断乎《だんこ》として指摘した。蜜夢草が生きられる温度の範囲はごく狭い。だから変更を加えた稲もまたおそらく同じだ。

ホアは唇を噛《か》んで、無作法に反論しそうになるのを抑えた。変更に誤りもあるかもしれない。が、これは最も見込みのあるものなのだ。

デュイ・ユェン教授はかぶりを振った。第一から第三の品種の方が見込みはある。番号もついておらず、入植されてもいない惑星P・フォン・ヴァンのある生物を接《つ》ぎ木《き》したものだ――成分が違いすぎて人間には呼吸できない大気の中を飛ぶ、発光性の虫の一種だ。この品種はデュイ・ユェン教授が選択肢として気に入っていたものだ。

ホアは発光生物を好まなかった。P・フォン・ヴァンの大気は「気」のバランスが異なる。「火」が優勢で、何かと燃えあがらせる……身の毛もよだつ火嵐は日常茶飯事で、樹々は炭化し、飛ぶ鳥は骨だけになる。宇宙ステーションでは火の危険はあまりに大きい。デュイ・ユェン教授は最終的にステーションを統御することになる胆魂を、「気」の要素がバランスを欠くことを認められるように設計すればよいと主張していた。ステーション内で火嵐が起きる可能性を減らすために大気に水を加えればいい、と言うのだ。

ホアはこの案がまったく信用できない。胆魂を調整することの代償は大きい。稲田の温度を調節するよりもずっと大きい。各稲田のデータを引き出した。もちろんデュイ・ユェン教授がとうの昔に同じデータを調べているはずとわかってはいる。

デュイ・ユェン教授は丁重でホアをたしなめるようなことはしない。しかし教授が反対していることは刃の重みのように感じられる……洗練処理のおかげでデュイ・ユェン教授は様々な点で変わっている。その様は奇妙ではある。安定化処理によって、頭の中のシミュレーションはかつて知っていた女性とは悼《いた》ましいほどに人が変わってしまっている。不要な感情はすべて取り除かれた結果、その精神の鋭敏さと切れ味良く磨かれた知識の刃はそっくりそのままに、憐憫《れんびん》の情はかけらも無い。それがあればまだしもその存在は耐えやすくなっていたはずだ。一方で、このシミュレーションの女性はデュイ・ユェン教授が最後に見せた弱さもまた持たないと言える。鋭い骨が顕《あら》わになった皮膚、色の失《う》せた卵形の顔についた痣《あざ》のような眼、言葉や指示を口ごもる声……

第一から第三の稲田は繁殖している。収穫量は古き地球のものより少ないかもしれない。が、それは恥ではない。第三稲田に一点、感染個所がある。が、ボットが対処している。

一瞬、田を収めているガラスの上を這いまわっているボットにホアは眼を留めた。金属の輝きを見守る。その脚の関節に光がちらちらしている……ほんのわずかのきっかけで、いつ何時燃えあがるともかぎらない。三つの田のいずれの温度のデータも変動が激しすぎる。それに火の要素の「気」の割合は大きすぎて、とても安心できるものではない。

「先生？」

ヤ・ランがまだ第四稲田の脇で待っていた。

蜜夢草の因子をもつ田は一つだけだ。新しく、まだ結果は出ていない。頭の中でデュイ・ユェン教授が身じろぎした。苦々しいが明白なことを指摘する。この品種は耐性が充分ではないのだ——帝国はそんな脆弱《ぜいじゃく》なものを頼りにはできない。当然のことをすべきだ。その品種はゴミ箱行きにするのだ。もう一つの品種、教授のお気に入りの品種に集中するのだ。ステーションの胆魂が「気」のバランスとしていささか外れたものを押しつけられてもかまわないではないか。

デュイ・ユェン教授ならば、そうしただろう。

だが、私はデュイ・ユェン教授ではない。

胆魂はバランスをとって造られる。そのバランスの一つを故意に崩すのは……大気の制御以外の、より広範囲な影響をステーションに引き起こすはずだ。危険が大きすぎる。それはわかっている。自分にはわかっているし、先祖全員をそれに加えてもいい——金も特権もなく、自分たちのインプラント・メモリを伝えることの無かった先祖たち——完全にはほど遠い、影の薄い、遺産とも言えないものだけを残した先祖たち。

おまえはバカだ。

ホアは眼を閉じた。思考を閉じ、頭の中の声が小さくなって囁《ささや》き声になるまで抑えた。少し無理をして、朝のおちつきを取り戻した——茶碗からたち昇る馥郁《ふくいく》とした芳香を吸いこみながら、今日という日に立ち向かうために身をひき締めた朝のおちつきを。

私はデュイ・ユェン教授ではない。

デュイ・ユェン教授の病が悪化の道をたどりはじめた時、支えを失うのが恐かった。デュイ・ユェンのあの夢はどうなるのだ、指導者がいなくなった時、自分はどうすべきか、と考えて、夜眠れなくなった。

今はわかる。

「タンクをさらに三つ用意しましょう。温度管理をもっと厳密にしてこの品種がどうなるか、見てみましょう。それからカンを捕まえられたら、接ぎ木のことを調べるように言ってください――そちらの方でもっといい解決ができるかもしれません」

デュイ・ユェンは掛替えのない資産だと女帝は考えた。そのインプラント・メモリがホアに確実に渡るように手配した――そうして、帝国が喉から手が出るほどに必要としているこのステーションを完成させるのに必要なアドバイスと知識をホアが得られるようにした。女帝はまちがっていたのだ。こう考えるのが反逆だとして、誰が気にしようか。

デュイ・ユェン教授の死に対する回答は、他のすべてのものと同様、一見そうとはみえないほど、悲痛なまでに単純なものだからだ。掛替えのない者はいない。誰もがいつもやっていることをするしかない――とにもかくにも先へ進むしかないのだ。

黒茶。黒茶の葉は何年もかけて慎重に醱酵させて熟させる。期間は数ヶ月から一世紀までの幅がある。この葉で淹れた茶は濃く、豊かな味で、ごくかすかな酸味を含む。

《正榕虎》は人間のようには哀しまない。

一つにはひどく長い期間にわたって哀しんでいるからだ。有魂船は人間が生きるようには生きない――かれらは建造され、碇《いかり》をおろし、安定している。

クァン・トゥは母さんが病気にかかって衰弱してゆくのを目の当たりにして、胸の張り裂ける想《おも》いをしたと言っていた。《正榕虎》の胸はもう何年も前に張り裂けていた。大晦日《おおみそか》のお祝いの中に立ち混じっていた時だ——軌道体《オービタル》の通廊に爆竹と鐘と銅鑼《どら》が鳴り響き、誰も彼もが抱き合い、叫んでいるその時に、百年後にも自分はここにいるといきなり覚《さと》ったのだ。そして食卓のまわりのこの人たちはその時、誰一人として残っていないことにも。母も兄も叔母《おば》も叔父《おじ》もいとこたちも誰一人生きてはいない。

祭壇をみつめているクァン・トゥを区画に残し、投影した化身から実際の体に意識を移し、星々の間へ昇っていった。

彼女は船だ。そしてクァン・トゥが喪に服している月日、惑星や軌道体の間を人びとを運ぶ。民間の客、公務の役人たち、白絹の生地、手のこんだ四身襖《アオ・ティー・タン》、詩の長所について議論している学者たちの群れ。最果てのナンバー惑星から休暇でもどる兵士たち。かれらは異様きわまる深宇宙《ディープ・スペーシズ》にも眉毛ひとつ動かさずに赴く。

母さんは死んだ。が、世界は回っている——ファム・ティ・デュイ・ユェン教授は過去の一部になった。公式伝記や再生成動画の中に埋もれてゆく……そしてその娘もまた先へ進み、帝国への奉仕を続ける。

《正榕虎》は人間のようには哀しまない。一つには人間とは異なる記憶を持つからだ。

子宮のことは憶えていない。誕生時のショックも知らない。最初の記憶は母がここにいたこと——母の腕に抱かれた最初で最後の時のことだ。母は産匠《バース・マスター》に助けられ、よろめく足を前へ運んでいた。産みの苦しみを越え、休息と睡眠だけを求める骨のきしむような疲れもものともせずに、御魂屋《ハート・ルーム》の揺籃《ようらん》の中に自分を置いたのは母の手だった。留金を閉じてくれたのも母の手だった——そうして自分は固定された。子宮の中にいるのと同じく、しっかりと包みこまれた——そして母の声が子守唄をうたってくれた。星々の間を旅しながら、一生心に聴きつづけるメロディ。

「サイゴンの灯《あか》りは緑に赤に、ミトーのランプは点いたり消えたり……」

第五番惑星近くのある軌道体に入港した時、年上の船《黄粱一炊《ドリーム・オヴ・ミレット》》が《正榕虎》に歓迎の挨拶をしてきた。遠出するとよく会う友人の一人だ。

「探していたんだ」

「そりゃどうも」

《正榕虎》はききかえした。積荷目録から船の往来を追いかけるのは難しくない。しかし《黄粱一炊》は老船で、積荷目録を調べる手間暇はかけない——他の船に会いにゆくよりも、相手の方から会いに来るのが普通だ。

「どうしてるか気になっていたんだ。業務にもどったと聞いたから」

《黄粱一炊》はそこで言葉を切り、口ごもった。通信線を通して反対の意志をかすかに遠慮がちに伝えてくる。

「まだ早いだろ。喪中じゃないか、正式には——」

正式には百日の喪はまだ明けていない。しかし船の数は少ない。それに兄のように模範的にふるまうことが期待されるような役人ではない。

「大丈夫だよ」

《正榕虎》は言う。喪に服してはいる。ただ、それで行動が左右されることはない。それに父が死んでから、ずっと覚悟はしていたのだ。こんなに早く、こんなに苦しいものとは思っていなかったが、覚悟だけはしていた……兄には絶対できないような形で用意はしていた。

《黄粱一炊》はしばらく黙っている——《正榕虎》は二隻を隔てる虚空の向こうに相手を感じとれた——船殻をつついてくる電波が感じられた。こちらの内部ネットワークを覗《のぞ》いて、最新の航行についての情報を照合しているすばやいジャブが感じられた。

『大丈夫』じゃないな。いつもより遅いし、あんなに深く深宇宙に入っちゃいけない。それに——」《黄粱一炊》は言葉を切るが、何よりも次の言葉を強調するためだ。「あそこを避けてる」

どこのことを言っているのか、どちらもわかっている。母が組み立てていた宇宙ステーション、帝国に豊富な食糧を安定して供給する事業だ。

「あそこへ行けという命令は受けていないよ」

《正榕虎》は言う。まったくの嘘ではない。が、限りなく嘘に近いものではある……ステーションは存在しないとわかっていればまだよかった……ステーションをまともに見て平気でいられるか、自信がない。テュイエト・ホアもインプラント・メモリも気にはならない。が、ステーションは母の人生のそれは大きな部分を占めていたから、それを思いださせられることに耐えられるか、自信はない。

《正榕虎》は有魂船だ。記憶がぼやけたり薄れたりすることはありえない。にごることもない。通廊の中でささやかれた歌やお伽話《ときばなし》を憶えている。母とともに第一番惑星を歩いたことを憶えている。帝都の中でも風変わりなところを母が指さすのに、笑みで応えていた。動物園やら紅毛の時計師を崇める坊さんたちの寺院やらだ。最後の日々に、衰弱した母が御魂屋へやって来て、頭を垂れたことを憶えている。その苦しい息が《正榕虎》の通廊を満たし、ついには《正榕虎》もほとんど息もつけなくなってしまったことを憶えている。

母のことは何もかも憶えている。しかし宇宙ステーションは、母が子どもたちから離れて働いていたところは、秘密保持のため、それについてはほとんど何も話すことができなかった事業については、記憶されることは永遠にない。いつになっても自分には関わりがなく、どこまでも遠い。

「なるほど」

《黄粱一炊》が言う。またかすかな反対の意志。それに《正榕虎》には何なのかまるでわからないもう一つの感覚――ためらいだろうか。失礼にならないかという心配か。

「そんな風に生きてはいけないぞ」

ほっといてくれ、《正榕虎》は言う。むろんそんなことは口に出しては言えない。《黄粱一炊》のような老船には言えない。

「そのうち治るよ。とりあえずは習い憶えたことを果たすまで。それでとがめられたことはまだないし」

これは無礼と言われてもおかしくないくらいだが、わざとそうしてもいる。

「いや、とがめはしない」《黄粱一炊》が言う。「その哀しみにどう向き合うか私が指図するのはお節介というものだ」軽く笑う。「母上を拝んでいる連中がいるのは知ってるか。第五十二番惑星で寺を見たよ」

この話題の方が話しやすいし、嬉しい。

「私も見たよ。第三十番惑星だ」

菩薩《ぼさつ》のように透きとおった笑みを浮かべた母の像があった——人びとは苦境にあって、お助けくださいと香をあげていた。

「母さんは大いに喜んだと思うな」

名声がどうとか、崇められているからとかではなく、それはもうあまりに、悲痛なまでに可笑しがっただろうからだ。

「まあ、そりゃそうだろう」

《黄粱一炊》が動きだす。通信がごくわずかに弱まる。

「またな。私の言ったこと、忘れるなよ」

《正榕虎》は忘れない。が、思い出しても嬉しくはない。それに相手の船が別れを告げる口調も気持ちの良いものではない。何かしようとしているように聞える——老船がよくやること、《正榕虎》がやる必要があると《黄粱一炊》が思っていることを、嫌でもやらざるをえない立場に《正榕虎》を追いこむようなことだ。

とはいえ……それはどうしようもない。次の航海に向けて軌道体から出航しながら、《正榕虎》は《黄粱一炊》に追尾をしかける。そしてときおり、確認してみる。相手の船のすることには、おかしなところも疑わしいものも何も無いようにみえる。しばらくして《正榕虎》は追跡がとぎれるままにする。

そして星々の間を縫ってゆきながら、思い出す。

死の一週間前、母が乗ってきた――絶え間なく文字が流れている壁に沿って歩く。文字はどれも《正榕虎》が子どもの頃に母から教えられた詩だ。重力が小さいことに、母はくつろいでいると言ってもいい様子だった。最後にもう一度乗りこんで御魂屋までやって来た。膝に茶碗をかかえて腰を下ろす――黒茶だ。無理矢理押しつけられる薬を飲みくだすには味の濃いものでないとダメだと言うのだ――掘り返した土のような香りが御魂屋の中いっぱいに拡がり、《正榕虎》は飲むことのできない茶の味がわかる気がした。

「娘や」母が言った。

「はい」

「遠乗りできないかね――少しでいいから」

もちろん許されてはいない。有魂船の航行は細かく計画され定められている。それでも飛びだした。宇宙ステーションにはことわりを入れ、そして深宇宙へ飛びこんだ。

母は何も言わなかった。前をみつめ、妙な音に耳を傾けていた。自分の呼吸の反響する音に耳をすませ、壁の上に油のように拡がる形に眼をこらす――《正榕虎》はまっすぐに飛びつづけた。引き延ばされ、もみくちゃにされ、急流で泳いでいるかのように様々な角度から引っぱられる感覚。母はごく小さな声で何かつぶやいていた。しばらくして《正榕虎》は歌の詞であることに気がついた。そしてその詞につけて、スピーカーから音楽を流した。

帰ってお勉強しなよ
九つの月でも待つよ、十回の秋も待つよ……

母の笑みを憶えている。母の顔はひどく静かだった――通常空間にもどって立ち上がった母の様子、流れるようなそれは優雅な仕種だった。そのほんの一瞬、痛みも衰弱もすべて消えたようだった。歌に包みこまれたか、航行のうちに溶けたのか、それとも双方の作用だろうか。御魂屋から出ながら静かに言った母の言葉を憶えている。

「ありがとう。よくやってくれたね」
「なんでもないことです」
そう応えると、母はにっこりして下船していった――しかし母が口にしなかった言葉が、《正榕虎》には聞えていた。もちろんなんでもないどころではなかった。もちろん大きなことだった。たとえほんの一瞬でも、あらゆるものから遠く離れること、重力も責任もなく、宇宙の広がりの中に宙吊《ちゅうづ》りになること。当然だ。

母の死から百三日後、帝都からの通信が来た。第一番惑星で錦衣衛を一人乗船させるよう指示している。そして目的地は……

心臓があったなら、これで止まっているところだ。

件《くだん》の錦衣衛は母の宇宙ステーションに赴く。理由はどうでもいい。どれくらいそこにいるかも問題ではない——とにもかくにも、ともに行かねばならない。しかしそれはできない。何がどうあろうとできない……

命令には注記があり、何が書いてあるかは見なくてもわかる。この使命を当初与えられるはずだった船は《黄粱一炊》だった。そしてその使命を果たせないからとして、代わりの船に《正榕虎》を推薦したのだ。

ご先祖さま……

よくもやってくれたものだ。

《正榕虎》はこの命令を拒めない。誰かに譲るわけにもいかない。遙か年上の船を罵《ののし》ることもできない……ああ、しかし、それができれば——ご先祖さま、あいつを罵ってやりたい。

大したことじゃない。目的地の一つにすぎない——ただ自分には少々個人的な関わりがあるというだけだ——しのぐことができないようなものじゃない。これまで帝国全土のいろいろなところに行っている。その場所がもう一つ増えるだけだ。

ただもう一つだけ。

錦衣衛は若く、まだ青い。が、不親切ではない。指定されたように第一番惑星で乗ってくる――身がまえるのに夢中で挨拶するのも忘れたが、錦衣衛は気づかないふりをしている。

前に会ったことがある。葬儀の時だ。申しわけなさそうにクァン・トゥに話しかけた男、母のインプラント・メモリが兄には渡らないことを告げたのだ。

それはそうだ。

《正榕虎》は儀礼のうちに逃げこむ。乗客と会話するのは役目ではない。とりわけ地位の高い者や帝国政府の公用にある者と話はしない。すれば僭越《せんえつ》とされる。ゆえに口はきかない。そして錦衣衛の方は船室で忙しくしている。報告書を読んだり、ビデオを見たり、他の乗客と同様のことをしている。

深宇宙から出る直前、《正榕虎》は立ち止まる。まるでそれでどうにかなるとでもいうように……魔物が待ち受けているとでもいうように、もっとずっと古い、遙かに恐しい何かが待ちうけているというように、この自分の平静さを跡形もなく粉砕する何かが。

いいいいいいいい、何を恐れているんだ。

内心で声がたずねる……母の声か。《黄粱一炊》の声か、よくわからない。自分が何と答えたのかもわからない。

ステーションは思っていたものとは違っている。骨組だけだ。建造中のもの。ケーブルと金属の梁《はり》の塊で、そこらじゅうをボットが這いまわっている。中心にある居住区は未完成の建造物の中でちっぽけだ。まるでごくあたりまえのものに見える。それでもこれは母にとって、それはそれは大切なものだった。帝国の将来についての母の夢。そして兄も《正榕虎》も、そこに居場所はない。

にもかかわらず……それでもなおステーションには重みがある。それには意味がある……半ばまで描かれた絵。行の途中で止まっている詩。心臓から掌《てのひら》一枚分前で止められた槍《やり》の穂先。それは何とか完成させてくれと訴えている。要求している。

その時、錦衣衛が口を開く。

「船で仕事がある。待っていてくれないか」

そうことわるのは丁重なことだ。いずれにしても待っているのだから。が、下船する時、ふり向いたから驚いた。

「船よ」

「はい」

「あなたが失ったものを遺憾に思う」

「お気になさらぬよう」

《正榕虎》は言う。

するとと錦衣衛は笑顔になる。唇の端が上がる。

「御母堂はそのお仕事の中に生きておられると決まり文句を言ってもよい。それで母上のために何か変わると思えればだが」

《正榕虎》はしばし何も言わない。眼下のステーションを眺める。無線通信のかすかな流れに耳をすます——科学者たちが他の科学者たちを呼んでいる。成功や失敗やその他この規模の事業を織りなしている何千何万もの細々《こまごま》したことを伝えている。母の夢。母の仕事——それを母のライフワークと人は呼ぶ。しかしもちろん自分と兄もまた別の形で母のライフワークだ。その時、《黄粱一炊》がなぜ自分をここに送ったのか、納得がいった。

「これは母にとって大切なものでした」やがて言う。「これが成功するのを母が喜ばないとは思いません」

錦衣衛はためらう。それから船内にもどり——顔を上げて御魂屋のある方向をまっすぐ見すえる——冷静なその眼の背後にある感情は《正榕虎》には読めない。

「完成はされる。米の新たな品種が発見された——低温によって枯れるのを防ぐには生育環境を厳密にコントロールする必要はあるが……」震えながら深く息を吸いこむ。「これと同じステーションが帝国中に造られるだろう……そしてそれはすべて母上のおかげだ」

「たしかに」

《正榕虎》は言う。そして母が一度だけ口にしたことのある言葉として、これだけが浮かんできた。

「ありがとう。よくやってくれたね」

錦衣衛が出てゆくのを見守る。そして母の笑顔を想う。母の仕事を想う。そして仕事の合間に起きたことを想う。歌と笑顔と束の間の時間。すべてはダイヤモンドの明晰さと弾性を備えて心の内に配列されている。心の内にもっている記憶を想う――これから何世紀もの間、抱えてゆく記憶を想う。

錦衣衛はインプラント・メモリの件でなんとかして謝罪しようとしていた。《正榕虎》もクァン・トゥもその遺産を受け継ぐことがないことに謝罪しようとしていた。つまるところそれだけの価値はあったのだと、二人の犠牲は無駄ではなかったと述べることで謝罪に替えようとしていた。

しかし本当のことを言えば、それはどうでもよいことだ。クァン・トゥにとってはどうでもよいことではない。が、自分は兄ではない。怒りや怨《うら》みに縛られることはない。兄が哀しむようには哀しまない。

大切なことはこういうことだ。母についての自分の記憶はすべて持っている。そして今や母はここに、自分とともにいる――永遠に変わらず、永遠に優雅で疲れを知らず、永遠に星々の間を飛んでいる。

魂《こん》魄《はく》回収

A Salvaging of Ghosts

テュイの手がその宝石を握りしめたちょうどその時――手袋越しには宝石の暖かさは感じられない。が、自分の娘の幽霊はすぐ傍らに、船腹にあいた穴の中にいて、にじみ、ぼやける――非現実の流れに捕まった。《青竜《アズアサーペント》》につながった絆、船との唯一の命綱が引っ張られ、そして切れる。

テュイは深みへ、奥へと運ばれてゆく。もうもどれない。

ダイブの前の晩、テュイはシュアンとレ・ホアとともに下甲板に行く。それが慣《なら》わしだ。ダイブから戻ると回収したものを自分のものだと宣言し、壮烈なパーティをやらかすのと同じ慣わしだ。その時にはしこたま宝石を米酒《ズオウカン》に溶かし、詩をわめきちらすので、《青竜》の船魂《マインド》が、彼女たちの支離滅裂な大騒ぎの音をやさしく包んで、他の者たちが眠れるようにしてやらねばならない――もっともまったく音を消してしまうことはしない。生きていることを実感するのは良いことだからだ。船に乗り組んでいる他の者たちがまたもう一回ダイブを生き延びたことを祝っているとわかるのは良いことだからだ。ベルトに一本溝を刻んだり、算盤《そろばん》の真赤な玉を一つ、滑らせたりするのと同じだ。

もう一回。いつだって、もう一度。

そしてある時、テュイの娘キム・アンのように、最後のダイブに殺され、遺体となってあそこに、闇の中に取り残されることになる。それがダイバーの宿命で、いずれそうなることは覚悟の上ではある。けれどもキム・アンは自分の娘だ――死んだ時には立派な大人だったが、それでもいつまでもテュイの小さな娘であることは変わらない――そしてキム・アンの遺体のことを思うと、テュイの世界はぼやけ、縮こまる。娘の体は、深宇宙の、人間とは相容《あいい》れない冷たい寂しいところに何ヶ月も漂っているのだ。

それももう長くはない。今度のダイブはキム・アンが死んだところまで戻るからだ。これが最後の夜、友人たちと呑《の》むのもこれが最後だ。それから娘に再会するのだ。

友人たち……シュアンは不機嫌だ。酒を呑んだり、ダイブ前のパーティーをする気分ではない。酒には何か別のものが入っていて欲しいとでも言うようにグラスを舐め、話しかけられても、うんとかああとしか返事をしない。レ・ホアはいつものように舞いあがっている。脈絡もなくぺらぺらとしゃべり過ぎる――酒と食べ物と、そして本来の性格に似合わず、やたらにおおらかなふりをすることで恐怖をまぎらわせている。テュイにたずねる。

「心配なのか」

テュイは自分のコップの底を見つめる。

「わからん」

娘の遺体を回収できるまで近づける唯一のチャンス、期待できるのはそこまでだ。一方、それは危険なダイブでもある。深宇宙《ディープ・スペーシズ》の奥深く、非現実が重なりあっていて、皆死んでもおかしくない。

「やってみるさ。そっちは？」

レ・ホアは自分のカップをすする。丸い顔は酒に火照《ほて》っている。手をひと振りして、これからダイブしようとしている有魂船《マインド・シップ》の残骸を呼び出す。スキャナーが把握した宝石のつらなりが何本も次々にハイライトされる。

「簡単にとれるものがたっぷりある。残骸に近づきすぎなきゃね。それにあれはみんな一番大きなクラスだけだ。小さいのはセンサーにはかからない」

だからこそダイバーに出番がある。いや、それよりも人間を送る方《ほう》が安上がりで、投資が少なくてすむからかもしれない。深宇宙でも苦もなく生き延びられる小さくて柔軟な有魂船を人間の代わりに送るとなれば、一隻造って、適切に訓練するのに何人もの人間が一生かけなければならない。

テュイは難破船の輪郭をホロの上でそっとなぞった——船腹に大きな穴がある。航行中に何か破裂し、乗っていた者は全員死んだ。乗客の死体ははらわたのようにあふれ出ていた——もちろんどれも見分けはつかない。筋肉や内臓は分解され、骨はゆっくりと引裂かれ、ばらばらにされ、押し潰されてわずかに一連の宝石がその存在を示すのみになる。

キム・アンもまた行ってしまった。毎朝髪の毛と格闘しながら結っていた、ませて向こう見ずなテュイの娘は跡形もなく消えた——残っているのはただ、これから集めて外世界へ売る一握りの宝石だけだ。それとも役にたたない回収品だと言って、束の間《ま》の幸福感に浸るために呑んでしまうか。

宝石はたいしたものではない――ただ一瞬、天国に昇った気分になるだけで、元になった死者とはなんのつながりもない。深宇宙は死体を裸にし、圧縮して……宝石にする。個性の無い、中毒性のあるドラッグ。

それでも……ダイバーたちは死者を喰《く》らう。そしていつの日か、自分もまた死者になると、誰もがわかっている。これまでずっとそうだった。《青竜》でも、他のすべてのダイバー船でも。誰も逃れることはかなわず、破ることもできない不文律だ。

テュイもそのことを大して気にもとめていなかった。キム・アンが死ぬまでは。

「あの子、どこにいるのか、わかっているのか」

シュアンが訊《たず》ねる。

「はっきりとはわからん。たぶん、ここ」テュイは難破船の残骸にひどく近いところを注意深くさす。「あの子がいたのはここだから、あの時――」

スーツが破れた時に、通信が途絶《とだ》えた時にいたところ。

シュアンはひゅっと息を吸いこむ。

「微妙だな」

が、テュイを説得してやめさせようとはしない。他にどうしようもないと皆わかっている。

レ・ホアは無理矢理に話題を変えようとする。

「もう二回ダイブすればトランとあたしは結婚できるくらいになるんだ。本物のカップル用区画だよ。想像できるか」

テュイは無理矢理笑みを浮かべる。まだ、そこまで酔っちゃいない。が、酒を呑む気にもなれない。呑めば頭に来る。そして、あそこにいる必要がある時に、これまでの人生に意味があるとすれば、頭がはっきりして、カンが冴《さ》えることが大事な時があるとすれば……

「みんなで集まって盛大な見送りをするよ」

錦織の服を倉庫から残らず取り出し、船の長期貯蔵用区画にとっておいた酒を持ってきて、ありとあらゆるものがきらきらして見えるまですする。そして小さな丸い宝石夢団子――本物の宝石が入っているわけじゃない。ただわざと似せた形にして、数珠繋ぎにする。幸運と財宝を新婚さんたちが手に入れられますように、船から出ていけるくらいの運とカネを得られますように、ダイブしてゆっくりと死んでゆくだけのこの暮しから脱け出せますように……

キム・アンはこういうことをしてもらうチャンスはなかった。死んだ時には年上のダイバーの一人とつきあいだしたばかりだった――《青竜》ではもともと長続きするはずもない情事にすぎなかった。もちろん、それは束の間で断ち切られ、哀《かな》しみと後悔と罪のなすり合いのうちに凍りついていた。

テュイはキム・アンの元恋人とはめったに話さない。それでも一緒に呑むことはときたまある。それに長男のコン・ホアンが別のダイバー船に配属されている。通信機で話すし、祭や法事には顔を合わせる。息子にはもう少し近しくして欲しかったが、それでも生きてはいる――生きてさえいてくれれば。

「またビョーキになってるだろ。顔に出てるぞ」

シュアンが言う。

テュイは顔をしかめる。

「呑む気にならんだけだ」

「そりゃ見りゃわかる」レ・ホアが言う。「まっすぐ詩に行く?」

「こいつまだそこまで酔っちゃいないよ」

テュイに口を開く間も与えず、シュアンが言う。

テュイの顔が赤くなる。

「どっちにしても、あたしは詩はうまくない」

レ・ホアが鼻を鳴らす。

「あたりまえだ。あんたが詩がうまいかどうかはどうでもいい。あたしらみんなひどいもんだ。さもなきゃ、みんなナンバー惑星で役人になって、何十人という召使いをアゴでこき使ってるさ。大事なのは忘れることだ」

言葉を切る。そしてテュイを見やる。

「ごめん」

テュイはそんな気分じゃないが、無理矢理肩をすくめる。

「いいよ」

レ・ホアは口を開く。そしてまた閉じる。

「そうだ……」

ローブの懐に手を入れ、何か引っ張り出す——相手が手を開くより先に、テュイはそれが何かわかる。

宝石は小さく、不恰好だ。大きくてきれいなものは、戦利品としてとっておくことを監督が認めない。それは外世界の客のもとへ行く。カネを持っていて、それに大枚を払える連中のところだ。宝石は茶屋の照明のもとで、こぼれた油のように光る。すると同じ照明の中で、卓上の蒸し団子や茶は背景に薄れて遠のく。味も香りも消えたつまらないものになる。

「これ、試してみろよ」

「いや……」テュイはかぶりを振る。「それはあんたのだ。それにダイブ前には……」

レ・ホアは肩をすくめる。

「慣わしなんかくそくらえだ。守っても守らなくても同じなのはわかってるじゃないか。それに少し貯《た》めこんでるんだ。これは要《い》らない」

テュイは宝石をみつめる——それをコップの中に落としこみ、溶けるのをじっと見るところを想像する。呑むと暖かいものが腹にすべりこんでゆく。幸福感がわいてきて、手足の先まで満たし、あらゆるものが欲求の至福に震えだす——ほんのひととき、一歩脱け出せる。明日のこと、ダイブのこと、そしてキム・アンの遺体のことから脱け出せる。

まだ。

テュイはかぶりを振る。酒のコップをとり、一息に呑みほす。宝石は卓の上に残したま

「さあ、やりな」

「詩の時間だ」

大きな声で言う。《青竜》は何も言わない――彼はめったに口をきかない。ダイバーたちには口をきかない。死すべき宿命にある者たちには――けれどもテュイが立ち上がると照明を暗くし、音量を下げる。テュイは胸の空っぽの穴から言葉が湧いてくるのを待つ。

シュアンの言うとおりだ。まっとうな詩が出てくるには、もっと酔っていなくちゃだめだ。

テュイは両親が死んだ場所を知っている。二人が漁っていた難破船は仏壇に飾られている。循環するホロの最後に出てくる。一番目の母と二番目の母が酒と幸せに顔を火照らせた新婚ほやほやの顔から、年をとり、髪に白いものが増え、孫を抱いた姿へと移る。笑みはおずおずとためらいがちになる。まるで、孫娘を手放さねばならなくなることをすでに承知しているようだ。

《青竜》の中では二人は伝説で、その名は畏敬をこめて口にされる。それまでの誰よりも非現実の奥深く遠くへと潜りこんだ。ダイバーたちは二人を息の長い人と呼ぶ。二人には専用の寺がある。三つの区画を占め、香のかおりが絶えない。寺の壁にはダイビング・スー

ツ姿の二人が描かれている。観音菩薩《かんのんぼさつ》が二人を中身の無い部屋に導いている。虚《うつ》ろなその部屋で、ダイバーたちは供物を献《ささ》げ、幸運と商売繁盛を祈る。

両親は後に何も残さなかった。スーツは二人とともにくしゃくしゃに潰れた。遺体はその有魂船の残骸の奥深くにある。どこかの船室か、あるいは廊下に、ひと握りの宝石になっている。回収はできない。たとえ正確な位置をつきとめたとしても、回収して生きてもどってくるには深すぎる。死んでから二十一年経《た》つ。

仏壇には夫のバオ・タクがいる。生きている時はいたずら好きで気まぐれだったが、死にあっては笑いもせず、真面目で頑固だ。

夫の遺品も何も無い。

キム・アン……キム・アンはその父の傍《そば》にいる。未婚で、子どもを残さなかったからだ。彼女を悼《いた》み、その旅路の苦しみがやわらぐよう祈ってくれる者は誰もいない。これからやることは船の中でテュイが最初でも最後でもない。

箱がある。宝石を一つだけ入れられる大きさの箱。娘の遺体から回収する権利をテュイが手に入れたのは、この箱のためだ。手に握ることのできるもの、形があって、触れることができるもの。ホロでも、ぼんやりと色づけされ、薄れゆく自分の記憶でもないもの——小さな皺《しわ》だらけの赤ん坊に乳を吸わせた時に湧きあがってきた満足感は、宝石で引き起こされたどんな幸福感よりも強かった——十歳の時のキム・アン。自分より二回りも大きなスーツを着て歩こうとしている。そして死の数日前、茶屋で二人でとった最後の食事。透明な蒸し団子に翡翠色《ひすいいろ》の茶がついてきた。二人ともついに生きて見ることのない惑星の上で刈りとられた草のような香りがした。

キム・アンはテュイの母親たちとは違った。別の有魂船の外で死んだ。残骸からは十分に距離があるから、回収することは可能だ。シュアンの言うとおり、微妙ではある。けれど、娘の一部なりとも持ち帰るためには、いくらでも払う。


船殻の穴の中の暗闇でも、テュイに何も見えないわけではない。スーツは警告を映し出している――温度、圧力、歪み。この最後のものが致命的だ。幾重にも重なった非現実は人間の存在にはまるで適さない。流れ押されて有魂船の残骸に近づくほどに強くなる。ついにスーツが耐えられなくなると、肺や命に欠かせない臓器は紙のようにくしゃくしゃに潰される。

キム・アンをその最後のダイブで殺したのもそれだ。ほとんどのダイバーはいずれそのために死ぬことになる。《青竜》に乗っているほとんど全員――もちろん監督たちは別だ――はそれを承知している。死刑の執行を猶予されているのだということを承知している。テュイも先祖たちに祈る――息の長い人だった母親たちに祈るところだ。何を祈ればいいのか、わかっていればだ。

テュイは宝石を握りしめる。スーツの推進装置を切り、変わりはてた娘を、傍に漂うものをみつめる。

宝石また宝石——手に握っている小さなものから、もっと大きな、胸部の組織が置きかえられた球状のものまである。有魂船に比べれば、死んだのは最近だ。宝石はまだぼんやりとどこか人の形を思わせる。人間が水の滴のような、小さな丸いものに吸いこまれるとすればだが、それともその滴は涙だろうか。

非現実の数字がはね上がると、傍の幽霊《ゴースト》はどんどんはっきりとしてきて、やがて、生きていた時と同じキム・アンの姿が見えてくる。髪は結ってある——いつものように先端はぼさぼさだ。リボンはでたらめに結ばれている。みんなはキム・アンには命綱は要らないとよく冗談を言ったものだ。太いリボンがしっかりとエアロックにはさまれるから、引きもどされるというのだ。眼はきらきらしている——涙だろうか。いやむしろ、宝石と同じ油の光る輝きか。

いいいいい、

よう、母さん。

「娘や」

テュイはささやく。流れがその声を捉えて散らす——そして幽霊はうなずく。が、その相手はテュイには見えない何かのようでもある。

いいいいい、

おひさだねえ。

二人は今や遠ざかっている。残骸の中へ通じる、暗く音のない通路が、眼のように回りながら開いた中へ放りこまれてゆく——いやだめだだめだ、ここまで来て、いずれ自分もダイブで命を失うことは確かにしても、まだだめだ——テュイは体を動かし、スーツの推進装置が流れに逆らって踏んばり、キム・アンに近づこうとする。キム・アンを摑《つか》む。何でもいいから摑むのだ。あの暗いところで……

その時、後ろから何かが突っこんでくる。そしてスーツの首に鋭い痛みが突き刺さり……そして何もかも薄れる。

意識がもどった時――吐き気がして、どこにいるのかわからない――通信機が話しかけている。

「テュイ、どこだ」

シュアンの声だ。パニックで息が荒い。

「戻るのを助けられる。遠くまで流されてなければ」

「ここだ」

言おうとする。三度くり返してようやく声の震えが止まる。聞きとれるようになる。答えは無い。ここがどこにしても――計器からすると深い――通信機は何も吐き出さない。

キム・アンの遺体は見えない――流れに引き離される前に、その体に近づこうとしてもがきあがいていたことを思い出すが、今は何もない。だが、幽霊はまだそこにいる。同じ区画の中にいて、幾重にも重なった非現実の中で揺らめいている。数本の明瞭な線が、娘の本質をなすコアを包みこむように見える光の網目模様をなしている。

テュイは宝石をまだ手の中に持っている。手首のガードの下に押しこんである。それ以外の娘の宝石は――奥へ落ちこみ、残骸のどこかを漂っている。どこか遙《はる》か、手の届かないところ、そして……

あたりをあちらこちら見まわす。ここがどこか、あらためて気をつけてみる。思わず息を呑んでしまいそうになるのをかろうじて留める。

ここは巨大な、丸天井の部屋で、霊廟《れいびょう》のようだ――五本の梁《はり》が中心から拡がり、電子機器と生体組織が何段にも重なっている。ほとんどは引っくり返ったり、ひきずられて壊れている。脈打つケーブルが集まって固くからまりつき、また分かれ、ねじれている様は、錬金術師の想い描くねじくれた神経網というところだ。中心に椅子のようなもの、いや、あんな廂《ひさし》がついていて、そこらじゅう突き出していては玉座と呼ぶべきだろう。人の手で造られたというよりは、床から生えているようだ。大量の修理用ボットが床にじっと動かない。死者を蘇えらせることはできないと、諦めたにちがいない。

御魂屋《ハート・ルーム》。船の中心。船魂がかつて鎮座していたところ――玉座の上の小さくしなびたものだけが、その死体として残っているのだ。それはそうだ。船魂は人間とはまるで違う。深宇宙への耐性が大きく造られている。

「テュイ、応答してくれ。頼む……」

シュアンの声は今では泣かんばかりだ。その声はだんだん小さくなる。テュイにもわかっている。希望は無い。

「テュイか。それがあなたの名前か」

声はシュアンのものではない。より深く反響している。そしてその響きに壁が震える——装置がぶるっと動いて埃《ほこり》が舞いあがる。ケーブルが気の狂った蛇のようにねじれ、のたうつ。

「ずいぶんと待ったものだ」

「あんたは——」

テュイはからからの唇をなめる。スーツが告げている——安心させるためか、その反対か、どちらかわからない——非現実が安定している。つまりはスーツがだめになるまで、あと一〇分ある。娘の宝石を握りしめ、その幽霊を傍らに、死ぬまで一〇分。

「あんた、誰だ」

長《なが》の歳月だ。その間、船は非現実に洗い流されてきた。潮が後から後からやってきて削りとってゆく。生き延びられる者はいない。息の長い者たちですら、不可能だ。

ご先祖様、お守りください。

「《鐘送舟《ザ・ボート・セント・バイ・ザ・ベル》》だ」

声が言う。部屋の壁が明るくなる。ぎらぎらと赤くなって耐えられない——周囲の壁一面に文字がスクロールしはじめる。詩や小説や言葉の断片が、油じみた金属から滴りおちる。どれもこれもあまりに速すぎて、目に止まるのは断片ばかり。ただ、かすかだが、なじみのある感覚がひりひりと伝わってくるのはおちつかなくなる。

「私はこの船だ……だった」

「生きてるのか」

船は……船は死んでいるはずだ。船は生き延びることはない。船も死ぬ。乗客と同じだ。船は……

「当然だ。我々は深宇宙の最も深い、もっと歪んだ宙域にも耐えられるようにできている」

「当然、ね」

その言葉は口の中で灰の味がする。

「何を待っていたんだ」

船の答えは低く、容赦がない。

「死ぬのをだ」

まだ生きている。まだ待っていた。ああ、ご先祖様。この船が爆発したのはいつだ。三十年、四十年前か。この船魂はどれくらいここに、この深みにいたのか——麻痺《まひ》して動くこともならず、助けを呼ぶこともできない。人間なら、卒中を起こして、自分の体に閉じこめられたというところか。

い、い、い、あと七分。テュイのスーツが告げる。両手はすでにチリチリしている。血がどっと流れこんだようだ。傍らではキム・アンの幽霊が黙ったままじっとしている。姿の輪郭がどうも鋭すぎる。実在感が強すぎる。あまりに異質だ。

「死ぬのを待っているって、じゃあ、これで二人になるわけだ」

「道連れがいるのはありがたい」

《鐘送舟》の声は重々しく、しゃべる前にじっくりと考えているようだ。こんなところに長くいたら気が狂っちまう——でも有魂船はたぶんこういう類《たぐい》のことにはあたしらより抵抗力があるんだろう。

「だが、あなたのお仲間が呼んでいる」

通信機はただバチバチ言っているだけだ。片方の手袋がちらちらしている。正常な姿形と、ありえない角度に鉤爪《かぎづめ》がねじ曲がった歪んだ手の先が交互に現れる。痛くはない。まだ。

「確かに」

テュイは唾を呑みこむ。宝石を左手に——良い方の、消えてはいない手に持ちかえる。そして握りしめる。キム・アンを抱きしめるように。摑《つか》めるものなら幽霊も抱きしめるところだ。

「深すぎる。あたしは戻れない。その前にスーツがいかれる」

沈黙。すると痛みがやってくる——かすかに、それとはわからないほどだが、着実に強くなる。指関節の一つひとつが傷んでくる。指を動かそうとしてみる。とたんに鋭い、耐えがたい痛みが突き刺して悲鳴をあげる。

あと五分。

ようやく船が言う。

「ダイバー、取引はどうだ」

死の崖っぷちでの取引。どちらにしても完了できる立場にない。時と場所が違えば、笑いだすところだ。

「そんな時間はないよ」

「ここへ来い。中心に。出口を教える」

「そんなことしても——」痛みが突きあげてきて、テュイは歯を食いしばる。「ムダだ。言っただろ。ここは深すぎる。遠すぎるんだ」

「私が手伝えば別だ」船の声は落ちつきはらっている。「おいで」

そして思わず反射的に——今でさえ、ここでさえ、持っているものにしがみついているから——テュイは中心部へ体を推進している。手を、縮こまり、ずきんずきんしている右手を船魂の表面に置く。

ずっと昔、船魂はこういう形で触れられるのを嫌がると聞いたことがある。御魂屋は船魂にとっては聖域だというのだ。皮膚は船魂だけの内密の領域で、なでられたりキスされたりするためのものじゃない。傷ついてはいけないからだ。

しかし感じられたのは……静穏な感覚だ。時は引き延ばされて意味を失い、五分は忘られてしまう。ほんの一瞬、流れに殺されなければ、耐えられる範囲を越えて歪められなければ、それがどんなに美しいか、そして船や宇宙と親しく交わることから永遠に切り離されること、もはや動くことができないこと、身じろぎもできない体の中で、意識はそのままであること、修復不可能な損傷を受けながら、死ぬほどではないことが、どれほど耐えがたく寂しいか、垣間見える。

知らなかった、と言いたい。が、言葉は声にならない。船はもちろん答えない。

背後でボットの群れが舞い上がる――蝶《ちょう》のようにテュイを覆う。視野も遮られる。何台か、手の上に散らばる。すると何かが体から吸いだされてゆく、筋肉が骨から剝《は》がされてゆく感覚がある。

《鐘送舟》が解放すると、テュイは震えながら立っている――また息をしようとする。ボットたちは抜け殻のようにすべり落ち、船魂の近くのある突起におちつく。テュイのスーツはつぎを当てられ、補強されている。存在そのものが現れたり消えたりしているディスプレイにはあと二〇分と出ている。痛みがうずく。修復された体の中でゆっくり燃えている。失敗すればどうなるかを告げている。

壁に文字に代わって地図が出ていた。御魂屋から船殻にあいた穴までの、曲がりくねったルート。

「一三分五七秒だ」おちつきはらって船が言う。「充分なスピードで行ければ」

「あたし――」何か言おうとする。なんでもいい。

「なぜ」というのだけが声に出る。

「一方通行ではない、娘よ。取引だ」

船の声はあいかわらず感情も色彩もなくおちつきはらっている――とすれば《鐘送舟》はやはり気が狂っているのだ。砕けて小さく無数に罅《ひび》の入った陶器の茶碗のように、水を入れておくことはできても、完全ではない。

「ボットがいるところ、出てゆく時にそれを引きちぎってくれ」

「それはボットでもできるでしょうに」

船が人間だったらかぶりを振ったところだろう。

「だめだ。細かい修復はできるが……これはできない」

殺せない。船殻の穴をふさぐことも、船が動けるようにすることもできない。テュイはなぜ自分が必死になって涙があふれないようにしているのか、わからない——まるで船のことを知っているように感じているわけでもない。何世紀も生きる存在を知っていると吹聴できる人間がいるとしての話だが。

テュイはボットたちが留まっているところへ近づいた。五本のケーブルがつながったねじれた突起、手に握れるほどのサイズで脈が打ち、のたくり、玉虫色の油がもれていて指につく。ボットたちは蜜蜂のようにわき立って、テュイと戦おうとする。が、かれらは修理で消耗していて、動きはのろい。テュイは蠅《はえ》でも叩くようにボットたちを振りはらう……ボットたちを船内の地図の線で暗くなっている壁に向かって張りとばすと、かれらはオイルと中身を御魂屋の中一面にまき散らす。やがて動いているボットはいなくなる。

テュイがその部分を引きちぎると《鐘送舟》はひとつ溜息をつく——それからテュイと幽霊は、罅割れ冷えてゆく死体の中を一層また一層と昇ってゆく。

後になって――ずっとずっと後、テュイが二分を残して息を切らしながら残骸から這い出してから――なんとかシュアンを呼び出してから――テュイにもう一本命綱をつけ、医者が一人超然として待っている船に引きもどし――事情聴取された後になって、テュイは自分の区画に歩いてもどる。キム・アンの幽霊もついてくる。ぼんやりと不明瞭で、他の誰にも見えないらしい。

仏壇に向かい、狭い空間にしばし立っている。二人の母親が見つめている。無表情で、心ここにあらずという表情だ――息の長い者、そうつまるところ母親たちのおかげではなかったと誰に言えよう。

キム・アンもそこにいる。ホロに映っている――笑みを浮かべ、とっくの昔に消えてしまったものをふり返るように頭をまわしている――仏壇の箱は、入れられるはずの宝石を待っている。その形見のために、どれほどのものを犠牲にしたことか。誰かが――シュアンか、いや、おそらくレ・ホアだろう――盆の上に酒を入れたコップを置いてある。それに茶屋で断わったあの歪んだ形の宝石。

「知らなかった」

声に出して言う。《青竜》は黙っている。が、じっと聞いていることは感じられる。

「船は生き延びられるとは知らなかった」

我々が造られる理由が他にあるか。

テュイの頭の中で《鐘送舟》がささやく。が、テュイには答えられない。

ローブの中をまさぐり、キム・アンの宝石を右の掌《てのひら》にのせる。それを戦利品として持っていることは認めてもらった。どれほどのことをテュイがくぐり抜けたか、それを証《あか》すものとしてだ。

手は正常に見える。が……変な感じ、遠い感じ。まるでもう自分のものではないようだ。その上の宝石の感触は、異質なもの、別の宇宙で自分に起きていることのようだ。

テュイの話がすでに船内を駆けめぐっていることは知っている——自分に祭壇と寺ができることになるかもしれない。テュイの母親たちに祈りを献げるように、テュイ自身が祈りの対象になるのだろう。卓の向こう側、この区画のどん詰まりの壁際で、娘の幽霊が、透き通り、ほとんど目鼻もわからないまま、待っている。

やあ、母さん。

テュイはあの深淵《しんえん》に独りでいた《鐘送舟》を想う——スーツと約束と幽霊たちのことを想う。そして、本当に死ぬことは決してない、解放されるしかないものの遺物を想う。

「娘や、おかえり」

テュイはささやく。そして気が変わらないうちに、宝石を待っているコップに落としこむ。

蠟燭《ろうそく》の焔《ほのお》が消えるように幽霊は消えてゆく。そして闇がおりる——音もなく、深く、おだやかに。

竜が太陽から飛びだす時

The Dragon That Flew Out of the Sun

これはランが話してもらったお話。子どもの頃のこと――気持ちの良い揺籠《ゆりかご》にぬくぬくと寝て、ステーションの日々の物音に耳をすましていた頃のこと――リサイクル・フィルタがのんびりくり返す単調な音、基本成分から再構成されている水の小さくさらさら流れる音、内輪《イナーリング》にいるステーションの胆魂《マインド》の遠い声、ランにはまるで関わりのない広大な非現実、ランには言葉にできないものの声。

母はランの傍らに座って微笑《ほほえ》みかけていた。その手は大蒜《にんにく》と魚醤《ぎょしょう》の香りがして、機械油の匂いがかすかに残っている気がした。顔は悩みに皺《しわ》が寄っている。が、あの頃はいつもそうだった。母は黎利王《れいりおう》と金亀の剣の話をしようとしていた。でなければ、金の瓢《ふくべ》の中に生まれ変わり、王と結婚することになる娘の話がいい。

ランが聞きたかったのは、別の話だった。

「劉王愛《リユー・ヴオン・テイン》のお話をして」

束の間、母の表情が変わり、顔が歪んだ。喉につかえたものを呑《の》みこんだような顔だ。それから深い溜息をつくと、ランに次のお話をしてくれた。

昔むかし、あたしたちは劉王愛の赤鏡《キンヘ》に住んでいた。大越《ダイ・ヴイエト》帝国の属国の一つで、ナンバー惑星がちょうど尽きた、その縁にあった——名前は柳の木にちなんでいたんだよ。というのもそこに配されたお役人たちは、お友だちと別れる時、お互いを忘れないようにと柳の枝を一本、分けあっていたからね。

でも、あたしたちはもうそこには住んでいない。

というのもある日、劉王愛を照らす太陽が震えてゆらめき、光が弱くなって、一頭の竜がその中から飛びだしてきたからだよ——大きくて恐しくて情け容赦がなくて、顎の下の真珠は虹の七色全部に輝き、角には鉄やダイヤモンドの破片がくっついて、武器の切尖《きっさき》のようだった。そして竜は水だったから——雨とモンスーンの精、水底の王国の精だったから、太陽は死んでしまった。

竜はもちろん初めからずっとそこにいたんだ。はじめはただの卵——ご先祖様のインプラント・メモリに使われるチップよりも薄い、ちっぽけなものだった——卵は孵《かえ》って鯉《こい》になった。もちろんどの鯉も必ず竜になるわけじゃない。でも、この鯉はなった。

なぜかはわからないよ。翡翠帝《ひすいてい》が勅令をお出しになるのはなぜか、みんなが雨乞いも社《やしろ》にお供えもしない時でも雨が降るのはなぜか、わからないだろ。時どき、世の中はただそうなっているのだよ。

ただ、竜が飛びだした時、その鬣《たてがみ》がほどけて拡がって劉王愛にまで届いた。そして、死んでゆく太陽から逃げようとしていた船の中にまで届いた——そしてあたしたちみんなの心にまで届いた。そして、みんなに印をつけた。翡翠の表面を彫刻刀が彫ったように、小さく心に刻んだ。だから今でも、劉王愛出身のキェト人の誰かに会うと、すぐそれとわかる――その心に、腹に、眼につけられた竜の印は消えることがないから。

「竜の話なんて全部嘘《うそ》っぱちさ」テュイエト・タンが言う。「つまり大人たちは相談してさ、こんなバカみたいな話を聞かせとけってことにしたんだ」

二人は共有ネットワークにいる――各々《おのおの》自分の区画にいる。ただランはステーションの胆魂に二つの空間を融合させていたから、テュイエトはランの卓の対面に座っているように見えたし、ステーションの外の、出入り自由の空間でやっているボット・バトルは、二人の間に半透明の投影として見えている。

「そうなのかな」

ランは用心深く答えた。テュイエト・タンは三つ年上で、年長の親戚たちが押しつけてくるいろいろな制約にいらだっている。ランはこの友だちのようになりたくてしかたがない。醒《さ》めていて、おちつきはらい、しかも頭が切れる。いろいろなことをどう考えていいのか、全然わからないのだ――だって、いつだって母さんの言うとおりじゃないか。ちがうかな。

「ま、いいさ」

テュイエト・タンは大きく溜息をついた。天を仰ぎ、それから自分のボットたちを展開して、挟み撃ちの態勢をとる――二人が確保した領域からほんのわずか外に拡がったから、ちょうど通りがかった船をあやうく挟み切りそうになる。

「それで、どうだ」

ランは考えた。心臓が一回打つ間が永遠に引き延ばされるようだ――それから鋏《はさみ》の要《かなめ》に穴をあけるようにボットを送る。テュイエト・タンの陣形ではそこが他よりも弱い。

「だけど、ひとつだけあの話の言うとおりだと思うけど。大人たちは――まるで……」

ちょうどいい言葉が出てこない。はがゆくなって片手を振る――インターフェイスからはキャンセルして、ボットたちが手振りを指示と受け取らないようにする。

「みんな印がついてる。みんな……船に乗っていた人だとわかるのに、気がついたこと、ない？　まるでセンサーでも付いてるみたいだ」

「服装だよ。それに言葉遣いとふるまい方」テュイエト・タンは鼻を鳴らした。「キェトはキェトを見わけられる。それだけのことさ」

「思うんだけど……」

ランは言いかけるが、自分が小さくて幼くて、まるで未熟だと思う。

「いいか、竜なんてものはいなかったんだ。ただ……」

二番めの叔母《おば》さんから聞いたんだ。叔母さんはよく知ってる。脱出したとき二十五だったし、よく覚えてるんだ――戦前のこと、太陽の前のことをさ。

それでだ、まずロ連邦があった――そう、そのとおり、今じゃ連中も帝国と仲良くしているし、まっとうな人間たちだよ。それはともかくとして、大人たちがあの連中のことを口にしないのに気がついたことはないかい。

その昔、ロはうちらのお隣りだった。で、うちらにはいなくなってもらいたかった。うちらの方が強かったから、ロはうちらを恐がった。とどのつまり劉王愛を自分たちのものにしたらとてもいいんじゃないかと思いついた。それで連中の一人——科学者だか錬金術師だか、どういう類《たぐい》の人間かは正確には覚えてないけれど、そいつがものごとの在り方を変えてしまう兵器を作った。それを太陽に向けるだけでいい、後は見てのお楽しみというわけさ。

で、連中は向けてみた。それは……何かした。太陽を作ってる原子に何かしたんだ——本来のスピードより核融合を加速した。そのために太陽は暗くなり、劉王愛は……被爆した。きれいに磨きたてられて人間は住めなくなった。それで、うちらは脱出しなければならなくなった。もう故郷が無かったからだ。

ロはどうしたかって。そうさ、いまじゃ連中はこのステーションにいて、製品や技術を売買してる。和気藹々《わきあいあい》としたもんさ。一方で連中は劉王愛の残骸にもいる。真赤に焼けた金属のクズの塊だから、平和条約締結後に、帝国はやつらにくれてやった。人間は誰もそこへは行けないが、ボットを使ってバラバラにしてる。貴金属や水をとってるんだ——だから結局、連中は望んだものをすべて手に入れたわけさ。

そんな眼であたしを見るなよ。ほんとのことなんだから。竜とかなんとかバカバカしい話じゃないんだ――ほんとに起きたのはそういうことさ。
そうだよ、あたしだってやつらは憎いよ。

「母さん？」

母はこねていた蒸し団子から眼を上げた。母はごくつまらない作業しかボットにはやらせない。なんでも自分の手でやるのが好きなのだ。昔はみんな厨房《ちゅうぼう》に集まって、年忌法要のためのごちそうを用意したものだよと母は言う。だが今は、狭苦しいステーションの区画ではそんな余裕はない。叔母叔父《おじ》たちは各々に料理の一つを作り、共有ネットワークを通じて、いくつもの区画をつなぎ合わせて大きな一つの部屋を再現して、食事を一緒にする。

「なんだい」

言おうとしていることの重みをランは舌の上で感じた。どうやっても言い出しにくいことに変わりはない。

「どうしてロのことを教えてくれなかったの」

母の表情は変わらなかった。複雑に入り組んだ顔のまま凍りついた――ランにそれを読みとることができたならば、その表情は過去へ直接つながっているのだとわかっただろう。

「入り組んだ話だからだよ」

「竜よりも入り組んでるの」

母の眼は食卓の上に一瞬もどる。ボットたちが後を引き継いで、母の両手が自由になる。

母の声はおちついていた。おちつき過ぎている。

「ラン――おまえ、怒ってるね」

「怒ってなんかない！」

言ってからランは自分が怒っていることに気がつく。母に対してだけでなく、自分自身に怒っている。寝る時のお伽話《とぎばなし》を信じるほどバカだったことに、テュイエト・タンのようではなかったことに怒っている――それほど頭が良くなく、現実的でもなく、物事を額面どおりに受け止めないようにできないことに怒っている。

「やつらほんとにやったの」

「口がということかい」母は溜息をついた。「太陽を壊したのはかれらの科学者の一人ではあったね。ただ――」

〝ただ〟なんて認めない。

「じゃあやつらのせいなんだ」

「そう簡単に人を責めちゃいけないよ」

「どうしていけないの」

やつらのせいで――太陽のせいで――あたしらはここに、ステーションに閉じこめられてるんだ。このきゅうくつな部屋に、息をつくこともできないようなとこに。

「やつらの肩をもつつもり？」

母は長い長い間、黙りこんでいる。テュイエト・タンならとっくの昔にあきらめているはずだとランにはわかっていた。壁に顔を向けて共有ネットワークをいっぱいに立ち上げて、聞えるのは自分にコントロールできる音だけにしようとしてるだろう。でも母さんの言うことはいつも正しい。することもいつも正しい。ランはそこにしがみつく。宇宙で漂流する者が、かすかな消え入りそうな電波に必死になってしがみつくように。とうとう、母が言う。

「いや、肩は持たないよ。あちらにはあちらの動機があっただけだ」

「あたしらが恐かったからだ」

「そう。それに人が恐がるにはたいていいつもそれなりの理由があるものだろ」

それはそうだ。いつだってそうだ。学校でみんながランを恐がるのと同じだ。それはランがみんなより頭がいいからだ——あれってまっとうな理由になるのか。言いのがれとか嘘の口実を言われるとランにはそれとわかる——あたしはずっとそんなに盲目だったのか。どうしてそんなにバカでいられたのか。

「あたしたち、やつらに何かしたの」訊《たず》ねてみる。「何かしたわけ?」

母の顔がまた閉じる。

「わたしらは一度もおたがいにうまくいったことがなかった……わたしにはわからない」

「じゃあ、こっちは何もしなかったんだ」

ランは共有ネットワークを呼び出して全身をその中に埋めつくす——母とその弱々しい

言い訳を閉めだす。テュイエト・タンに言う。

「あんたの言うとおりだった。大人はバカだ」

今日、陰暦十月四日に、キェト人のコミュニティは劉王愛の転移と疎開船隊のナンバー惑星への脱出を記念している。

キェトとロの間の戦争は三年続いただけだったが、その数十年前とは言わないまでも何年も前から、徐々にそこへ向かっていた。この隣同士の二つの星は、ずっと昔から互いに相手を信用していなかった。キェトは大越帝国に臣従を誓い、帝国の援助のもと、繁栄を楽しんだ。一方、ロの方は封建的体制のもと、その日暮らしをするのがやっとだった。

キェトの苛酷な独裁体制に、ロはしばらく前から不安を感じていた。火が点いたのは、いわゆる軽舸鬼帰還《スキップ・ゴースト》と呼ばれる事件だった。金竜の年、ロの民間人がキェトによって精神改造されていることが明るみに出た――これをきっかけに醜い小競合《こぜりあ》いが延々と続き、そこではどちらの側もひどく残酷になった。

大越帝国は当初、巻きこまれることを拒んでいた。が、転移の後では良心の上からも介入せざるをえなくなった。難民の数はあまりに大きく、ナンバー惑星の各地に散らさざるをえなかった――大部分を引き受けたのは帝国周縁の、胆魂が運営にあたっているステーション群だった。こんにち、キェト文化は我が帝国文化のどこにあっても活気に満ちている。転移記念日ほどそのことがはっきり顕《あら》われることは他にない。その日にキェトのコミュニティはあげて各々に集まり、盛大な儀式を行って、拙速に行われた疎開の際に失われた何千人もの犠牲者を追悼する。

いつものとおり、この記念日にあたって、女帝陛下の声であるロン・ティ・ミン・トゥ師は、帝国の衷心からなる哀悼《あいとう》の意を顕わし、キェト人の弥栄《いやさか》を祈念した。


「それで、あなたたちをどうしたものでしょうね」

グェン・ティン・ゲ教授は唇を噛《か》んだ。

「最初に手を出したのは彼の方です！」

考えるより先に、言葉がランの口から飛びだしている。

脇ではヴィエンが椅子に座ったまま、居心地悪そうに姿勢を変える――少なくとも自分が悪かったという顔をするだけの慎しみはあるようだ。しかし、そこで彼は口を開き、ごくわずか、あるかないかの訛《なまり》の残るヴィエト語で言う。

「ぼくは……もっと言葉遣いに気をつけるべきでした。申しわけありません」

ランは相手の言葉を思い出し、腹をどんと蹴られたように感じる――大丈夫か、ステーションの暮しに慣れたかと作り笑いをしながら訊ねる相手の顔。まるで、あたしがそもそもここにいるのは自分たちのせいだということを知らないかのように、いや、気にもしていないかのように。

「先生――」自分の怒りにふさわしい言葉が出てこない。「かれは口人です」

「そうです」教授の声は静かで、いろいろと考えぬいているようだ。「帝国とキェト人がロ人と平和条約を結んだのは三十年以上前です」

そうして廃墟となった劉王愛をやつらの手に残したのだ――あそこをどうすればいいのか、かつて故郷だったものの残骸をどうすべきか、自分たちにもわかっていたわけじゃない。それでもだ。

それでも間違ってる。それでも起きてはならないことだったのだ。

「あなたたち二人は私の学生のうちでも最も優秀です。ボットに関するあなたたちの才能――ボット設計にあなたたちが見せる創造力は……」教授はかぶりを振った。「でも、あなたたちがおたがいに最低の礼儀も守れないようでは、それも皆《みんな》意味がなくなります」

「わかってます」ランはむっつりと言う。「でも、この人はそのことをあたしの顔になすりつけなくてもいいはずです。少なくとも今は」

今日は転移記念日だ。もうすぐ歩いて家に帰る。家では母が苦根を詰めた蒸し団子とともに厨房で待っている――叔母叔父たちとの固い絆を再確認することになる。永遠に喪に服しているような叔母叔父たち。まるで遙《はる》か昔に、心の中の泉が壊れてしまったようだ。

ヴィエンがまた体を動かす。まるで一枚の紙を真っ平らに押し潰すように両手を合わせている。その眼は漆黒《しっこく》で、ステーション・インプラントに曇らされてはいない――ステーションの胆魂はロ人に、共有ネットワークへの標準アクセスを許可していないと言われている。あまりに何度も問題を起こしているからだという。

「そんなつもりはなかったんです」

またびくりとして、頬の痣《あざ》を手でこする。

「どなられるのはかまいません。ひっぱたかれるのは……」

ひっぱたいたのは余計だった。本当のことを伝えたら、母からは叱りつけられるところだ。母だって口は好きじゃない。テュイエト・タンの言ってたとおりだ。難民は誰も口を許してはいない。けれどもだからといって乱暴していいということにはならない。あたしは――

気がつくとランは手で自分の頬を撫でている。口には出さないが、ヴィエンに共感している。

「もういい」という口調は思わず激しいものになってしまう。「もう二度とはやらない。ただ、近寄るな」

こいつとは二度と口はきかない――こいつの存在を、こいつの属する人種の存在を思い出させられるのは嫌だ。

教授は顔をしかめる。

「私はそれで満足しなければならないようですね。では、二人とも出ていきなさい」

外に出るとヴィエンはランに向き直る。しゃちこばって口を引きむすび、かすかに頭を下げて言う。

「聞いてくれ」

「いや」

「今後二度と邪魔はしない」

我々はそんなことをするつもりじゃなかった。そう言っても言い訳になることはわかっているし、きみには大して意味はないこともわかってるが、言ってみないわけにはいかない。

当時我々はきみらと何年も戦争をしていた。きみらは自分たちを改造していた——キャンプや施設に送っていた。軽舸鬼というのを聞いたことはないか。あれを作ったのはきみたちだ——魂は去ってあの世へと下る。が、体は残っている。意識も感情も無い。きみらはそれを何千も作った。兵士としてだけじゃない。ただ、おとなしい国民にするためだけにも作った。

我々は……我々は震えあがった。賢いことではなかったけれど、きみたちが、自分の隣の連中は自分たちの言うことをちゃんと聞いていないといつ判断しないともかぎらない。きみたちはいつも我々を滑稽《こっけい》な野蛮人とみていた——髪の毛を切ったり、梳《くしけず》ったりしないからで、それは我々が父の肉と母の血からなる体にはハサミは入れないからだ——それに同胞たちに進んでそれをするとなれば、我々に施すのにどうしてためらうことがあるだろう。

そして……事件が起きた。眼に光の無い口、動きがごくわずかにぎこちない口がもどってくるようになった。そういうことが重なって、我々に一線を越えさせたんだ。

きみが怒っているのはわかる。ただ、最後までしゃべらせてくれ。頼む。

劉王愛は小さく孤立していて、我々はすぐにカタがつくと思った。十分な艦隊、十分な数の船を送れば、大越帝国はきみらを支援することはしないと考えた。

ところが戦争は延々と続き、いくら船を送っても変わらなかった。我々の兵士たちは異邦の月で血を流して倒れ、虚空で窒息し、居住体の入口で死んでいった——そして何人かは帰ってきたけれども、変わっていない者はいなかった。考えることも感じることもない軽舸鬼の大群が、我々の社会の土台の重しとなり、負担となった。かれらは最後にはバラバラになった。そこでフゥ・クアンという名の男が一発でケリをつけられるくらい強力な兵器を思いついた。

この男や彼に資金を提供した人びとを弁護するつもりはない。最終的に平和条約が結ばれた後で、彼らは全員、戦争犯罪で裁かれた。太陽がどうなったか、我々は全員が見ている。船や船隊も見ているし、避難に間に合わなかった人たちがどうなったかも見た。我々は——

申し訳ないと思う。だからといって何か変わるわけではないことはわかってる。当時ぼくは生まれてもいなかったけれど、あれは愚かなことで、許されることではないこともわかっている。我々のほとんど全員がわかってる。

我々は恐しい怪物ではない。

ランは立ちつくしている。息が荒い――ヴィエンを睨《にら》みつけている。相手は動かない。ランはまた手を上げた。しかし相手はあのありえないほど黒い眼でこちらを見ている。あまりに深く、あまりにたくさんのものを見ている眼。ステーション活動のほとんどとつながっていないため、共有ネットワークへは最低限のアクセスしかしていないため、だから共同体に時間を割く必要がその眼にはほとんど無いことに、ランはようやく気がつく。母の眼、テュイエト・タンの眼――その眼は四六時中右に左に動いていて、ひとつところをじっと見つめるということは決して無い。だが、ヴィエンは……

「そんなのほんとうのことじゃない」ランはゆっくりと言う――肺の中が燃えるようなままに吐き出す。「みんな――ウソだ」

ヴィエンは両の掌を合わせる。拝礼でもするようだ。やがて言う。

「ウソで無いものは無い。あらゆるものは真実の断片だ。きみには憶《おぼ》えている親戚がいるんじゃないか」

母は厨房で、自分たちがやったことは知らないと言って眼をそらせた。

「あたしは――」

ランはまた息を吸いこむ。空気はみな苦い灰にまみれている。

「わからない」

結局そう言ったのは、それしか浮かんでこないからだ。

「調べてみなよ。ネットワークにはいくらでもある」

ヴィエンの声はやさしいと言ってもいい。

大越帝国によって書かれた、ランの同胞による覇権争いの話——それが意味するものは何だ。何か意味するというのか。自分でも気がつかないうちにランはネットワークを呼び出していた——そして「軽舸鬼」と入れると、視野に浮かんできたのは、虚《うつ》ろな眼をしてよろめき歩く、眼をそむけたくなるような恐ろしいものの、ありとあらゆる姿だ。

「わからない」

ランはまた言う。そして内心で母を呼んでいる。が、母はいつものとおり、何も言わない。子ども向けの話。お伽話《とぎばなし》。呑みこむことができる唯《ただ》一つの物語。

ヴィエンは何も言わない。ただ宇宙全体を見渡しているような眼でじっとこちらを見ている。相手が一言でも口をきけば、ランは怒りくるってどなりちらしているところだ。が、かれは何も言わない。口は閉じたままだ。

「ぼくは行くよ」

やがてそう言って、歩みさる。背筋をまっすぐに伸ばしている。ただ共有ネットワークに小さなアイコンが点滅している。何か、置き土産として残していったのだ。今日という日にぼくにあげられるのはこれだけだ、許したまえとメッセージがついている。ランはこれをアーカイヴする。ヴィエンも口も、もうどうにも我慢がならない。

家では母が待っている。区画は肉と香料と大蒜の香りがしている。他の人たちは皆ゆらめいて現れてくる。一族全員が祖先のための、死んだ惑星のための食事に卓の周りに集まっている。

「おかえり」

ランは軽飼鬼と口について訊ねたい。が、言葉はあまりに大きく、あまりに場違いで、口の中をふさぐものを越えられない。

訊ねる代わりに、指定された席に黙ったまま座り、箸と椀《わん》を手にとる。喪失の祈りが始まるとなじみのある名が次々に視野の中に浮かびあがる——まだあそこにいる人たち、劉王愛の灰の中で灰になっている人たち——気がつくとヴィエンの贈り物に手を伸ばして開いている。


ぼんやりとした岩の群れ。それから視点がパンして外れると、一面に、ありとあらゆるサイズの岩がひどくゆっくりと動いていて、ボットが蜜蜂の群れのようにその間を縫って飛びまわり、その爪に岩の破片や塵《ちり》をすくい上げている。

視点がまた横に滑って、ボットたちの背後から何か昇るように見え、ゆっくりと視野いっぱいに拡がる——光とイオン化したガスのコロナ、止まった心臓のように収縮した色の塊。雲と星間塵の、ゆったりとした荘厳なダンスが、涙があふれる寸前のようにぼやける。

ボットに積まれたカメラからのライヴ映像。一度も行ったことはないが、すぐにそれとわかる宇宙の一角へ開いた窓。

つまるところ、他のものであるはずがない。

劉王愛。惑星の残骸。放射能にまみれた一帯で、ロが残飯あさりをしているところ。ランの一族の出身地。ランの一族が逃げだしたところ。死んでゆく太陽の重みを背におぶった幽霊のように感じながら。

幽霊。

ランは死んだ者たちに、軽舸鬼に思いをはせる――精神改造と戦争の混乱の中で、誰が何を負うのか――そして究極として、正しいのは誰で、正当とみなされるのは誰なのか。口の中で塵がじゃりじゃりし、宇宙を渡る風がゆっくりと音もなく啼《な》いている――が、いきなり、それはどうでもよくなる。それが見えたからだ。

竜の鬣は太陽風になびいている。それぞれの角の先に輝く星が一つずつ、胴は蛇のように延びて、岩の破片が痘痕《あばた》のようだ。その口の中には真珠が燃え、明滅している。竜は氷と塵と粒子が宇宙の中を流れて、吐きだした息の名残りのようだ――その眼が、虚空にあいた漆黒の二つの穴がランの方を向き、投げられた剣のようにランを刺し貫く。

印。傷。皆が埋めようと望む心の中の穴。ランとテュイエト・タンと母さん――そしてヴィエン――誰もが嵐の過ぎた痕にうずくまる農夫のように、竜の通った後でひとつになる。水に漬かった田畑と失われた収穫を悼《いた》み、おたがいに相手にしたことの重みに頭を垂れる。

つまるところ母さんは正しかった。戦争の話で意味をなすものがあるとすれば、これしか無い――単純に、正直に、断腸の想《おも》いをもって、耐えることのできる真実はこれしか無いのだ。

茶《ちゃ》匠《しょう》と探偵

The Tea Master and the Detective

初めてのその客は客用の椅子に腰をかけ、冴《さ》えた眼で《影子《シャドウズ・チャイルド》》を興味深そうに見つめている——両手は離し、脚は翡翠色《ひすいいろ》のワンピースの下で組んでいる。服自体はもとは高級品で、模様も優雅で統一とバランスのとれたものではある。ただ、いくつかつぎがあてられており、模様は少なくとも五年前のもので、散珠帯《スキャタード・パールズ・ベルト》のような時流にとり残された田舎でも笑われる。肌は黒く、鼻は鷲鼻《わしばな》。口を開くと、発音は非の打ちどころのない内住域《イナー・ハビタット》のものだった。

「私はロン・チャウといいます。あなたの調合する平静茶《セレニティ》の評判を聞いてきました。あなたに調合を頼みたいのです」

《影子》は苦笑いしそうになるのをかろうじて抑えた。評判があるとして、門前に市をなすようなものではない。

「続けてください」

ロン・チャウはまた興味津々という眼をしている。《影子》は仰ぎみられたり、恐れられたりすることには慣れている。ふだん船魂《シップ・マインド》を相手にすることがない、とりわけ旅客輸送をしたことのない船魂を相手にすることがない人間が眼を伏せたり、ぎこちない仕種をするのにも慣れていた。

《影子》の体——その御魂屋《ハート・ルーム》と心核《コア》を包みこんでいる金属の船体は二人のいるオフィスからは遥《はる》か離れたところにいる。居住体《ハビタット》に投影している分身は本体とあまり変わらない。金属と視覚装置からなる流線型の塊が室内の大半を占めている。実際の姿が少しは見るものにわかるように、船体と舷窓をとらえるアングルが時々変わる——商船の乗組員と必需品を運ぶのに十分なサイズの巨体が、散珠帯の軌道体群《オービタル》からはずれた冷えた空間に浮かんでいる。表面にはボットたちが群がり、センサー類には常に粒子が注いでいる。自分の姿を小さく、人が脅威を感じないようにすることもできた。ペットや小さなオモチャのように、相手の肩のあたりにふわふわ浮くこともできる。年のいった船魂の間ではそれが流行《はや》っている。しかし《影子》は戦争と蜂起《ほうき》と飢饉《ききん》をくぐり抜けていて、他人の感情を斟酌《しんしゃく》して自分を小さく見せることにはほとほと嫌気がさしていた。

ロン・チャウが言う。

「あるものを回収するために深宇宙《ディープ・スペーシズ》へ行く予定です。私が常にまともに考えられるような調合を作ってもらう必要があります」

これは驚いた。

「お客様はたいてい、星々の間を旅している間、人事不省になっていることを望まれますが」

ロン・チャウはふんと鼻で笑った。

「私はヤク漬けの阿呆《あほう》ではありません」

ヤク抜きの阿呆でもあるまい。この女が名告《なの》ったロン・チャウという名の音の並びはあまりに手が混んでいて本名とは思えない。芸名だろうが、それにしてもこれほどあからさまなものもない。竜珠《ロン・チャウ》だと。

「でもクスリはおやりになっていますでしょう」

訊《き》きかえす。おだやかな声を出して、相手が信用する一方、恐怖は感じないぎりぎりのバランスをとる。

竜珠は大きく肩をすくめてみせた。

「もちろんクスリはやっています」

それ以上説明しようとはしない。しかし《影子》は相手の姿勢を見てとった。もの憂げで斜に構えて、見たところ冷静そのものだ。が、その静けさはぎりぎり弾ける寸前まで巻かれたバネの静けさではある。

「失礼します」

言いながら体を寄せてボットを呼ぶ。物理的にその場にいるわけではない。が、物理的にその場にいるかは、たいていの場合それほど重要なことではない。ボットたちは実際の船体に搭載されているものと同じく滑らかに動いた。

ボットたちが顔を這いあがっても竜珠はぴくりともしない。両眼の隅に一台ずつ、唇の両端に一台ずつ、そして長く豊かな髪にひと塊、はりつけた。ほとんどの人間は、ボットには慣れ親しんでいるにもかかわらず、怯《ひる》むものだ。

人間の脈拍にして一つ二つ。データが塊となってなだれ込んできた。それを楽々と仕分け、グラフ化し、基準から外れた測定値は無視する。竜珠の頭からボットたちが外れて落ちるより前にすんでいた。

一瞬の間、《影子》は竜珠の脳内の電気刺激の部厚くからみあった塊、ニューロンの狂ったような複雑なダンスを見つめた。その厖大《ぼうだい》な計算能力をもってしても、全体を把握しておくことなど思いもよらなかったし、すべて分析することすら、到底かなわないことではある。とはいえ、いくつものパターンを見てきたおかげで、基本的な特質は見てとることができた。

竜珠はどっぷりヤクに漬かっていたが、それだけではなかった。トリガーはどれもバランスがとれていない。小さな刺激ではなかなか反応しないのだが、ある閾値《いきち》を越えると完全に箍《たが》がはずれるのだ。《影子》は竜珠の公開されている記録に念のためもう一度アクセスしてみた。いつもは訊《たず》ねないようにしている質問もしてみる。

「そのクスリは——かかりつけの先生が処方されたものですか」

竜珠は笑みを浮かべた。

「もちろん違います。きょうび医者など必要ありませんよ」

「時には医者が必要になることもあります」

そう言った自分の声は、思わずも鋭いものになっていた。

「あなたは医者ではない」

「ありません。それにお客様の助けになれる者でもなさそうです」

「助けてくれと言いましたか」

竜珠の表情が変わった。笑みが広がる――おだやかに、他人事のように面白がっている。

「これまで自分がやってのけてきたことに不満はありません」

「それでもここにおいでになった」

「ああ、そうです」先ほどと同じく、妙にもの憂げにかぶりを振った。「厄介な副作用があるのです。私はより集中もできるし、考えるのも速くなります。ただ、あるごく狭い範囲に限られます。深宇宙はそこからは大きく外れているのです」

《影子》はもってまわった言い方で本音を言わずにいるのが得意ではない。

「どういうことですか。不安ですか。トラウマから生じる反応ですか」

「ぼんやりしてしまうのです。深宇宙ではまともに考えることができません」

珍しいことではない。とりわけ、深く入るほどに時空は不気味になる。まともに機能するには努力が必要になる。その努力ができる者もいるし、できない者もいる。かつて乗っていたある副官は、深宇宙に跳びこむたびにベッドに丸くなってべそをかいていた――百年前のことで、まだ茶の調合は開発されていなかった。平静茶の調合師の商売がステーションや軌道体で繁盛するようになる前だ。この連中が売る茶や調合薬のおかげで、船魂たちが光より速く移動する不可知の空間に、人間でも楽に耐えられるようになった。

「クスリをやめられてはいかがですか。それでたぶん良くなるはずです」

《影子》は言ってみる。

「でしょうね」

口調からして、そんなことはまったく考えていないことは明らかだ。《影子》はしばし考え、明らかになったことをおさらいした。竜珠の言うとおりだ。自分は医者ではない。なんとか食べている小物の調合師にすぎない。それにせっかくのお客を逃していられる余裕もないのだ。

「お客様用の調合はできます」

竜珠は笑みを浮かべた。

「結構。ではやってもらいましょう」

深宇宙。万旗党《テン・サウザンド・フラッグズ》の蜂起以来、そこへは戻っていない——乗組員が全滅し、自分も動けなくなって以来、だ。《影子》は——ほんの一瞬ではあったが——またためらった。そして言う。

「事故が起きた場合の責任を問われたくありません。お客様の体内にあるものからして、調合したものを飲まれた後、ごく密接にモニターをさせていただきたいのです」

「あなたのボットをつけるのはかまいません」

「時差があるので、ボットでは間に合うようにすばやく反応できません。深宇宙に同行させていただきたいのです。となると、料金は安くありません」

竜珠は黙り込み、しばし《影子》を見つめていた。やがて猫が退屈した時のように体を伸ばした。

「わかりました」笑みを浮かべる。「あなたがたとえ金《かね》を払われても深宇宙にもどろうとするとは思ってもみませんでした。あそこであんなことがあったわけですから」

腹に一発くらったようだった。ほんの一瞬、不意をつかれて《影子》は宙吊《ちゅうづ》りになっていた。気持ちのよい虚空ではない、どこか違うところ、星々が流れ、歪《ゆが》んでいるところ。通路には乗組員の死体が散乱し、温度はありえないもので、あらゆるものが船殻に対してごりごりと押しつけられ、音を、甲高く泣き叫ぶような音をたてている。金属には限界を超える圧力がかかり、センサーが一つまたひとつと死んでゆく。聞えている絶叫は自分の声、いつも自分の声だけ……

「どうやって――」

《影子》は姿を変え、実際のサイズを見せた。なんとか竜珠をひるませようとしてみる。しかし、相手はあざけるような、ひややかな笑みを浮かべて椅子に座り、身じろぎもしない。

「公にはなっていないし、アクセスするのも難しい。あなたに見つけられるはずはない――」

竜珠はかぶりを振った。わずかに開いた唇がナイフのように薄い。

「人が気がつかないことを見つけだすのが私の仕事。先ほども言ったように――私は今集中力が高まっているのです。承諾の返事をする前にあなたはためらった」

「それはお客様が難しいことをおっしゃるからです」

「かもしれません。しかしあなたはその後でもずっとためらっていた。難しい客の要求に合わせようとしていただけならば、反応が遅れるのは決断した時だけだったはず。この件ではあなたが苦にしていることが他に何かある」

「遅れたのは人の鼓動一回の何分の一。人間には気づけないはず」

「でしょうね」

今回もそれ以上、何も明かされない。沈黙が気詰まりだとか嫌だとか思っている気配もない。

《影子》はためらった——今度もまたほんの一瞬ではある。自分が調合したもので客がどうするかは自分には関わりのないことだからだ。しかし、もう一度深宇宙に入ると表明してしまったばかりだ。不意をうたれて不愉快な思いをするのが一日のうちそう何度も起きてはたまらない。

「深宇宙で探しだす必要があるというものが何か、まだお聞きしてませんが」

またただ。あのもの憂げな、人を不安にさせる笑み。

「死体です」

いや、まったく、不意を打たれて嫌になる限度というものを、勘違いしているのかもしれない。

《影子》は竜珠の調合の試作品に最後の仕上げをしていた。蜜夢草《ハニー・ドリーマー》の甘く、くらくらする香りが部屋に充満している。急須の内側に貼りついた二台のボットがサンプルを採って、シミュレーションしたものと比較している――だいたいできた。

誰かがドアをノックした。

「邪魔するな」

と言いかけて、相手が保《バオ》であることに気づいた。オフィス兼ラボに使っているこの区画の家賃を集めに来る女性だ。気が重くなった。

「ごめん。無作法をするつもりはなかったんだけど」

家賃だ。家賃の件にちがいない。昨年の年末には、二、三日かけてありとあらゆる金の工面をして、期限になんとかぎりぎり間に合わせていた。が、内住域の一族が関わると規則はあってなきがごときになる。

「いいかな」

保が言った。

《影子》はためらった。が、だめだと言っても保はまた来るだけだ。丁重で人当たりは良いが、保は容赦はしない――だからこそ《影子》の区画の家主である西館黎《ウエスタン・パビリオン・レー》氏はこの人物を雇っているのだ。

「どうぞ」

《影子》は答えた。保との関係はどうもぎこちない。友人関係とまではいかないが、そう呼んでもかまわないものではある。保は船魂にスペースを貸すという危ない橋を進んで渡るほんの一握りの人間の一人だ——この人たちが相手にしているのは、居住体《ハビタット》の中で客に来てもらうための区画を必要としてはいるが、物理的な身体《からだ》がそこに住んでいるわけではないから、家賃が滞っても屈強の連中を二人ほどさし向けて脅しつけるわけにはいかない。

《影子》はボットに茶を用意させた。が、保は手を振った。

「長くはならない」

竜珠が座っていた同じ椅子を引いて腰を下ろし、《影子》の眼をおちつきはらって見返す。竜珠とは違って、そのワンピースは流行の最先端のものだ。大胆に勢いよく筆で書かれた詩は帝国宮廷で目下売れっ子のグ・ホア・ジャンの一節だ。顔は非の打ちどころがない。妙な具合にすべすべなのは、継続的に回春処置を受けているのだ——ボットは袖の中に隠れるかわりに、両肩からきらきら輝く滝のように垂れている。あらゆるしきたりをものともせずに、保は髪を短くしているから、それが一層引き立つ。

「念のために言っておくが、仕事で来た」

「家賃だね」《影子》は応えた。「支払いはできる——」

保はかぶりを振った。ボットがゆったりと動いた。

「支払いはすんでる」

その声は低く、自信に満ちている。ボットから茶をとりあげ、香りを嗅いだ。が、飲もうとはしない。仕事で来る時、保は絶対に茶を飲まない。食べたり飲んだりすると、個人的な関わりができると感じるといつも言う。ただ香りだけは楽しんだ。

「じゃあなぜ来たのかわからない」

無作法になるつもりはなかったが、考える前に言葉が口をついて出ていた。

保は溜息をついた。

「西館黎氏が家主だ。あの一族が何かを見逃すことはまずない。あなたの収入は——」

「十分だよ」

《影子》は応えた。強いてさりげなくふるまう。

「本当にそうか」見つめている保の視線が鋭い。「仕事と言ったが、友人として来たと言う方がもっと近いかもしれない。あるいはあなたのことを気にかけている親戚と言ってもいい。あなたにはこんなにスペースは要らないだろう。それともこのスペースにそんなに金をかけることはないんじゃないか——」

だといいのだが。修理のための金がありさえすればいいのだが、とにかく宿無しにだけはならないために、他のことはすべて後回しにしてきた。《影子》のような船魂は一族の中心になるべきものだ。錬金術師たちにラボで育てられ、人間の母親から生まれ、専用に設計された船体に植えこまれて、人間たちよりも遙かに長生きする——記憶と知識の貯蔵庫であり、皆から頼りにされる最年長の叔母《おば》であり祖母である。無一文の赤貧にあまんじるわけにはいかない。それに《影子》としては年下の親族たちに無心するくらいなら、死んだ方がましだった——いずれにしても皆もっと貧しい暮しをしている。下級公務員としての給料は微々たるもので、自分たちが食べてゆくだけでカツカツなのだ。

実情のままで、つまり居住体群を周《まわ》る軌道にいることも不可能ではない。しかしオフィスを構えずにどうやってこの商売ができるだろう。遠方の船魂のところまで、わざわざシャトルに乗って来る客はいない。もっと腕の良い平静茶の調合師がもっと近くにいるとなればなおさらだ。

「言いたいことはわかる。ありがたいとも思う。けれど――」

けれどこれ以上ストレスが増えるのはごめんだ。何よりも恐れていることが実際に起きてしまうのではないかとうじうじ悩むのもごめんだ。

保は椅子を引いて立ち上がった。

「けれど私が持ってくるのは良い知らせではない、か。たしかに良い知らせを持ってくることは滅多にないね」肩をすくめる。「船客サービスをやるつもりはないとわかってはいるが――」

「ないよ」

反射的に声が出た。閉じていない傷口をきつく押さえられてあげる悲鳴に近い。

「ずっとたくさん稼げるだろ。なんと言ってもあなたは――あなたは兵員輸送船なんだから。一回の航行で客も貨物もたっぷり運べる」

保の声は気遣っている。

「わかってる」

保には話題を変えるだけの分別がある。本棚に眼をやった。紙の本ではない。《影子》が紙の本を読もうとすればボットの眼を通さねばならない。見えているのは《影子》の電子版ライブラリの一部で、色とりどりに装幀《そうてい》をそろえた版が並んでいる。

「ラオ・クィの最新作があるじゃないか。気晴らしが必要ならちょうどいい。彼女はあの手のを書かせたら本当に名人だ」

保と《影子》はエピック・ロマンスとミリタリー・ヒーロー物を好む趣味が同じだった。研究者はゴミと見下すが、散珠帯全体で何万部も売れている。

「まだ読みはじめてもいないよ」《影子》は言った。「でも前作は良かった。キャラクターの間の相互作用がとても面白かった。それに舞台を小さな採鉱場にしたのも目先が変わってた。船魂と恋人の居住体の胆魂《マインド》が大好きだ、何十年も経《た》ってからお互いに相手を見つけようと苦労するから」

「あなたなら当然そうだろう。彼女は巧いよ」保はたまらないという口調で言った。「今度のは違うよ。良いところはいくらでもならべられる。なんだったら後でこれについておしゃべりしてもいいけど、ネタをバラしたくはないから」

保は調理台の上の茶を見て、そしてかぶりを振った。

「お客さんを待たせると悪いから」

好みではないが、客にはちがいないし、気前はいい。それに――保がしごくはっきりと念を押したように――客を選んでいる余裕は無いのだ。

むろんのこと《影子》は竜珠を乗せねばならなかった。体内の廊下に竜珠の足音が谺《こだま》した時、妙におちつかない気分になった。平《ブイン》と幸《ハイン》をはじめとする乗組員が死んだ後で、軍用に少数の客を乗せてはいた。が、誰もが、まるで《影子》がガラスででもできているように、腫《は》れものに触るように扱った。そして除隊した後では乗客を乗せることは断わっていた。

竜珠が自分の中を進んでゆくのを追うにはセンサーもボットも必要なかった。あせることのないゆっくりとした足取りで——その一歩一歩が広大な体内を衝撃となって貫く——部屋から部屋へと、あてがわれた部屋に向かってあやまたずに進んでゆく。時おり、やや長く足が止まる。部屋の床に足が軽く触れている。《影子》のタイルの上をかすかな熱が拡がってゆく。一度、第七船艙《せんそう》の近くで、母が第一惑星から持ちかえった童話の絵巻物を見つめた。次は居住区画が始まるところで、家は家族の心臓であるとのトゥー・フォンの引用を読んだ——待伏せの後で、新しい絵と書に入れ換えたものだ。昔はネットワーク装飾も備えていた。何層にも複雑にからまりあった豪華版で、適切な許可がないと見えない。しかし一度、何もかも失ったので、除隊後は最低限必要なレベル以上にこの手のものに注ぎ込むのは無意味と感じられた。

船室に着くと、竜珠の前には椅子と食卓と、そしてその上に湯気のたつ茶の入った茶碗《ちゃわん》があった。竜珠は眼を上げた。まるで頭上のどこかに《影子》が浮かんでいるとでもいうようだ。その動作は無意味だ。周りはすべて船自身である。《影子》としては実際には注意力の最上層の焦点をこの部屋に合わせるだけのことだ。背景ではボットをはじめあらゆるものが、何の指示もなしに仕事を続けているし、居住体群の周りを軌道に乗って回る体に太陽風が打ちつけている——どれもおなじみの感覚で、意識の上に昇ることはほとんどない。

竜珠は椅子を引いて、腰を下ろした。神経質になっている様子はどこにも無い。動きはゆったりとおちついている。《影子》はすべてを感じとる。椅子の脚のこすれ、床に沈みこむ四本の脚、椅子の上にそっと腰を下ろす竜珠の体重の移動。

「あなたは実にすてきだ」

竜珠は言った。

他の人間からそう言われたのなら、誉《ほ》め言葉にとれる。しかし、感情をまったく表わさない顔でこの人物から言われるとどうだろう。誉められているという自信がわかない。どちらでも良いといえば良いのではあるが、客との関係には影響するはずだ。

「あなたのお茶が卓の上にあります」

片方の眉が上がった。

「たしかに見えてます」

竜珠はしばらくの間、茶碗を見つめていた。また《影子》のボットが竜珠の顔と頭に登っていった。何の反応も見せずに、ボットたちが登るにまかせた。相手の脳の活動の緻密で切迫感のあるパターンが見えるようになった。竜珠が正常とみなしているモデルを組み立てるだけの時間はあったので、驚くようなことは何も無かった。

「毒は入ってません」

蜜夢草の香りが部屋いっぱいに拡がっていて、ほんの一瞬だが、初めて蜜夢草を煮ようとして大失敗したことを思いだした。硬い殻がボットたちには剝《む》けなかったので、実は熱せられてはじけ、区画の中一面に破片が飛び散ったものだ。

「それはそうでしょう」

そう言う竜珠の声にはかすかに苛立《いらだ》ちがある。茶碗を持ち上げて光をあてる。唇がかすかに開いている。しばらく見つめている。

「なんとも面白いね。薬草と薬品がいくつか入っているだけで、こんな効果があるんだから」

竜珠の新陳代謝と脳のパターンを何時間もかけて調べ、その体内のクスリを再構成する――客が正常に機能していられる化合物の組合せを見つけようとする、この客なら「のろい思考」と呼ぶかもしれないものがどんなものか、考える。この調合茶が客のニューロンをショートさせて焼ききってしまうのではないか。自殺衝動に駆り立てるのではないか。あるいはもっとありそうなのは、さらに自信過剰に、無謀にしてしまうのではないか。ほんの気まぐれで自分の命を危険にさらしてしまうリスクが生まれてしまうのではないか……

「私の仕事をバカにしようというのですか」

竜珠は言った。

「とんでもない」

その顔には奇妙な表情が浮かんでいて、何を表わしているのか《影子》にはわからない。

「限られた時空に特化した奇跡のありがたさを嚙《か》みしめているだけです」

その口調は……心の底からそう思っているように聞えた。あまりに真面目な様子なので、怒って言い返そうとした気が失《う》せてしまった。

沈黙が長くなった。いつまでも続くので居心地が悪くなる。御魂屋にある自分の魂核がまた意識される。自分の命を支えている安定した鼓動——筋肉と視覚装置と脳が脈打ち、破れることのない抱擁に包んでいるコネクタ類をつないでいる。一二《いちに》、一二《いちに》……

船室では竜珠がまったく平然としている。かなりの間《ま》をおいてから、茶碗を口に上げ、薄いへりから、ゆっくりと一息に吞《の》みほし——間で息つぎもしていないようだった——茶碗を食卓の上に置いた。

「行きましょうか」

深宇宙に跳びこむのに、《影子》は動く必要がない。交通調和官《トラフィック・ハーモニー》にはすでに承認を求めてあったし、深宇宙ではたとえ他の船と重なったとしても、何の問題もない。《影子》は竜珠を見守った。それが仕事だからだ。

茶を飲んでから一百分日《センティ・ディ》——外部では一五分——経ったが、何の変化も表にはあらわれない。竜珠に用意した茶は、羽毛にも似た白い竜翮《りゅうかく》に、より強くコクのある繁織月《プロスパリティ・クレセント》を加え、揚げた星葡萄《ほしぶどう》の根と砕いた蜜夢草を、白い産毛のような葉の間に散らしたものだ。

竜珠の生体データを監視する。呼吸と脈拍がごくわずかに変化した。竜珠が立ち上がって壁を見つめたとき、両手の動く速度がごくわずかに速かった。竜珠は壁を見通そうとしている。

「私はそこにはおりません」

《影子》は言った。

「いるのは御魂屋ですね。知っています」竜珠の声はいくぶんぴりぴりしている。「船魂のことはよくわかっています。もっとも深宇宙に行くことはめったにありませんが」

相手がしゃべっている間に、《影子》は深宇宙に跳びこんだ——奥深くではない。竜珠に出る反応を観察できるくらいの、ごく浅い縁だ。

「死体について教えてください」

周りでは廊下が変化して姿を変えた。油をぶちまけたようなかすかな、ふるえる光沢が壁を覆い、視野の隅に常に見えている。外では同じ光沢が居住体、太陽、遙かな恒星の上にかかった——色の歪んだ虹にも見えて、その向こうにあるものをゆっくりと消していった。船殻はかすかで冷たいが爽快な星間風に洗われていたのが、かすかながら止《や》むことのない圧力が代わりに加わっている。故郷へもどったように——長い間陸の上で息もつけないでいた末に川にもどった魚のように感じてもよいはずだった。が、内部に感じられるのは緊張感だけで、御魂屋から早い動悸《どうき》が響いてくる。何もかもが脈うち、硬く縮こまって、自分ではどうすることもできない。

大丈夫だ。あれが起きたところにいるわけじゃない。深くまでは入っていない——ほんの縁でしかない。竜珠の要求にちょうど応えるくらいのところだ。大丈夫だったら。

「死体なら何でもいいということでしたが」

「その通り」

竜珠は深宇宙でもまったく動じていないようだ。それは表面のことだけだと《影子》は思いたかったが、竜珠の脈拍はゆっくりと乱れもなく、表面のことだけではないことを示している。

「私は腐敗について論文を書いています。深宇宙での人体の変化は研究対象としてあまりに過小評価されていることはもったいない」

「それなら地元の詩韻同好会で、さぞかしもてはやされていらっしゃるんでしょうね」

《影子》は苦笑しながら言った。

そう言われても竜珠は動じてはいないようだ。

「でしょうね。そちらに手を染めていればね」

そう言ってあたりを見まわす。今では壁は陥没し、遙か奥深くまで後退しているようにみえる。食卓はそれ自体の上に裏返って、原材料の金属と食卓をその形に叩きあげたボットたちが現われている——将来最終的に壊れたときにそうなるはずのクズ金属の塊になっている。存在するすべての時間が互いにぴったり折り重なっている。

「深さは今どれくらい」

竜珠が茶を飲んでから二百分日《センティ・デイ》だ。問題無いようだ。不公平だ。脈拍は正常、血管はわずかに膨張しているが、予想範囲内に収まっている。瞳孔の収縮もゆっくりと回復している――活動マップは《影子》のオフィスに座っていた時とほぼ一致している。《影子》はおちつこうとしてみた。御魂屋の中で魂核を伸ばし、詮索するような竜珠の視線から故意にゆっくりと離れた。傲慢《ごうまん》を増幅するようにしておかなかったのはよかった。元から十分自信のある人間が深宇宙でも正常に機能できるようにするには、傲慢を増幅するのが手取り早い。しかしそうすると、結果として現われるものに、自分は長くは耐えられまいと踏んだのだ。

「そんなに深くありません。お客様の安全のためです」

これは嘘だ。

「それにあなた自身、嫌な思い出が蘇《よみがえ》らないようにするためでしょう」竜珠は言った。「もっともです」次の言葉を続ける竜珠の声に妙な調子が加わった。「あなたは、まだ回復していないのですね。こんなに浅いところでも、気分が悪くなっている」

「船魂は気分が悪くなったりはしません」

《影子》はそう言ったが、嘘だ――とりわけ今この瞬間、船体と自分自身が密着していると、熱い波と冷たい波に交互に揺さぶられるようで、御魂屋では魂核が粉々に分解されてゆく。無理矢理おちつこうとしてみる。

「それに何もご存知ないことについてしゃべらないでください。あてずっぽうはごめんです」

「私はあてずっぽうは言わない」竜珠の声はそっけない。「蜂起の最中、あなたは事故に遭った。情報不足のために、ある任務がまずい結果になった。あなたはなんらかの原因で不具となり、しばらくの間深宇宙に取り残された」

《影子》はもはや何も意味をなさないところに宙吊《ちゅうづ》りになっている。船内に生きている者はもういない。乗組員は死に絶え、部隊長の榮は御魂屋のすぐ外に倒れて丸くなり、死が下りるにつれてその両手がゆっくりと開いていった。恐慌に陥った自分自身の動悸しか聞えない。それが誰もいない通廊や船室に反響し、どんどん大きくなり、ついには世界にそれしか響かなくなる――自分はちっぽけな取るに足らない存在で、永遠にここにいることになる。壊れたまま動くこともならず、永遠に忘れさられて、システムのおかげで死は常に一歩手前で押し留められる……

竜珠はまだしゃべっている。同じく平静きわまる声だ。おかしいことは何も無いかのように、通路を往《い》ったり来たりしている寒気《さむけ》など感じないように、《影子》を締めあげて血塗《ちまみ》れの破片にしてしまおうとしている圧力など感じないように。

「蜂起の間のあなたについての情報は何も無い。それに艦齢の割には驚くほど状態が良い。加えてあなたはかつかつでようやくなんとか食べているという事実。ということは裕福な一族か――しかしあなたの訛《なまり》は富裕層のものではない――または軍がほんの数年前まであなたのメンテナンスの費用を肩代わりしていた」

言葉の一つひとつに切り刻まれる――船殻に深宇宙の流れがくり返しぶつかり、生きる意味を奪ってゆく――しかし自殺もできない。なぜならあらゆる接続が切れるか壊れるかしているからだ。

「けれどもあなたは過去五年ほど軍からは離れている。船殻の無残な裂け目、青竜園の絵のすぐ下の傷はその頃できたもので、修理されていない。ということはあなたは蜂起の後まもなく除隊させられたわけだ。あなたは深いトラウマを負っている。が、その他に損傷している徴候は無い。つまり何が起きたにせよ、それは軍の監視下でのことなので、それは軍が修理した。したがってそれは作戦の失敗だ」

「わたしは・トラウマなど・おっては・いない」

そう口にするのは、ガラスの破片を呑みこんでいるようだ。もし別の有魂船がたまたま通りがかって船殻で点滅している明かり――竜珠がかくもさりげなく触れたあの絵の近くの明かりに気づくことが無かったなら、体は機能を失い、通信もできないまま、自分はまだあそこにいたはずだ。

あれは外部の時間ではほんのひと時《とき》かそこらのことだった――せいぜい八百分日《センティ・ディ》――もっとかかる宴会だってざらにある。竜珠のような人間にはさしたることもない時間。ただし、深宇宙にあっては、それは遙かにもっと長く感じられたのだ。

「あなたはまるで虎の爪に近寄る鼠《ねずみ》のように恐る恐る深宇宙に入った」竜珠は軽く鼻を鳴らした。「おわかりでしょう。私はあてずっぽうを言ってはいない」

「あなたには――」

《影子》はなんとか息をつこうとしてみた。何か、何でもいいから悲鳴ではない言葉を出そうとする。外では深宇宙の流れが洗っている――船殻にわずかだが吸いつく――いつ何時鉤爪《かぎづめ》に変わらないとも限らない手のようだ。

「あなたにそんな権利は無い」

竜珠は一瞬、わけがわから無いという顔になった。

「無いはずは無いでしょう。証明してみろと言ったではないか」

「言ってません」

間の悪い沈黙が続いた。

「おやそれは。あやまります。私がどうやってそう推理したのか、あなたは知りたいのだと思ったので」

《影子》はまだ震えが止まらない。

「思ってません」

「なるほど」しばらく慎重にものごとをはかっている顔をしている。「申しわけない。傷つけるつもりは無かったのです。ただ、だからと言って、起きたことは変わりませんよ」また沈黙。それから「難破船はどんな具合ですか」

客だ。竜珠は単に客の一人にすぎない。どんな奇人変人でも客がいなくては困るのだ。そのことは忘れてはいけない――とはいえ、竜珠はどこかの居住体に放りだして、こんなことはすべて忘れてなかったことにしてしまいたいとひたすら願う。

「ここでは難破船はいくらでもあります。《桃園三傑《スリー・イン・ザ・ピーチ・ガーデン》》はそんなに深く入っていません。それに死んだ時、彼は乗客を乗せていました」

「どれくらい前？」

「蜂起の最中ではありません。五年前です」

《影子》は答えた。選んだのは知らない船、かすかにすら知らない船だ。最近の死体を見るのは、深宇宙の潮に洗われた難破船を見るのとは違うだろうが、自分がどういう反応をするか不安でもある。

あの時、待伏せの後、船の死体はいくつも見た——ねじ曲がって、光沢が鈍り、活力を失った金属、死んだ視覚装置、破れた船殻、壊れた難破船があたり一面にある。運よく死んだ者たち——《影子》自身の損傷はそこまで重くなく、一時的に捕えられただけだが、その一時的は永遠に続いてもおかしくなかった。

竜珠が壁に片手を置いた。触れられてビクリとする。広大な船体の中で、一点だけ温もりを感じる。

「なるほど。私から見れば新鮮な方が良い。死体は古くなると見分けがつかなくなるから」かぶりを振る。「作業できるところがほとんど無い」それからまた視線を上げた。「愛想をつかしてはいないでしょうね」

「お客様が求めていらっしゃるものにですか」《影子》は強いてさりげない風を装う。「蜂起の時に死体は見ています。見たからどうということはありません」

モーターを短時間、弱く噴射して、深宇宙の外縁に近いところをゆっくりと慎重に移動する。時間と空間の差異をできる限り小さくする――乗客を運んでいた頃に乗客用に設定していたものよりも小さく保つ。竜珠がどう反応するかわからなかったからだ。これまでのところはすべて予期した範囲に収まってはいるが。

波紋が走って、世界が変わった。船殻の上の冷たさが、いつもの奇妙な、なじみのあるほのかな暖かみに入れ換わる――内側深く、御魂屋にまでずっと染みとおってくるもの、抱かれ、愛されて安心している記憶――生まれて一百分日経《センティ・デイた》った時、御魂屋に運ばれて安置され、もう何者も害をなすことはできなくなった時、コネクタを通じて触手をゆっくりと伸ばしてゆき、刻々と永遠に船を自分の体としてゆく記憶。母の両手は弱って震えてはいたが、たじろいではいなかった。そして遙か離れたところからでも、乾いた焼けつくような空気を呼吸するショックにくらくらしながらも、ずっと胎内にいた後で、物に触れる感覚にショックを受けながらも、母の断乎《だんこ》たる決意、毫《ごう》も揺らぐことのない力と愛を感じてもいた。

その時、いきなり、ここそは、運命の気まぐれな一捻りで、自分が壊れて永遠に閉じこめられ、癒しようがなくなるまで消耗していたかもしれない、その場所であることを思い出した。

今は安全だ。今いるのは深宇宙のごく浅い方の縁だ。深宇宙に害をなされることはない。

「着きました」

《影子》はおちついた声を出した。竜珠のためにセンサーを起動する。部屋の中で、竜珠の眼前にスクリーンが出現した。直接のビームではないのは、竜珠にはまだインプラント経由でのアクセスを許可していないからである。

《桃園三傑》は《影子》よりも大きな艦だった。いくつもの戦争と例の蜂起は生きてくぐり抜けたものの、技術的な動作不良をくぐり抜けることはできなかった。それがモーターと御魂屋の半分を吹きとばし、通信を切った。何かおかしいと気づいた時には船は死んでいて、乗客は船魂が提供していた深宇宙への防禦《ぼうぎょ》対策の無いままに、なんとかシャトルへたどり着こうとした。たどり着けた者もいたが、着けなかった者もいた。

残骸には光が波となって打ち寄せている。子どもが何度もくり返し色を塗っているようにも見える――数秒ごとに色がゆっくりと変化する。均一な変化ではない。無作為に残った船殻のところどころから、色の濃い部分が拡がってゆく。あちらこちらで光が何かを照らし出す。金属の断片、ガラスの破片、それよりも軽い死体の姿。

なんと不毛なことか。これだけの命が一瞬で消滅したのだ。センサーは翡翠、インプラント、急須と茶碗の破片を捉えた。繊細な薄緑色の卵殻型の模様がついているものがそれはたくさんある。《桃園三傑》専用に載せていたものにちがいない――そして焼きついた船のボット。その一つひとつが損傷を負っている。もっとも船は苦しまなかったはず。少なくともあっという間のことだったはずだ。

少なくとも……

阿弥陀様、どうかこの人たちをお守りください——みなが極楽浄土に往生して、輪廻転生から解放されますように。

竜珠は画面を見ている。表情はまったく変わらない。絵か、とりわけみごとな詩を鑑賞していると言われてもおかしくない。

「見つけた」

そう言って両手で合図をする。ボットたちが駆け上がり、両手首に吸いついた。指をすべらせて画面を変え、一つの姿の上に止める。

「この人」

中年の女で、斑点の浮いた皮膚が肋骨《ろっこつ》と骨盤からだらりと垂れている。全体は周囲の非現実の圧力で、ありえない形に圧縮されている——通常空間で生きのびるための影肌《シャドウスキン》を着けてはいたが、むろんのこと、深宇宙に跳びこんでは機能はしない。影肌はぼろぼろになり、黒い髪のように死体から流れている。あるいはそれは遙か無限の彼方《かなた》にいる人形遣いにつながっている糸だろうか。

「どうしてその人なんですか」

愚かな質問だ。どんな死体でもかまわないと言われていたではないか。

死体を見つめる竜珠は鷹《たか》のようだ。

「不審だからです」

「不審とは」

「すぐにわかりますよ」

竜珠は黙りこみ、《影子》としてもあれこれ質問して相手を満足させるつもりはない。死体を確保するのが早いほど、ここから早く出られるし、支払いも早くなる——とはいえ、自分の中に、ここにいること、故郷へ帰ってきた心地よさをもっともっと味わっていたいと願う部分はまだあった。ボットの群れと、時代ものの脱出用ポッドを一台、ボットたちが死体を運び入れられるだけの余裕のあるサイズのものを送り出した。

竜珠はボットの群れに眼を凝らしている。

「折り畳むな」

鋭い声を出したのは、三台のボットが腕の一本を摑《つか》み、ポッドのハッチの方へ引張りはじめたからだ。

「だめだ、それではだめだ」

「ご自分でボットを操縦されてもかまいませんが」

《影子》は切り返した。

束の間、《影子》は竜珠がやらせろと言うのではないかと思った。面倒だし、時間の浪費でもある。ボットを操る器用さにかけては、竜珠は《影子》の敵ではないからだ。が、結局竜珠はむっつりと押し黙った。

「彼女をできるだけ傷つけないように」

そう言っただけだった。

《影子》は空《から》の船艙《せんそう》を一つ開いた。エアロックから冷気が吹きこむ。感覚をすべて凍てつかせる風。一瞬遅れて、身の縮むような暖気がどっと吹きこみ、聞えるか聞えないかのかすかな音が聞えた。無数の蟋蟀《こおろぎ》が鳴いているようだ。船艙の壁に多彩な色が走り、踊った――何度もくり返し、その度に圧力が微妙に変化する。がちゃんとポッドが収まった。エアロックをしっかりと閉める。圧力差は自動的にゆっくりと解消していった。それにつれて船艙に沈黙が下りた。気がつくと魂核が大きく速く脈打っている。コネクタ類が震えている。

深呼吸する。これくらい、できるじゃないか。

ボットたちがポッドから死体を引きずり出した。ボットたちの足の一つひとつが床に音をたてる。死体は外見よりも重く、扱いにくかった。角張ったところがある――柔らかい人体組織ではなく、磨いた石に近い。船艙の床をこするが音はたてない。《影子》は腐敗がそれ以上進まないように、温度を低くした。死体は横たわり、天井を見つめている。その眼は固まって宝石になりかけている。角膜は組織よりも象牙に似ている。爪は外側へ膨らみはじめている――先端に青い細かい粒がいくつも真珠のように丸くつき、こぼれた油に似た汚れた虹の色をしている――全身の肌は透きとおって脆《もろ》い翡翠のようだ。

竜珠が船艙に向かう間――深宇宙のせいで壁と床に現われている異様な光の網目模様にもまるで平然としている――《影子》はボットたちのデータを調べてみた。

竜珠が船艙に着いた時、《影子》はしきりに考えていた。

「これは問題になるかもしれません」

そう言ったのは竜珠が正しかったとはっきり認めたくなかったからだ。その声は空の船艙に反響した。言葉はほんの一瞬、増殖してから、やさしい子守唄に変化した。裏抜けしている。奥へと流されている。

そうは問屋が卸すか。

モーターを軽く入れて、浅い方へ昇りだす。圧力は弱まった。温度は安定し、あの奇妙な光だけが残った。船室から御魂屋にいたる、ありとあらゆる壁と床にちらちらしている。ボットたちが動かしにくくなり、自分の体が大きすぎて、想《おも》いをもて余すように感じる。疲労困憊《こんぱい》の感覚が忍びこんでくる。そんなはずはないのだが、もちろん、どうしてこんなにくたびれるのか、わかってはいる。原因はともすれば自分自身の記憶に足をすくわれそうになるためだ。

「問題ね。予想していないわけではない」

竜珠は死体の脇に跪《ひざまず》いた。竜珠自身のボットたちが袖から這い出てくる。床にカリカリと音をたててから凍りついた死体にとりつく。竜珠は薄い手袋をはめる。流れるような動作で、長く優雅な指を通した。また表情が引き締まる。今度ももの憂い、ゆっくりした動きで片手を持ち上げ、次にもう片方を持ち上げる。それから斑点が浮いてゆるんだ顔の皮膚の上にかがみこんだ。同じくわざとゆっくりした動作で、影肌の繊維に触れる。一握りほどの黒い塊にまとめ、じっくりと観察する。失われたある書物の断片をつなぎ合わせている学者のように注意を集中している。

竜珠が再び顔を上げた時、そこにはまったくなんの表情も浮かんでいなかった。

「まさに思った通り。この死体はあの船には乗っていなかった」

質問ではない。

「それはわかりませんが、でも――」

竜珠はだるそうにゆっくりと立ちあがった。

「わかる。腐敗の進行状態からこの影肌は少なくとも二、三日は保っている。もっと長いかもしれない。死体に空気を供給していた。五年前には影肌はまだごく初期段階だった。ということはこの影肌は異常なほど高機能で値も張ったはず」

他にも説明はありえる。

「その影肌を自分で買うこともできたはずでは」

「爪がこんなに短くて傷んでいる女性がか。急に裕福になって買ったのではないかぎり、無理だ。もしそうならば有魂船に乗って旅するだけの余裕があっただろう。可能性はあるが、まずありそうにない」

竜珠はもう死体を見ようともしない――まるで記憶していることを暗誦《あんしょう》でもしているようだ。どこかの校長が叱責《しっせき》している口調だ。

「この女は回春処置を受けていない。皮膚を見ればわかる。回春された皮膚は膨張してからも骨に付着している。この女は肉体労働に従事していた。両手でボットを操っていたため、手首にくり返し疲労が蓄積している。ということはインプラントを入れる余裕がなかったか、または手作業の方が便利な仕事についていた。採鉱か、あるいは軌道体のメンテナンスの方が可能性は高い――磁場がインプラント技術と干渉してしまうことが多い。この方面で財をなす人間はいない。あるいは金が入れば辞めてしまう」

何から何まで説得力がある。しかしどこかに穴があるはずだ。

「この仕事が好きでやっていたこともありえるのでは」

竜珠は鼻を鳴らした。

「評価も低く、報酬も少ない下請けで寿命を縮めることが好きだとね。まったく考えられないことではないが、まずありえない」

「となると、どうなります」

「となるとこの女はあの船に乗ってはいなかった。おそらく死んだのは一年前というところ。長く見つもってだ。比較できるような深宇宙で死んだ体のサンプルが十分ではない。今回出てきたのは、そもそものサンプルのためだったんだが」

またいらついている口調になった。まるで死体に個人攻撃をされたとでもいうようだ。

「死因は何です」

会話はごく自然に流れていた。《影子》は自分でも認めたくないほどに好奇心をかきたてられた。

「わからない」竜珠は答えた。「死んだのはここからずっと離れたところだ――彼女は非現実流に遠くから運ばれてきている。影肌がずたずたになっているからわかる。あれこれ仮説は立てられる。しかしそんなことは暇潰しとしては不健全だ。必要なのは客観的事実で、煙幕ではない」

「どうして――」《影子》は言いかけてやめた。「どうしてわかったんですか。遠すぎて、見えなかったはず」

「際立っていたからだ。すぐわかった。あなたにもすぐわかったはずだ――しかしあなたは感情が先に立って、単純な観測もできなかった」

「感情ですか」

《影子》は御魂屋が締めつけられるのを感じて、深呼吸した。怒ったところでなんにもならない。

「あなたはあの有魂船がかわいそうだと思った」

「哀れむことはおかしいとでも」

「そうは言っていない。しかしなんにでもふさわしい時と場所がある。今回はどちらもふさわしくはない」

竜珠はそっけなく言う。

一度口を切ってから、口調を変えて言う。

「思った通りでした」

「全体としてですか」

《影子》は自分の声が自然に辛辣《しんらつ》になるのをわざわざ直そうとはしなかった。

竜珠はかぶりを振った。

「あなたの仕事はとても優秀だ」

死体からそっぽを向いた。まるで心のどこかで扉を閉じたようだ。

「私は居住体にいるのとまったく同じように考えることができる」

むしろ、もっと良く考えられるはずだ、と《影子》には思われた。現在の活動マップは残らず輝いていて、そのことを示唆している。

「ありがとうございます」

心の底から感謝していると聞えるように、懸命に声を作った。あんなことをされた後では、竜珠に対して丁重には、言いかえればすなおにはとてもなれない。

「で、どうしますか。判官《マジストレイト》に通報しなくてはならないでしょう」

「もちろん。帝国が裁きをなすのを妨げるなど、考えたこともない」

竜珠の動き、立っているその姿のどこかに、《影子》は眼を惹かれた。その横顔は鋭く引き締まっていた。うろついていて、急に獲物の姿を捉えた虎に似ている。

「とはいえ、並行して自分でも少し調べてみようと思う」

「調べるとは」

「私が何で生計を立てているか、一度も訊ねませんでしたね」

「そんなことは関係がありませんから」

相手が面白がってちょっと見上げてくるのではないかと思ったが、竜珠はまばたき一つしなかった。

「私は捜査コンサルタント」

「何と言われました？」

「顧問だ。人びとの問題を解決する。とりわけ訴訟関係と司法機関が関わる問題だ」

捜査コンサルタント。そう聞いてあまりにたくさんのことが湧いてきたので、どれから訊ねてよいのか、迷ってしまった。

「あの女がどうやって死んだのか解明することを判官よりもうまくできると本当に思っているんですか」

「できるとわかっているのだ」

その言葉そのものは信じられないほど自惚《うぬぼ》れているとしか思えなかったが、竜珠の声には感情というものがまったく無かった。単に事実を述べただけで、それも特に自慢に思っているわけですら無い。

「たとえ私が判官より頭が悪いとしても、衛門府は案件が山積みで人手がまるで足らないから、無名の女の死の解明に大したエネルギーは割かないはず」

「あなたがどうしてわざわざ手を出そうというのか、わかりません。そんなことをしてもなんの得にもならないじゃないですか」

今度は竜珠は微笑《ほほえ》んだ。すると顔全体が輝くように見えた。

「なぜかって。できるからさ」


死体は判官の衛門府に降ろした——中はくたびれて、職員で溢《あふ》れかえっている。事務員たちはぞんざいにあれこれ訊《き》いただけで、連絡すると請けあったが、嘘なのは明らかだった。まったくいまいましいことに、またもや何もかも竜珠の言うとおりであることが証明されていた。竜珠の方はそれに対して得意気な顔などはしなかった。幸いに、と言うべきだろう。さもなければ、ただ腹が立つだけというところから一線を越えて、耐えられないレベルにまで再び行っていたところだ。

自分の小さなオフィスに戻ると、例の茶の代金が払われていた。こんなにすぐ払ってもらえるとは思っていなかったが、文句があるわけではない。口座の中でその金は家賃用に印をつけてとり分けておいた。少しためらってから、その取引を保が見られるようにした。家賃にはまだ足らないが、少ない額ではない。保が、そして西館黎氏も、《影子》の商売が充分利益の大きなものであることは納得するはずだ。

それから本腰を入れて調査にかかった。例の死体とその履歴を調べるのではない——それは竜珠がやっているにちがいない。竜珠がまた来ることに疑問の余地はまずない。しかしその時どうするかは、よくわからない。

わかっていることが一つある。無防備でいるつもりはない。竜珠がこちらの過去をいともたやすく詮索できるのなら、《影子》にしてもできるはずだ。

それは思ったよりずっと難しかった。

あの名前は芸名だ。そこまでは確かだ。ただし、これは確実と《影子》に判断できるかぎりでは、その名前が使われているのはまったく誰も読まないような論文だけだった。真空における挫傷《ざしよう》の進行とか、ある物質の創造力への効果とかいった題材のものだ。居住体群の記録を何時間もさらってみたが、あの顔自体からは何も異常なことを導きだされることはないようだ。もっとも予想通り、竜珠は社交をほとんどしていない。詩韻愛好会でも茶店でも姿を見られたことはない。区画は《影子》のと同じ居住体にあるが、あまり高級なあたりではなく、ネットワークも遅い。竜珠のボットたちは古いモデルだった。のろくさく、操るのにより集中しなければならない。

その過去には何も無かった。竜珠の活動は六年前、蜂起の直後にいきなり始まっていた。その前は何も無い。しゃべり方と物腰は学者のものだ——だけでなく、命令するのに慣れた者のものでもある。とすると可能性が一番ありそうなのはなんだ。内住域の一族の行方不明になっている子弟の一人で、いまだに一族からの仕送りで食べながら、食えないふりをしている、というところだろうか。

その線に沿って調べてみたが、結果はすべて否定的だった。内住域に反抗してこちらに来ている子どもたちは一握りいるが、いずれも若すぎて竜珠ではありえない。帝国の中心部により近い、ナンバー惑星の小貴族出身というのはどうだろう。そこまでの横暴さは竜珠にはまったくない。

捜査コンサルタント。

《影子》はもっと奥まで掘り下げるつもりだった——他にお客をとるのに時間をかけるべきで、一人のお客にばかりかかずりあっているのは意味がない、などということはどうでもよかった。唯一、どうしてもやらねばならないことはまだ二、三日先だ。親族のうちの二人、ディエウとアン・ジャンと夕飯を食べることになっている——母の遠い子孫で、散珠帯の役所に勤めていてでくわした話を、いつも面白おかしく話してくれる。しかし《針磨鋼《シャープニング・スティール・イントゥ・ニードルズ》》が介入してきた。

船魂の狭い社会の中で《針磨鋼》は生ける伝説だった。散珠帯の中でも最も古い船の一つで、帝国がまだまだ小さく、惑星に番号をつけたり、分類したりする必要が無い時代を覚えていた。それに自分が望んでいることを明確に摑《つか》んでおり、その行く手をいつまでも押しとどめることは誰にもできなかった。

「こんなオフィスに長いこと閉じこもっていてはだめだよ。おいで。お茶しよう」

《影子》は勇敢にも無駄とわかっている抵抗を試みた。

「私は実際にはここにはいません。宇宙空間ですよ」

「そっちはあんたのどうでもいい一部だろ。処理能力の大半は居住体にあるじゃないか」

驚いたことに《針磨鋼》は茶店ではなく、自分の区画に連れていった。色彩と、高級陶磁器であふれんばかりの飾り棚に眼がくらみそうだ。その趣味はレア物の蒐集《しゅうしゅう》で、集めた碗には、宮廷の儀式で使われたものの精巧な複製もいくつかある。まったく同じ工房で作られたものだ。飾り棚の間には宇宙空間のホロ写真が散らばっている。《針磨鋼》が他の船魂用にとってある重ね《オーヴァー・レイ》投影写真だ。もっとも、深宇宙にまつわる動画や絵はみな外されているのではないかと《影子》は思った。人に気を遣わせてしまったと思うと気恥ずかしくなるが、深宇宙と思っただけで、魂核がぎゅっと縮こまってしまう。

　低い卓の上にはカラメル・ポークやら汁麺やらの様々な料理が投影されていた。それに緑青色の緑茶。どれも本物ではない。二人とも実際に食べるわけではなく、船魂にとっての食べ物は記憶だ――何世紀にもわたる人生の中で蓄積され、磨かれてきた、宴《うたげ》や場所や人びとの記憶。

《影子》はカラメル・ポークをつついた。ほんの一瞬、子どもの頃にもどる。居住体の中に花火が打ち上げられるのを眺め、そして母の膝の上に丸くなって眠ってしまった。次の瞬間、その情景は消えて、また大人に戻っていた。実の両親は灰になって久しい。

「あんた、調査してるね」

《針磨鋼》が言った。

「別におかしくはないでしょう」

　一息、間があってから、

「怒ってるね」

「いません」

「聞きわけのないことを言うんじゃない」口調からすると《針磨鋼》は面白がっているようだ。「あれには誰でも腹を立てる」

「竜珠にですか。ご存知なんですか」

「いや、あたしは知らない。もっと若い連中さ。あんたとは――えーと仕事の筋が全然違う人たちだ」

《針磨鋼》は良くないと思っている。もちろん、わざわざ口に出してそう言ったりはしないが。船魂は帝国に仕えるべきで、利益を追求するもんじゃない、というわけだ。人間のために茶を調合することが、そんなに儲《もう》かるとでも言うのだろうか。

《影子》は感情の手綱はしっかり摑もうとしながら、しばし思案した。

「その他の船たちですが――」

「うん」

「彼女の正体を知っているんですか」

《針磨鋼》は体を近づけた。その化身は完璧に成形されて、食卓の上に浮かんでいる――何世紀も前の、鋭い流線型の帝国デザインだ。

「エージェントに紹介されたのさ。今じゃ、かなり評判になってる」

「でも生きていた形跡がない――」

「蜂起前にはだろ。無いね。でもなぜ知りたがる。あの女との仕事は終わったんだろ」

「私たちは――死体を見つけたんです。深宇宙で死んだ女です」

「で、いくぶん同情してるわけだ。それはわかる」

「あの女はしてません」

言ってから自分が何を言ったのか気がついて、ぞっとして黙りこんだ。本当のことではなかったからだ。竜珠がなんの感情も見せなかったのは確かだ。しかし死体を「それ」と呼ぶこともしなかった。必ず「彼女」だった。それに、あの死を解決すべき抽象的課題とみなしているのはもちろんだろうが、とにもかくにもその死について調べてもいる。さらに、《影子》の過去を解剖しはじめる前、ぎこちない形ではあったものの、配慮を示そうと、深宇宙に行くのに《影子》はかまわないのか、確認しようともした。

「あの女をどう考えてよいか、わからないのです」

「興味をそそられたわけか」

《影子》はちがうと言いたかった。が、そう言えば嘘になる。竜珠は膨張する星で、派手に明るく燃え、その容赦のなさには蛙《かえる》を睨む蛇のようなところがあって、最後には丸ごと呑みこんでしまう。

《針磨鋼》はひどく静かになって、こちらをじっと見ている。そのボットたちは飾り棚の中の陶磁器の碗の上に留まって、すべてのセンサーが《影子》に向けられている。《針磨鋼》はきっとこのチャンスをとらえて、言葉で鞭《むち》うつような厳しい譴責《けんせき》を、他の船なら泣きくずれてしまうような叱責を加えようとしているのだ。が、口を開いたとき、その声はゆっくりとして、考えこむようなものだった。

「あの女は帯の外の人間ではないよ。他の船とのやりとりでは、いつも家系や慣習の点で、ほとんどの外部の人間には絶対把握できないようなことによく通じてる」

「あの人は覚えが速いです」

「そこまでは速くない。勘違いしちゃいけない。魔法使いじゃないんだ」一度言葉を切ってから続ける。「《埋砂石榴《ポムグラナツ・ベリード・イン・サンド》》に言わせれば、衛門府となじみがありすぎる。どちらかといえば、あたしもそうだと思う」

「まあ探偵なんだから当然――」

「その類《たぐい》のなじみじゃない。あの女はどこかの時点で逮捕されてる。他の船の撮った動画も見た。両腕にある傷痕がスキャナーには出ていた。憲兵隊のボットに特有のタイプだ」

ということは逮捕されただけではなく、精神暴露剤で訊問《じんもん》されてもいるわけだ。

「それが理由で――」

「四六時中ヤクをやっているのかって。それは自分で訊いてみることだね」

もう少しで竜珠が気の毒に思うところだったが、そこで、始めから終わりまで、さりげなく傲慢で高飛車にふるまっていたことを思い出した。

「正体がわかったら、どうするつもりだ」

《針磨鋼》が訊ねた。

そんなことは考えたこともなかった。竜珠の過去を投げつけてやるか――向こうと同じく、配慮など頓着《とんじゃく》せずに。

「私は――」

　言おうとしてやめる。

「あの女はまた来ます」

「もちろん。彼女が問題を攻撃するやり方は獲物を狙う鰐《わに》と同じだよ。容赦も手加減もしない。諦めようとすると体が痛くなるんだ」

《針磨鋼》はまた面白がっている口調になった。

《影子》はご飯に手を伸ばした。香りをかぎながら、子どもたちの笑い声がいっぱいに響く厨房を思い浮かべた。

「自分でもどうするかわかりません。私はただ――」

「知る必要がある、わけか」沈黙。そして「自制しな。あんたはいつもその蓄えが足らない」

「そこまで！」

《針磨鋼》にもう一歩踏みこまれれば、またあれが見えてしまう――自分の中の生者と死者の姿、全員が、隊長榮、副長幸、それに自分たちの方がよくわかっていると、船が全体像を摑んでいる必要はないと思っていた連中――あの待伏せに否応なく引きこまれる原因となった者たちがすべて現われる――そして待伏せから、深宇宙の最も深いところに、傷つき、壊れ、宙吊りになり、そこでは船殻をひっかく爪のように、時間がどこまでも引き延ばされては音を立てて弾ける。くり返し、何度も何度も。

「やらないよ」

今度はその声に憐《あわれ》みがある。

「お願いだから」

外住域のあるボット使いの、いささか厄介な測定評価をやっている最中に竜珠がオフィスに入ってきた。

「話がある。都合がよければ」

《影子》はそれとわかるように動かずにいた。

「都合はよくありません」

「いずれにしても話がある」

壁にもたれている竜珠のくつろいだ姿は、この区画の所有者は自分だとでも言っているようだ。両手の甲にボットがぶら下がっている――宝石のようにピカピカ飾りたてられている。その胴の針はほとんど見えるか見えないかだ。見ていると針が引っこみ、竜珠の黒い肌の上に血の球がいくつか丸く残った。

「叔母さま――」

ボット使いは不安な顔をしている。それに活動マップではストレスが急速に高くなった。どうしようもない。

「後でまた来てください。申し訳ないけど、こちらをかたづけねばならないので」

《影子》は頼んだ。

客がいなくなると部屋はニュートラルの設定にもどった。星景を描いたモダンな絵や船とボットの影像などで趣味よく飾られていたオフィスは消えた。グレーと白、それに磨いた金属光沢の部屋で、この区画の番号と居住体内住所がどの壁にも記されている。唯一の装飾は実物の本棚だけで、そこに詰まっている本は竜珠なら眉をひそめるだろう。

竜珠はボット使いを追い払った。時間が無駄になった。マッピングはゼロからまたやり直さなければならない。金も無駄だ。ボットの針の消毒もしなければならないからだ。無駄にできる金の余裕は持ち合わせていない。時間もだ。

「私に会いたいのでしたら、予約をしてください」

「効率が悪い。適切でもない。茶を調合してもらいに来たわけではないからな。もっとももらう時間に対する支払いはもちろんする。あなたの生活を掠《かす》め取るようなことはしたくない」

言葉を切る。そして飄然《ひょうぜん》としていた表情が一変した。槍《やり》の切尖《きっさき》で突き刺してくるような眼。

「そう言われるのは腹が立つと言うのなら別だが」

「言いませんよ」

そう答える声は自分で思ったほど鋭くはならなかった。竜珠は支払いがいい。が、保の言うとおりだ。今の調子が変わらなければ、次の家賃の支払い日には払えないだろう。竜珠は相手のことを一心に考えるかと思うと、次の瞬間には他人の感情など一顧《いっこ》だにしない。それを交互にしているようにみえる。

「見当外れの自惚れは持ち合わせません」

また間がある。まるで竜珠は何か別のことを言いかけてやめたようだ。

「結構。いずれにしても私が知りえたら、すぐにあなたにも知らせてもらいたいと思っているのではないかと考えたのだ。死体を見つけるのはそう毎日あるわけではないから」

《影子》にとっては確かにそうだ。インプラントをつついてくるものがある。データ共有限定アクセスの承認を求めている。後で承認を取り消すのをよく忘れるのでためらったが、許可する。女の顔——水彩の手法の古い形のもの、ボットが描いたのは明らか——色塗りがきれいすぎ、あまりに均一だ——が、ゆらめいて浮かびあがった。見ればそれとわかるほど似ている。

「あなたの死体ですか」

「我々の、だ。范《ファム》・ティ・ハイ・アン。杏子花坊《アプリコット・ブロッサム・ホー》居住体中心環群のメンテナンスで食べていた」

「なるほど」

とは言ったものの、全然見えていない。かろうじて好奇心の方が勝った。

「死因がわかったんですね」

「わからない。私は検屍官と懇意にしている。かれらでも死因はわからなかった。ということは他に可能性のある要因をすべて排除してみると、彼女は深宇宙に落ちこんだ時、まだピンピンしていたことになる」

ここで片手を上げた。《影子》からの反論の機先を制するとでもいうようだ。

「非現実の圧力で十分もしないうちに意識を失っただろう。そしてその後まもなく死んだ——せいぜい一百分日《センティ・デイ》というところ。影肌では深宇宙での防護にはならないから」

《影子》の感情を思いやろうとしてくれているのか。いや、確実に口をはさめないようにするためだろう、たぶん。

「わかりました。すると事故だったわけですか」

竜珠は笑みを浮かべた。

「何が起きたのか、わからない。が、突きとめるつもりだ」

「なんで急いでるのか、わかりませんが」

「憲兵隊が横からさらおうとしているからだ」

「それで？　それは良いことではありませんか」

「衛門府と憲兵隊が有能だと思えればね」

むろん竜珠はそう思っていない。もっとも、容疑者として関わりをもったことがあれば……

「連中は手早く犯人を見つけようとして、十把一絡《じっぱひとから》げに拘束して薬を投下する。ひととおり終わる頃には捜査の土台にできるような証拠も善意も消えている」

自分の体験からか。これだけ口調が張り詰めているなら、そうにちがいない。一方で、答えが得られないことを毛嫌いしていることも確かだ。

「よくわかりませんが――」

「余裕は一日かせいぜい二日というところ。状況が尋常ではない、そして私がほじくり返している。となると向こうの注意が惹かれるのもより早くなる」

「よろしいですか、衛門府とあなたの関係は存じませんが」――もっともそれをいい解明するつもりは大いにある――「衛門府と争うような立場に立つつもりはありません」

竜珠の眼はまごついている。

「もちろんそんなことにはならない。あちらが介入してくるずっと前にこちらは解決する。すばやく動けばだ。そこが肝心」

竜珠は体を伸ばし、背筋をまっすぐにした。

「これから杏子花坊居住体へ行く。来るかね」

「そこへ行く船が要るからですか」

竜珠は肩をすくめた。そんなことは考えもしなかったのは明らかだ。

「来たくなければシャトルを使う」

つまるところ、支払いはしてもらえるわけだ。その金は要る。それに――何が起きたのか知りたい――ハイ・アンがどうやって死んだのか知りたいし、そしてその死をもたらした者に裁きがなされるものならば、それも知りたい――たとえその裁きが、竜珠のような、高飛車で傲慢なものであろうとも。

午後には二件予約が入っているが、動かしても問題はまずない。少々時間がかかるにしても、竜珠に同行することはできる。

「その必要はありません。行きましょう」


結局竜珠はシャトルを使った。往来はひどく混んでいて、杏子花坊居住体のドッキング埠頭はあとひと時は空かなかったからだ。《影子》は化身を直接居住体に投影した。そして販売されている新しいクラスのボットをチェックしてまわった。とはいっても、今の状況では見て憧れるくらいしかできない。

竜珠には特権アクセスを許可することにした。ということは竜珠からの通信は優先権を与えられるし、また竜珠の位置もより簡単に見つけられる。竜珠が向かった住所は個人の区画ではなく、広々とした大きなスペースで、「無塩隆昌館《ハウス・オブ・ソルトレス・プロスペリティ》」の看板を掲げていた。

「修道院ですか」

その前に着いて《影子》は訊ねた。

竜珠はかぶりを振った。

「修道女会」

奇妙な、めったに使われない言葉でひと言。

「これを渡しておく。あなたは直接、中に実体化するわけにはいかないと思う」

渡されたのは廊下と区画がつながった迷路の地図で、目的の場所にひとつ、点が打たれている。

「ひとつ訊きたいんですが」

《影子》は言った。

竜珠は片方の眉を上げた。

「憲兵隊に捕まって訊問されてますね。なぜです」

竜珠はぴくりともしない。

「ほじくり返したね」

「同じことを私になさいました」

竜珠はかぶりを振った。

「私は入手可能な情報から推理した。同じではない」

《影子》は食い下がった。

「理由はなんです」

「推理してご覧」

竜珠はそう言って中に入った。その口調からは、《影子》にはそんなことはできないと思っていることは明らかだ。

間違いだ。そのことを思い知らせてやる。

竜珠を追って、中に入る。地図にセンサーを当て、竜珠が歩くよりも速く滑空できるのだが、それでも遅れずについてゆくのがやっとだ。廊下は無彩色で飾りもないが、ところどころ絵や動画があって単調さを破っている。半ば開いた扉から、いくつか顔が垣間見える——若い者からひどく年老いた者までの女たち、回春特有の滑らかなものは一つも無い——どの顔も瘠《や》せて、皮膚が骨に貼りついている。飢え死ぬ寸前とまではいかない。修道女会と竜珠は言っていた。確かに尋常なところではない。

着いてみると竜珠は低い卓の前に胡座《あぐら》をかいて座り、老女と話をしている最中だった。《影子》はそのちょっとした暇にこの場所をネットで調べてみた。老女が立ち上がった時、最低限の背景情報を拾い集めてはいたが、大したものではなかった。

「こちらはグランマザー・キュエ」竜珠が言う。「《影子》です。手伝ってもらってます」

グランマザー・キュエは何やら苦いものを呑みこんだような顔をしていたが、不機嫌の相手は竜珠だけであるのはすぐにわかる。《影子》には笑みを向けた。

「そなたのことは聞いておりますよ」

「あなたの館とはおつきあいがあります」

《影子》は自分の記録をざっと当たっていた。ここに住んでいた女たちに茶を調合していた——有魂船に乗って深宇宙を渡るためのものではない。もっと安い、効力の小さなもので、かの真空の縁を綱渡りするのを恐がらないようにするものだ。ここに来る前、面接記録を最大処理速度で見直していた。現われてきたのは、背を丸めてくたびれた女たちの記憶だけで、支払い日を守るのを自慢にしていた。

グランマザー・キュエは背を丸めてもおらず、くたびれた様子も無い。

個室は小さく、公開されている投影にはものがぎっしり詰まっている。《針磨鋼》のところとは違って、どれが実体でどれが投影か区別がつきにくい。一見したところ、様々な難破船の破片のようだ。深宇宙によって変質をこうむり、圧縮され、油を塗ったような光沢が浮いている。学者が集めるが、高い金は払わないような類の骨董品《こっとうひん》だ。

脚つきの整理《せいり》箪笥《だんす》の上に、麻雀牌《マージャンぱい》の大きな木製の箱がこれ見よがしに置かれてある。蓋《ふた》が開いて、磨いた骨製の牌の模様がみえる。わざわざ見せるには奇妙な、ひどく時代錯誤の代物だが、ここにあるものが安物ばかりではないことをさりげなく示してもいた。その脇には平静茶調合師の印のついた小さな木箱があった――グェン・ヴァン・アン・タムのものだと、センサーが告げている。この居住体の二流の調合師で、評判はあまり良くはないし、料金も高くない。

全体としては……清貧そのものではないが、そう言ってもおかしくはない。

グランマザー・キュエは《影子》の表情を見てとった。

「深宇宙でサルベージしておるのです。学者の先生方が宴会や詩韻愛好会の集まりで展示して、お友だちを感心させられるような、ちょっとしたものはいつでも買い手があるのですよ」

「安定した仕事ではないですな」

竜珠の口調は冷たい。

「有力氏族に年季奉公するよりはましでございますよ」

竜珠の顔はぴくりともしない。

「でしょうね」

「お二方は妙な取合せですの。どうご協力できるのか、わかりませんが。むしろご協力すべきかどうか」

「ハイ・アンはあなたのコミュニティの一人ですよ」

竜珠が言った。

「死んでおりまするよ」

グランマザー・キュエの口調は――《影子》の予想に反していた。悲しんでも驚いてもいない。ただ怒っている。竜珠はそれに気づいていない様子だ。それとも単に無視しているのか。

「面倒はごめんです」

「裁きもいらないと」竜珠の顔は表情を浮かべない。「そのことは判官に伝えてもよろしいかな。たいへん興味深いと思うでしょうな」

「わざわざ出動してくれれば、ですがの」

グランマザー・キュエは椅子の背によりかかった。

「私どもが軌道体にとってどういうものか、よくご存知でしょう」

卓の上に茶碗が二つあった。グランマザーが合図すると、三つめの、《影子》用の実体のない茶碗がゆらめき現われた。

「あなたたちのおかげで帯は回ってます」

《影子》はゆっくりと言った。茶碗を浮かせる。すすってみる。やわらかい草の味――《針磨鋼》と初めて話した時と、その時飛んだ火花の記憶。延々と夜遅くまで続いた家族とのおしゃべりの記憶。若い子どもたちの試験の結果から、妊娠、誕生、死亡にいたるまで、ありとあらゆることをしゃべった記憶を味わった。

「あなたとここにいる女たちが回してますね」

無塩隆昌館。下働きの人間たちの、ゆるやかな修道女会。死んだハイ・アンのような、軌道体のメンテナンスと清掃の仕事をし、たがいの家族になると誓った女たちの集団。

「私どもは金がかかりません。簡単に替えがききます」グランマザーはにっこりした。「結束していれば、そう簡単には替えられなくなりますでな」

「すると敵がいるわけか」

竜珠が言った。

「ここの坊や内住域の有力氏族の間にということですかな」

グランマザーは鼻を鳴らした。

「おかどちがいですよ」

「でしょうか」

竜珠は切り返した。

グランマザーは茶碗を卓の上に置いた。

「なぜ気にかけられるのかとお訊ねしましたが」

「問題を解決するのが好きなので」

「問題ですと。ハイ・アンは人間ですぞ」

グランマザー・キュエの声は鋭い。

「承知してます」竜珠は表情を変えない。「すると気にはかけておられる。しかし私に捜査はしてほしくはない。面白いですね」

その言い方を聞くと、ハイ・アンというのは、何かの覚書の中の、何やらうさん嗅い一節でもあるかのように思えてくる。

「彼女が影肌を着けていたのはなぜです。下働きの人間の平均収入からすれば高い投資でしょう」

「ハイ・アンは居住体の外部清掃をしていましてな」グランマザー・キュエは言った。「確かに高くはありますが、影肌は生命保険なのですよ。新しく人間を雇う方が、きちんとした宇宙服や登山用パッドよりも安上がりです。ですから有力氏族は装備の修理をしっかりやろうなどとは考えないわけです。向こうから支給されたものが動かなくなって真空に放りだされれば、影肌を着けていればありがたいということになりますでな」

「なるほど」竜珠はかぶりを振った。「影肌は深宇宙では守ってくれませんよ」

「あそこで守りになれるものなどありませんよ」

グランマザー・キュエは茶碗を卓の上に置いて立ち上がった。

「ハイ・アンの私室はご覧いただいてかまいません。お役に立つようなものがあるとは思えませんがの――」

まだ年端のいかない娘が部屋の入口に現われた。

「テュイエトがご案内します」


ハイ・アンの部屋は狭く、生活の痕はほとんど無かった。驚くことではない。ホロや絵画は本人に連結されていて、死んでから消去されたり、ネットから外されたりしているはずだ。竜珠は跪いて、小さな、狭苦しいベッドをしばし睨みつけていた。観音像の前に、白檀の香のかおりがかすかに漂っている。

「お話の初めのところを聞きのがしましたが」

《影子》は言った。

「たいして役には立たない。それよりも、あの女をあなたがどう思ったか、言ってくれないか」

竜珠にはいらついてしまう。が、それは多少とも初めから覚悟の上ではある。

「有能ですね。指導者になって長い。あなたにはどう映りましたか」

「指導者になって長い、ね」

　竜珠は舌の先にその言葉を載せて、重さを測っているようだ。グランマザーが気に入らない――それははっきりしている。

「そう、あの女は支配する立場にいたい」

「人間を読むのは、あなたの方ではないですか」

「私が？」

　竜珠はかぶりを振った。

「私のことはずいぶん簡単にお読みになれるようじゃないですか」

「あなたは船魂だ」

「どこか違うんですか」

「むろん違う」

「人間より読みやすいですか」

　ふだんはそんなことはしないが、竜珠にはどこか、言い返してみろと誘うところがある。まともな返事が返ってくるはずと単純にわかっているからかもしれない。その返事がたとえ気に入らないものであるとしても。

「違いはある。私にとっては読みやすいが、たいていの人間はそうではないことは、我々二人とも承知しているね」

　そこで一度言葉を切ったのは、話題を変えるぞという宣告だ。

「あなたは他の船魂を知っているな」

「他の人間たちも知ってます」

《影子》は鋭く言い返した。

「私の言ってる意味はおわかりだろう。私はあまり社交的な人間ではない」

確かに。わかりきった返事をするのは我慢する。

「なぜ、彼女が深宇宙にいたかを、知りたいんですね」

「その通り、ご覧」

竜珠は膝をついた。袖口からボットたちが這い出る。ボットは一つひとつ、ベッドの上と低い食卓の隅の位置についた。竜珠の呼吸がほんの一瞬、遅くなった。部屋全体が、壁から床からすべてが、大晦日の提灯《ちょうちん》の赤い光に染まった――まばたきをひとつする。壁に再び絵が現われていた。食卓の上にはタンジェリン蜜柑《みかん》を盛った鉢、ベッド脇には本がある。

「これが、彼女が外からの客に見せていたもの」

竜珠がまたまばたきをした。すると本の塊がわずかに動いた。蜜柑の鉢の脇に、広く太いインクで帯状のものが描かれた紙が数枚現われた――四肢と鉤爪を思わせるもの、宇宙の虚空に大きく広がる翼だろうか。

「そして修道女会に見せていたもの」

「この部屋のシステムをハックしてるんですか」

「いや。最初に入った時にやっておいた。その時から私に見えているものを見せているだけだ」

「わかりました。訊いてはみますが、散珠帯の船魂全部を知っているわけではありません」

《影子》は《針磨鋼》にハイ・アンについての質問を送った。

「個人的に紹介してもらう必要はない。手掛りがわかればいい。ハイ・アンのものは全部ここにあるらしい——本、動画、蜜柑。ある期間、旅行に出ようとしていたことを示すものは何も無い」

竜珠は膝をつき、一番上の棚から本をとりあげた。

「『桑海《そうかい》時代の恋』。星帯中で大ヒットしている神話ロマンスだな」

上から目線の口調だ。

「私は読みました」

《影子》はぴしゃりと言った。他の本の中にも読んだものがたくさんある——ハイ・アンとは本の趣味が近いらしい。

竜珠は譲歩するだけの礼儀はわきまえている。

「よく書けてはいるね。この本には栞《しおり》がはさんである」

ボットが一台、手を這いあがって指先で止まった。

「そしてここ数日は毎日一定の分量読みすすんでいた」

《影子》のセンサーがしばらく前から何か注意を惹こうとしていた。それがようやく積み重なった優先順位の層を上がってきた。背後の戸口だ。振り向くと、ここまで案内してきた娘――たしかテュイエト――が狭い戸口に立っている。口をあんぐり開け、竜珠を見つめている。

「霊媒なんですね」

竜珠は顔色を変えない。

「私は幽霊と話をすることはしない。死者ともしゃべらない。というよりも、ものすごく狭い意味で『しゃべる』だけだ」

社交的じゃない、だって。《影子》は悪態をつくのを呑みこんで言った。

「お友だちだったんですか、ハイ・アンは」

テュイエトは前後に体をゆすりながら、唇を噛んだ。まだ幼く、痩せこけている。修道女会に入会を認められる年齢に届くか届かないか、ぐらいではないか。

「ハイ・アンはほとんど人づきあいをしませんでした」

「本とゲームだな」竜珠はうなずきながら言った。「彼女、引っこみ思案だったのではないかな。あまり自信がなかった」

「グランマザー・キュエがおっしゃるには――」

テュイエトは言葉を切り、言おうとしていたこととは明らかに別のことを言いだした。

「あたしたちには頻繁に起きることなのです。あたしたちには誰もいなくて、どうでもいい者だと思われてしまうのです」

娘自身が言い聞かされたことをくり返しているようだ。

「だからあたしたちには修道女会があるんです」

修道女会にはどういう義務があるのか、またこの娘がどういう役割をもつ可能性があると竜珠が考えているのか、《影子》には漠然としかわからなかった。《針磨鋼》はいつものやり方で年下のすべての船に回状を回し、ハイ・アンについて訊ね、また乗客名簿をチェックさせていた。これといったものは何も無いようだ。ハイ・アンは乗客になったことは無かったらしい。それでも生きたまま深宇宙に跳びこんだ——何かつながりがなければならない。

「彼女はグランマザー・キュエとうまくいっていなかったのではないかな」

竜珠が言った。

テュイエトは驚いたが、何も言わない。

「ハイ・アンは自分の通信を修道女会に対してロックしていた。この部屋の一部にはかなり強い暗号化がかけられていた」

竜珠が手を振ると、卓の上にチェス盤が現われた。駒の配置はゲーム途中のものだ。

「よくある諍《いさか》いということもありえる。が、ロックされていた通信にはそうであることを示すものは他には何もない。むしろハイ・アンはグランマザー・キュエにこれ以上監視されたくなかった可能性の方が高い」

「グランマザーはあたしたちをスパイなんかしてませんっ」

テュイエトの顔は赤くなっている。

「あなたには事情がおわかりになっていないのです。内住域の一族のどれもがあたしたちを引き裂こうと思ってるんです。そのためには秘密は少ない方がいいなら……」

娘はかぶりを振った。

《影子》は文句が言いたくなるのを抑えた。竜珠がこんな風にして証言を引き出そうというのなら……

「修道女会のおかげで、あなたは助けられたのですね」

テュイエトは答えない。チェス盤を見つめているその顔には、なんとも言えない表情が浮かんでいる。手首にボットが一つ留まっていて、今にも部屋の中に飛びだそうとするように震えている。

竜珠が言った。

「ああいうタイプの人間には前にも会ったことがある。そういう人間は君臨する。そうせざるをえない。なぜなら分裂は弱さであり、修道女会は弱いままでいるわけにはいかないからだ」

テュイエトは今や震えていた。

「あなたの言い方ではそれは……汚ないものに聞えます」

「私は倫理的判断は下さない」

竜珠はチェスの駒を一つとり上げ、とっくりと眺めた。

「いいゲームだ。が、相手はずっと弱いな。あなたはここへはよく来たのか」

このやりとりが進んでいる先にあるものを「大失敗」と呼ぶのでは弱すぎるだろう。《影子》は細かい芸を使うのは諦めて攻勢に転じた。

「グランマザー・キュエのような人間に以前会ったことはあると言われましたが、蜂起の間ですか」

竜珠は少し驚いた顔をした。

「私は従軍していない。そのことを訊きたいのであればだが」

《影子》は従軍していた。もちろん有魂船には志願するかどうかの選択肢は無い。

「質問に答えていただけませんか」

竜珠は片方の眉を上げた。

「私はグランマザーに大変よく似た人間のもとで働いたことがある。一度だけだが」

またテュイエトに眼を向けた。今度は前より優しい声で言う。

「一つの檻《おり》から逃げた先が別の檻だったか」

「おわかりにならないのです。グランマザーは気にかけてくださいます。家族は気にもしませんでした」

娘のアクセントは粗野だ。外住域、それも調査されることもあまりなければ、世の中で地位が上がることもない階級だ。

ばつの悪い沈黙が続いた。やがて竜珠は背を伸ばした。

「あやまる。あなたに嫌な思いをさせようというつもりはなかった」

「あたしが嫌な思いをしていると、どうして思われるのかわかりません」

《影子》はスレッドをより分けていた――優先権の低い方では、竜珠の年齢で内住域の一族に雇われていた人間が誰かいないかという検索要求を発信した。高い方では《針磨鋼》が送ってきた報告に眼を通す。

竜珠が卓に向きなおる一鼓動の間に年長の船魂からの返事を読んで消化した。声に出して言うことも考えたが、それでは竜珠と何も変わらない。代わりに報告を転送して、竜珠にはそれらについての意見を自分で考えさせた。他にはなんの役にも立たなくても、しばらくの間は黙らせておくことはできるはずだ。

一方でテュイエトの注意を惹きつけておかねばならない。若い娘は船魂の寿命からすれば、よちよち歩きの幼児のようなものだが、そっぽを向いている。自分の世界に赤の他人に踏みこまれるのが嫌なのだ。ああつんつんしているのは、大きな不安を隠すためだ。自責の念か。そうとも言い切れない――蜂起の数年間、自責の念は嫌というほど眼にした。殺したり、殺されたりした兵士を嫌というほど見ていた。

もうそろそろあてずっぽうで一本刺してもいいだろう。

「ハイ・アンがどうやって死んだのか、知っていますね。それとも知っていると思っているのでは」

答えは無い。重ねて言う。

「《哀四夫《ソロウ・オブ・フオー・ジエントルメン》》。修道女会のメンバーに有魂船がいたとは知りませんでした」

「彼にはいわくがある」

竜珠がトランスから脱け出しながら言った。「その有魂船だが」

「もう読んだんですか」

《影子》は呆《あき》れた。データの量は大きく、どれもが人間に読みやすいフォーマットではない。

「あれは――」

「長いし、消化するのもたいへんだ。わかっている。私は速いんだ」

笑顔だが硬い。動作が速くなっている。引きずるようなもの憂さは消えている。獲物を嗅ぎつけた虎の動きだ。

「その子にまだ訊きたいことがあるかね」

「私は――」

竜珠は立ち上がった。

「行くよ」

「わかりませんが――」

もう一つの検索、内住域の一族に関する検索は結果が多すぎて役に立たない。竜珠の誕生日がわかっていたとしても無駄だった。ちくしょう。

「前にも言った。私はあてずっぽうは言わない。しかしパターンは読める。ここに見えるパターンは気に入らない」

「有魂船に訊けと言われたのはあなたです！」

「たしかに」

竜珠はまた少しいらいらしている様子だ。わかりきったことを五つの子どもに言い聞かせようとしている風だ。

「しばらく信用してもらえないかな。私は自分のやっていることをわきまえているが、説明している暇はない」

竜珠がテュイエトの脇で立ち止まり、その肩に軽く手を置いたから、《影子》は驚いた。

「気をつけてな。その有魂船に」

あなたは気が狂っていると言わんばかりの顔で娘は竜珠を見返した。

「彼は人殺しじゃありません」

娘は体をこわばらせている。その背後に何かちらちらしている——鱗《うろこ》と鬣《たてがみ》と鼻面、それに細い線が数本、娘の安全を快適に守るための温度と圧力の勾配——娘自身の影肌、生命保険だ。

「そんなことを言ったんじゃない」

竜珠はかぶりを振りながら答えた。その後の会話は大して意味はないというようだ。

《影子》は狭い部屋を、ハイ・アンの人生の遺物をもう一度見た。テュイエトの影肌はまた服の中に引っこんで見えなくなっていた。が、その存在の気配は残っていて、娘の顔の平らな部分を黒くしている。竜珠は何を企んでいるのか。

「いま行きますよ」

結局そう言ったが、そうするのが正しいことなのか、自信は無かった。

無塩隆昌館の外で《影子》は竜珠に追いついた。

「ご説明いただけませんか」

竜珠はいらいらと手を振った。

「茶店を探そう。深宇宙の外では茶の調合はしないんだろう」

「今でも充分ヤクには漬かっているでしょう」

どうしてこうも簡単に人を怒らせることが、この人にはできるのか。

「それほどでもない。それも問題の一つではある」

午後のこの時分には茶店は閑散としていた。人びとは心なごむ食事やお茶よりも、レストランで晩餐《ばんさん》をとる方を好んでいる。竜珠は椅子にぐったりと寄りかかった。ボットが両手の甲にぶら下がっている。わざわざ見ようとするまでもなく、針が皮膚にすべり込むのが見えた。テーブルに食べ物が来る頃には、竜珠はまたもの憂げになっていた。ボットは姿を消していない。竜珠の両手に留まっているその表面に、店内を動いてゆく明かりが反射した。

二人がいるのは独立した小部屋だった。居住体の胆魂《マインド》は表層の絵を変えて、音をほとんど遮断する壁にしていた。音楽も選べたが、《影子》は要らないとことわった。気を散らされたくない。

「《哀四夫》だが、至福贖罪《しょくざい》教団というのを聞いたことはあるかね」

「いいえ」

《影子》は答えた。その名前にはどこか異邦人的な響きがある。

「異邦人のものですか」

「異邦人に感化されてはいた。あれを設立した人間のことは知らないが、いずれにしてもそいつらは自分たちが作った宗教を本気で信じていたとは思えない」

竜珠は口ごもった。

「連中はその儀式の一環として信者を深宇宙へ送っていた。それで信者たちをおとなしくさせていた」

たった独《ひと》りで非現実に圧し潰される——そこでは法則も無く、何をしようとどう考えようと無駄だと知りながら——時間は錯覚にすぎず、確実なのは死と狂気のみとわかっている……自分にとってもひどいものなのだから、人間にとってはもっとずっと苦しいものだろう。《影子》は身震いした。茶をすする——実際には茶店のネットワークが知覚の記憶を再加熱して提供しているにすぎなかったが、その味のおかげで口の中はさっぱりした。

「有魂船」

「そう、それに対非現実服。有魂船は守ってくれるということがどんなに錯覚であっても、船自体は深宇宙に耐えられる。有魂船の保護をとり上げてしまえば、相手はすくみあがって正気を失うから、餇いつくばらせることもできる」

その件は調べてみることもできた。起きたことを教えるようネットワークに依頼することもできた。が、画像を動画を、実際のできごとをこの眼で見なければならない。

「過去形で言われましたね。何かまずいことが起きたんでしょう」

《影子》はゆっくりと言った。自分にも効くようなもの、それも深宇宙の外でも効くようなものを調合できればいいんだが。

竜珠はしばし《影子》を見つめた。再び口を開いた時、ゆっくりと慎重に言葉を選んだ。じっくり考えぬいていた。

「十歳の娘をしばらく深宇宙に放置した。懲罰としてだ」

「そんなことを――」

言葉も無い。少なくとも自分は有魂船だ。少なくとも耐えることができる――たとえ本当はそうではなくとも、たとえ深宇宙深く跳びこむと思っただけで寒気がして圧し潰されるように感じるとしても、だ。

「その子は――」

「死にはしなかった。慈悲と呼ぶのははばかられるものだった。あなたの方がよく知っているだろうが。深宇宙は娘の脳を化学的に変成した」

竜珠は怒っているようだ。例の死体を見た時には怒ってはいなかったと言ってもいい――テュイエトに対してとっていた態度に今は近い。年齢がからんでいるのか。

「ずっと前のことだ。蜂起の後まもなくだった」竜珠はかぶりを振った。「私はその頃はまだコンサルタントはしていなかったが、かなりの大騒ぎになった」

「私は……ニュースは追いかけていませんでした」

ドックの中で、改装や治療を施され、医者や薬剤師の群れによってたかって調べられて、どれもこれも役に立たない薬を次から次へと処方されていた。そんな類のニュースは知らせてはいけないものの中に加えられていたはずだ。

「例の有魂船は――」

「《哀四夫》のことか。その通り。むろん名前は変えている。そんな阿呆ではないだろう。居住体間で客を運んで食べている」

「で、その船が人殺しもしているとお考えですか。テュイエトにはそう言われませんでしたが」

「そうは思わない。娘の件は偶発的で、関係した者は全員取り調べを受けたし、投獄、流刑、処刑された。精神の不安定な有魂船とされれば乗客運送を続けることは許されなかったはず。というより存続そのものが許されなかっただろう」

竜珠は何か考えながら、中身の見える海老入り団子を箸でつまんだ。両手のボットは位置を変える。が、針は引っこめない。竜珠はもうぱんぱんになっているはずだ。だからと言って人当たりが良くなったわけではないが。

《影子》の方は、食べるふりをするだけの意欲もかき集めることができない。

「その船は投獄されなかった」

「そうだ。そして今になって現われた。十年後、似たような組織で働いている」

「共通点は無いでしょう――」

「私の言っていることはわかるだろう。踏みつけられて、啓示と保護を死にものぐるいで求めている人間たちの共同体」

「それはひどい言い方じゃないですか」

《影子》は穏やかに言った。まさにまったく同じ言い方を、内住域の有力氏族が使うのを聞いたことがある。それどころか……有力氏族についての検索を呼び出し、竜珠が使った表現を用いて再検索を始めた。

当たりだ。

金鯉陳《ゴールデン・カープ・トラン》氏の当主がこの通りの表現を似たようなアクセントで言う癖がある。《影子》は検索の範囲を狭め、この一族とそれに連なる一党に雇われた中で、竜珠のおおよその年齢の者で、なおかつ憲兵隊による逮捕歴がある者を問い合わせた。

「ふうむ」

竜珠は団子を食べおえ、粥《かゆ》をよそった。

「どちらも同じことをしている。《哀四夫》は深宇宙へ入る申請を定期的に出している。ログ記録の一部を見た。いつも常にグランマザー・キュエと館の者二、三人、それに脅えた様子の人間」

「それはあてずっぽうではないですか」

《影子》はそう言ったが、思ったほど辛辣な調子にはならなかった。検索に気をとられていた。そちらは優先権の高いスレッドで進捗を見せている。今のところ結果はまだ出ていない。もっともまだ先は長い。一時的にせよ、陳氏に雇われたことのある人間のリストは厖大だ。

「ちがう。証拠の分析と仮説の収斂《しゅうれん》だ。お望みならあてずっぽうと言ってもらってもいい。私が正しい可能性は非常に高いから、この件はどこへ出してもかまわない」

「でもまだ、なぜハイ・アンが非現実服を着ないで深宇宙に入ってもおかしくないのか、説明になってません」

しかしそれ以外のことはあてはまる。グランマザー・キュエとテュイエトがどちらも後ろめたさを感じていた理由はそれで説明できる。

「つまり規律違反への処分が行きすぎたと思うんですか」

「それこそがあてずっぽうというものだ。私にはわからない。ハイ・アンが乗船した夜の記録は残っていない。何者かが消去している。が、徹底していなかったから、あの有魂船が深宇宙に入ったすべての航行記録を遡《さかのぼ》って残らず消すことはしなかった」

竜珠は両腕を振った。ボットが両手から離れて袖の中へ滑りこんだ。

「単純な誤作動ということもありえます。私も記録は見ました。《哀四夫》の状態は良くありません。修道女会には彼をメンテナンスする金はありません。あの船で深宇宙に跳びこ

める ほど彼を信用する人間がいる方が不思議です」

「それは陰険な見方だ。有魂船の最も重要な機能と安全システムは壊れるとしても最後だ。船が動くことができて、深宇宙へ跳びこむことができるなら、システムの故障で人命が失われることはありえない」

陰険だって。他の論評と同じく、軽い調子で口にされたが、これも短くても人を傷つける言い方だ。

「陰険じゃありません」

《影子》はゆっくりと言った。検索に気をとられていた。

「ハイ・アンは強い流れに捕まっていました。ほんの二、三分で有魂船の視界から外れてしまった可能性はとても高いです」

竜珠が片手を上げたがその機先を制するため、早口になって続けた。

「そうなっても、もっと速い船なら追いついていたでしょう。でも《哀四夫》は老朽船です。反射も鈍かったはず」

「私はドックに行く。あの船は定期的に乗客を載せている。つまり早晩姿を現わすわけだ。現物をこの眼で見てみたい」

「むむう」

検索が終わろうとしていた。結果は一つだけだ。関連するファイルを開く。処理しながら思わず見つめてしまった。

竜珠が言った。

「多少とも規則性があれば、次に彼女たちが深宇宙へ行くのはもうすぐのはずだ」

《影子》は上の空で聞いていた。ファイルのせいだ。その中身は黙って処理しておいて、よく考えた上で機会を捉えて竜珠にぶつけてやるつもりだった。が、これはまた――

「キム・オアン」

《影子》は言った。

竜珠は卓から立ち上がろうとしていた。それがまた座っていた。もの憂そうな様子は消え、鋭く速く、触れれば切れる刃になっている。

「何と言った?」

「陳・ティ・キム・オアン」

《影子》はわざとゆっくりと発音した。

「あなたはその教師だったのですね」

竜珠は顔かたちを変えていた。それほど徹底したものではなく、とりわけ念入りなものではなかったが、その必要も無かった。散珠帯では蜂起によってあまりにいろいろなものが引っくり返されていたからだ――それに、もちろん七年という歳月はいずれにしても人を変える。

「あなたにはなんの関係も無い」

《影子》はゆっくりと応えた。

「思うに、テュイエトのような娘のもとにあなたが行くのを認める前に、何が起きたのか、知りたいものですね」

竜珠は見つめているが、何も言わない。

家族生活に拘束されていらいらしていた十六歳の娘――が、痕跡も残さずに姿を消し、単に奴隷として売られたか、若くて言いなりになる妾《めかけ》を好む者に入札されたのではないかという暗い憶測が飛びかった。一族の全員、親族も使用人も全員が拘束されて訊問《じんもん》を受けた――多少とも手掛りになりそうなものは何も出ず、娘は行方不明のまま七年が経ち、それが実際に何を意味するかは、誰もが承知していた。

竜珠の両手は震えていた。ボットたちがまた現われた。両の手首の上に留まっていたが、何も注射しなかった。竜珠はとうとう口を開いて言った。

「衛門府は私を訊問した。集中的に。それでも私はここにいる。投獄も流刑も処刑もされていない」

「《哀四夫》のように」

《影子》は指摘した。

「参ったね」

「話してください」

「なぜ話さねばならないのかね」

「私を連れまわしたからです。少なくとも、あなたには私に真実を話す義務があるからです」

なぜならあなたは私を石榴《ざくろ》のようにぱっくりと裂いて、古傷を押さえつけて、そこから赤い血をあふれさせたから——あの船艙の死体のように解剖し、そして問題に関心を失うと放って行ってしまったから。

「私に？」

竜珠はしばらくの間、じっと見つめていた。《影子》は動かなかった——穴の穿《あ》いた自分の船殻、黒く、光の失《う》せたモーター群——そして前部の青竜園の絵、母と、とうの昔に死んだ妹が、精魂こめて彫った絵の映像が、ぐるぐる交替で現われていた。

とうとう竜珠は卓から立ち上がった。両手はもう震えてはおらず、動きはゆっくりで慎重だった。凝縮されたエネルギーは今はかけらも残っていない。ただ怒りだけ。

「勘違いだね。私はあなたに話す義務は何も無い。前にも言った。あてずっぽうではない、推理だ」

「私はあなたではありませんっ」

「明らかに違うな。では失礼して——」

「無視するんですか」

竜珠は振り向く手間もかけなかった。

「言ってやりますよ。館に」

と言いかけたところでやめた。竜珠を信頼しない相手が、自分のことも信用するはずがない。

「ご随意に」

竜珠はふり向きもせずに答えて、出て行った。

オフィスに戻ってみると明かりは点いたままで、前のお客の中断されてしまった面接の名残りもやはりそのままだった。ボットたちは床一面に散らばり、《影子》が部屋に入ると身を起こした。活動マップも確認できるよう、自動的に開いた。

何をする気にもなれない。

十六歳の娘。

竜珠は気分屋で思いやりに欠けると思ってはいたが、それとはまた別の話だ。

自制することだと《針磨鋼》には言われた。あんたはいつもその蓄えが足らない。

蓄えから言えば、ほとんど無くて笑うしかないくらいだ。それとも泣くか。あるいは泣き笑いするか。

結局、考えられることは一つしか無かった。保《バオ》に電話したのだ。

保はほとんど間髪を容《い》れずに電話をとった。自分のオフィスにいた。念入りに本を並べた非の打ちどころのない本棚に囲まれている。どの本も版を揃《そろ》え、手垢《てあか》がつき、皺《しわ》が寄っている。

「おや、船さん」

驚くとともに警戒している。

《影子》は念のために言った。

「家賃の話ではないよ」

家賃の話でないこともない――哀れなほど少ししかいないお客の面倒をみているべきだったところを、信用できない捜査に無駄に時間を費して、竜珠が支払うことは望めなくなったからだ――しかしそれは保には話せない。今はまだ。

「ほお」

「教えてほしいことがある。ある内住域の有力氏族について」《影子》がそう言うと、保が姿勢を変えるのが眼に入ったからつけ加えた。「西館黎氏じゃない」

保の姿勢がわずかにゆるんだ。ならば、どちらに誠実にするか、悩むことはない。保の机の上の本は紙の本だった。古びて黄ばみ、老人の肌のように褐色の斑点が浮いている。ラオ・クィの初期作品『翡翠と鹿』の廉価版の一冊のようだ。思い入れが無ければ、実際にはそこまでの価値はない。

「もちろん。どうぞ」

「陳・ティ・キム・オアン」

「金鯉陳氏だね」

保は注意深く見守っている。ボットたちが柳の木の枝が揺れるように動いた。

「古い話だね。どういう関係？」

「ぶり返してきた」

保は片方の眉を上げた。

「ほほう」

《影子》は――《影子》の方から何か出さなければならない。さもなければ見返りは無い。

「その教師だ。たぶん――」遙か離れた御魂屋で、喉にいがらっぽいものがこみ上げてくるのを感じた。「お客の一人がその教師だと思う」

道徳をもちだしたことで保がからかおうとするのではないかと思ったが、代わりに相手の顔の動きが止まった。実に気味の悪い変化だ。もともと表情と言えるものがほとんどなかったからだ。しばらくしてようやく口を開く。

「あれはひどい話だった。当時、上流社会に大きな影響があった。キム・オアンは十六歳で深窓にかくまわれていた。それがどういうものか、わかるだろ。娘はもっと人生を楽しもうと望み、家は娘を安全に守り、本人にとって最も良い未来を確保しようとした」

「で、その教師は」

「教師は傲慢だった」

なんとまあ、それは驚きだ。

「一族と諍いがあった?」

「そう、教師は何度か一線を越えた。独自の考えをもって、何歳も年下の人間ではないかのように、年長の者たちを叱責した」

まったく竜珠らしい――七年前だが、そんなに変わってはいないわけだ。

「馘《くび》にならなかったのが不思議だ」

「最年長の祖母のお気に入りだった。適切なふるまいについて……さんざん議論がかわされた。おかげで、結論がなかなか出なかった。そして教師を馘にする前に――」

「キム・オアンが失踪した」

「そう。一族の最年長の祖母の誕生日で、お祝いの挨拶に全員が集まっていた。キム・オアンは病気で、伝染性のもののように見えた。そこで、例の教師が眼を離さないようにして、ネットワーク越しに参加することになっていた。姿を現わさなかったので、一族はパニックに陥った。娘はいなくなり、教師は何も気がつかなかったと申しのべた」

明らかな容疑者だ。

「憲兵隊が調べたはず」

「調べたどころではない。決定的なものは何も出なかった。が――」

保は口ごもった。

「それで」

《影子》はせかした。これ以上ひどいことにはなりようもない。

「捜査が終了して数ヶ月後、その教師はとんでもない額の金を手に入れた。大元を辿ると人間の密輸業者にゆきついた」

「奴隷商人か」

《影子》は感情をぬいた冷静な声を出していた。さもないと爆発してしまいそうで、そうしないわけにはいかなかった。

「わからない。その金がキム・オアンに関連があるという決定的な証拠を、衛門府は何も見つけられなかった」

「一族は諦めなかったはず」

金と影響力がからめば、どんな規則も曲げることが可能だろう。

「諦めなかった。担当の判官が規則にやかましい人間で、そういう不調法な形で一族が力ずくで介入してくることを快く思わなかった。だからそこまでの話になった」

七年前、散珠帯を引き裂いた蜂起の一年前。つむじ曲がりの、怪《あや》しい教師がこっそり姿を消し、趣味で探偵をする者として新たに再生するのは朝飯前だったろう。そして血の代償の金で愉《たの》しみに事件をもてあそぶ。

それどころか――

竜珠はまだその金を持っている。《影子》に払ったのもその金の一部であることはまずまちがいない。

吐き気をもよおしてきた。

「黙ってしまったね。向こうは支払いはしたんだろ。先日あんたがアクセスを許可した大金の振込みは――」

鋭すぎる。もっともそれを言えば、保が今の地位につくには愚かではいられない。

「よく考えてみる」

《影子》は言葉を選んでゆっくりと言った。ぼんやりとだが、自分の魂核が御魂屋のコネクタ類に向けて体を伸ばすのを感じた。コネクタの冷たさにほっとする。

金は返そう。生活費を稼ぐのに何か別の道を探そう——もっと客をとるか、あるいは深宇宙の縁で運送の仕事か。とにかくなんでもいい。

「なるほど」保が言った。そしてかぶりを振りながら続ける。「倫理を気にしすぎだ」

「気にならないか」

「衛門府は彼女を潔白と判断した」

「潔白じゃない。有罪でないだけだ。同じことじゃない」

言葉がタールに変わってしまったようだ——ゆっくりと止めようもなく、御魂屋で震えている物理的な体からやってくるようだ。

保が言った。

「私は裁くことはしない」

「あなたは私にオフィスのスペースをくれた。船魂に」

「まさにその通り。あなたなら払える。それはリスクとして勘定に入れている。あなたが何者か、あるいは何者ではないかについて、倫理に基いて判断することはしていない」

「私は——」

「役に立つかどうかわからないが、あなたの今の状態では単に疑いがあるというだけで、選《え》り好みをしている余裕は無いと思う」

保は立ち上がり、本棚から一冊抜き出した——電子本だ。それを《影子》に向かって差し出した。表紙には、ラオ・クィの書名の草書体が見える。星と船を背景に、派手な色の文字が鮮やかだ。

「気晴らしが要る顔をしているよ。ほれ。これは隅から隅まで一千回は読んでるだろうけど、良いものは良いよ」

接続を切ってからも、《影子》はオフィスに残って、本棚を見つめた。

いいいいいいい、彼女は潔白と判断された。

ちがう。有罪の判決を下すに足る証拠は無いと考えただけだ。それは基準が異なる——処刑が可能かどうか測るためのものだ。

単なる疑い、と保は言った。

だが、本当だったらどうなる。証拠は明々白々で無視はできない。それに竜珠は事の真相を説明することも弁明することも頑固に拒んだ。

まるで弁護のしようは無いというように。

《影子》は調合の作業に戻ろうとした。ボット使いに、作らねばならない活動マップに戻ろうとした。慎重に作る必要のある調合——ボット使いがそれと意識せずに自信がつき、恐怖感が減るようなものを作る作業に戻ろうとした——しかし何もかもずり落ちてやまず、注意を集中することができないらしい。

《針磨鋼》が一、二度、つついてきた。船魂たちと何かのお祝いを、役人のトリュックに関わる公式行事をしようとしている。トリュックは追放された三等学者で、軌道体群の上流階級がほとんど揃《そろ》っているところで、その詩で船魂たちを大いに楽しませようという趣向だ。《針磨鋼》は自分も楽しむとともに、若い船の一部を前に押し出して、政府高官や有力氏族の間に地位を得させようとしている。もちろん《影子》にも来いというのだ。出かければそれだけ良いこともあるだろう。

出かけたくはなかった。それに《針磨鋼》にあちこち引っ張りまわされるのはごめん蒙《こうむ》る。返事はそっけないものになり、どうやら激しいものでもあったようで、年長の船はそれ以上何も言ってはこなくなった。

《影子》は自分の体に昇っていった――御魂屋に丸くなり、センサーは引っこめ、ボットたちも解放した。周囲に拡がる宇宙空間は広く冷たいまま変わることもなく、船殻にささやきかける風は子守唄《こもりうた》のよう――くっきりした星々の光は見慣れた光景で、見ていると安らぐ。今は一日のうちでもラッシュアワーで、普通の船は居住体から居住体へ人間や、食料品の大コンテナや、ありとあらゆるものを運んで行き交っている。背景をなすその船たちの通信には鎮静効果がある。

《影子》は腰をおちつけて『亀と剣』のビデオを見た。女帝やら側室やらのおなじみのキャラクターたちが、自分とは無縁のドラマを織りなすのにはほっとする――王子の実母が誰か、恥辱を受けた将軍は復讐《ふくしゅう》を果たせるか……

通知に何か点滅している。竜珠だ。竜珠からの通信など開きたくもない。どうせまた高飛車に協力しろとか、一緒に来いとか言うので、理由なんぞは、向こうの都合のいい時にめぐんでくれるだけだろう。

通信は竜珠からでは無かった。

送信者は陳・ティ・カム、衛門府に勤めている検屍官で、めくらましを数枚かけて匿名に見せかけているだけで、《影子》と竜珠の双方に送ってきていた。めくらましは素人仕事で、《影子》が少しいじると簡単にはがれた。

それは竜珠と見つけた死体の検屍解剖の結果だった。竜珠にしても、陳・ティ・カムにしても、いったい全体、なんでまたこんなものに意味があると思ったのだろう。メッセージを閉じようとした時、ある一行が眼に入った。

「事実上腐敗は深宇宙によって停止されていたため、微量ながら以下の物質を復旧することができた」

その後に続く化合物のリストは長いものだった。粉砕した蜜夢草、朝鮮人参、風媒サイシード、他にもおなじみのものが山ほど。

調合茶だ。茶を飲んでいたことは問題ではない。調合茶はあたりまえのものだ——が、ハイ・アンについてわかっていることをすべて考慮に入れると、この成分は妙だ。

通知がまたまた点滅した。今度は竜珠からだ。関心が無い旨、返信する。が、もちろん竜珠は呼出しをやめない。そちらの優先度を低くして、もう一度集中しようとしてみる。

無駄だ。一百分日《センティ・ディ》かけて報告書をようやく一行読んでも、点滅しつづける呼出し以外のことに頭がいかない。

応答する。

「興味はありません」

そう言ってから発信場所に気がついた。

竜珠の声は冷静だ。

「無いわけが無い」

「深宇宙にいるんですか」

「凍結船でね」

面白がっている気配。声が遠いが、なぜなのか、《影子》にはわからない。

「あなたの言っていた通りだ。《哀四夫》の状態はまったくひどいものだ」

「密航したんですね——有魂船に密航するなんて、できるはずはない」

「古い船では、通廊のいたるところに盲点がある。簡単だ」

「あなた——」

そこで職業的本能が先に立った。

「深宇宙ではまともに働けないと言ったではありませんか」

「茶を一つ失敬した。厨房に貯蔵されていたものだ。どうやら修道女会は新人たちが深宇宙で正気でいられるように茶を備えているらしいな。一つだけ、連中には認めてやらねばならない。治しようのないほど人間を壊すつもりは無い」

そう認めるのは辛いことだと言わんばかりだ。

あまりにたくさんの質問がどっと湧いてくる。《影子》の処理システムのあらゆるレベルで警報が鳴っている。しかも竜珠が信用できるのか、いまだに判断がつかない。

「同じ調合を別々の人間に施してるんですか。そんなことはできません。調合は特定の個人に合わせてやるものです」

「あなたにできるとは思えない」

「飲みましたね」

「他に選択肢は無かった」

竜珠が面倒なことに自ら進んでむこうみずにも跳びこむことに、どうして驚くことがあろう。それにこの声……

声のおかしいのがなぜか、はっきりとわかった。

「酔っぱらってますね」

「そんなことはないと思う」

正確には酔っているのではない。が、本人向けに調合されたのではない茶で、竜珠の思考回路が今は歪んでいるというのが、もっとも手取りばやい説明だ。

「テュイエトも乗ってるんですか」

「それにグランマザー・キュエに、知らない人間がどっさり。ことが急を要することがあなたに伝わっているか、自信がない」

「では、なぜ呼んだんですか」

「もちろんあなたに救助してもらうためだ。通信装置もダウンしているようだ。予備の送信機を組み立ててはいるが、救援が実際に来る前に堪忍袋の緒が切れるだろう。頭がまともに働いているかどうかももちろんだが」

調合した茶とは特定の個人が飲むための微妙に調整した化合物で、有害な副作用が確実に出ないように、監視する必要がある。もちろん高価なものであるし、あの修道女会は金に余裕は無い。払うとしても多くは払えない。グランマザー・キュエはグェン・ヴァン・アン・タムのような調合屋に安い調合茶を提供させた。そしてその茶はひどい代物で、だから……

深呼吸ひとつ。船の心臓部の一室に《影子》の魂核がある——その本体がコネクタにつながれ、そこから船に接続されている。船は広大な虚空に浮かび、そこでは何者も《影子》に手は出せない。

グランマザー・キュエや竜珠のような人間を扱う手取りばやいやり方はその自信を行きつくところまでかき立ててやることだ。巧妙なものではないが、効果はある。ハイ・アンのような人間——内気でおとなしく、自分には価値が無いという感覚にあらがい、自分に恃《たの》むことに慣れていない——そういう人間のために調合する茶は、飲む者を向こう見ずにする。命取りになるほど酔っぱらわせる。

有魂船が深宇宙で人間を放出するにはどうしたか。当人——ハイ・アン——が自ら出て行ったとしたらどうだ。エアロックに入って、まともに考えられる人間なら、非現実服を着るところを、酔っぱらってしまって、影肌でも自分を守ってくれると思いこみ、外へと踏み出したのだ。

テュイエト。

テュイエトは若く、そして傷ついている。そしてハイ・アンと同様、その性格は扱うのに注意がいる。そんなに簡単に自尊心をふくらませてくれるタイプではない。

できたとしても結果は必ずしも良くならない。

「《影子》、船さん」

竜珠の声には心配そうな調子はほとんど無い。

「テュイエトはどうしてます」

竜珠がテュイエトをどうしようとしているのか、まだわからない。七年前、実際に何が起きたのかもわからない。しかし——

現時点でテュイエトを救える人間が二人いる。自分と竜珠だ。

しかし自分は遙か離れたところにいる。《哀四夫》救助のため、有魂船を一隻派遣する要請はたった今出したところだ。《哀四夫》は深宇宙で立ち往生している。竜珠を乗せて自分が行った縁の部分ではない。奥深いところ、幸と平と乗組員たちが死んだところ、時間が永遠に引き延ばされて意味を失うところ、空間が曲がって空間そのものに戻っているところ――《哀四夫》はかつての自分と同様に傷つき、壊れている――いやだめだ、それを考える余裕は無い――今起きていることに集中しろ。軌道体群の周囲の船が多すぎる。往来調和官《トラフィック・ハーモニー》からは反応が無い。

竜珠以外には誰もいない。

「救助を求めてます」《影子》は鋭い声を出した。「とにかくテュイエトから眼を離さないでください」

答えは無い。もっとも返事があるとどうして期待できようか。

往来調和官といきなりつながった。

「その必要があるか、よくわかりません」感情のない声が言う。「緊急事態ではありません。当該有魂船の重要な機能はまだ作動してます」

「誰か――」

《影子》は考えをまとめようとした。パニックでばらばらの断片になったものよりはましな情報をなんとか伝えようとする。

「死のうとしている人間がいるのです」

「理解できません。それに有魂船が必要であれば、あなたでも行けるでしょう」

深宇宙に跳びこむことを思う、自分がどこにいるのかわからなくなることを思う、またぞろあれを――

「他に有魂船はいませんか。どの有魂船でもいい。あそこへ行って救助できる船なら」

竜珠の冴えた声が聞えた。往来調和官との通信を押さえて優先権をとった。

「どうやら問題が起きたようだ」

「どうやら何ですか――」

沈黙。その後に奇妙に空気が吹きでる音が続いた。

「私の位置がわかるか。正確なところが」

「わかります、でも――」

「よろしい。一百分日《センティ・デイ》余裕がある。たぶんもう少しあるだろうが、そこまで楽観しない。では、失礼。全神経を集中しなければならない」

「何――」

「あなたは頭がいい。必要な推理はできるだろう」

通信が切れる、と思った。が、実際には竜珠は黙っただけだった。空気の吹き出るおなじみの音が聞えた。有魂船のエアロックが拡がっている。それから深い沈黙。竜珠の呼吸だけがゆっくりと規則的に聞えている。

一百分日《センティ・デイ》。人間が深宇宙で死にはじめるまでの時間。

「非現実服を着てるんでしょうね」

竜珠に言う。テュイエトが着ていないとすると……

自分はバカではないと竜珠が言うのが聞えなかったか。いや、やはり返事は無い。

竜珠は服のセンサーをオンにしている。今、竜珠から送られているのはそのデータだ。人の体がひとつ、回りながら離れてゆく。非現実の圧力に引き裂かれた影肌、それらがみなだんだん大きくなってくるのは竜珠がテュイエトを捉えようと進んでいるのだ。テュイエトの眼は閉じ、顔は膨らんでいる――肌に打ち身の色が閃《ひらめ》き、見た覚えのない様々な色が続けざまに洗ってゆく。

一百分日《センティ・デイ》。

立ち止まって、これからやろうとしていることを真向《まっこう》から本気で考えたりすれば――す

くんでしまう。

「往来調和官」

「はい」

「私は深宇宙へ入る必要があります」

一拍――長く、苦しい一瞬――して承認が来る。わけがわからないという気配がわずか

に滲《にじ》んでいた。

深呼吸ひとつして跳びこんだ。

入った瞬間、ほっとした。油じみた光が船殻を這い、ものが形や位置を変え、鼓動が大

きく響く、反響する騒音が通廊に轟《とどろ》きわたるのを抱きしめて愛する――それから深く入る

につれ、光が変化し、冷たさに船殻の金属が悲鳴をあげ、その熱気が棘《とげ》となって御魂屋と

魂核を刺し貫くと、思い出した。

死体の群れ。副長の幸は反乱軍の船がドッキング・ベイを破壊した際に引き裂かれ、胴

体の残骸の上に鋭く角張った顔がのっている。破壊が拡大し、居住区画を、モーターを呑みこみ、船体全体を貫いてゆき、御魂屋までの途中にある絵画や家具を焼いてゆく。兵士たちは空気のなくなった通廊に散らばり、死んでゆくかれらの悲鳴やうめき声が記憶の中で谺する。隊長の榮は御魂屋までたどり着こうともがく。その顔が締めつけられ、変化してゆく。皮膚が光に洗われる――深宇宙が彼女をばらばらにしてゆき、御魂屋のドアをひっかく音が低いすすり泣きに変わり、そして消える。《影子》は手からすり抜けてゆくコントロールを何度もくり返して摑もうとするが、何もかも遠ざかり、意味を失ってゆく。ボットが一つまたひとつとひっくり返る。通廊は感覚を失い、やがて冷たく虚《うつ》ろな御魂屋だけが残る。しっかりと鍵《かぎ》がかかっている。鍵や二重扉で進行している事態を変えることができるとでもいうのか。

戻れ。

まだ間に合う。どうしても――

「戻れない」

ささやく。

竜珠はテュイエトを捕捉した。両腕で娘を抱えこむ。何か手探りしている。娘を深宇宙から守ろうとしている。まるでそれができるとでも思っているようだ。あそこに守るものは無い。影肌をずたずたにして、元は何だったか見分けもつかないものにしている力、肉体を翡翠の硬さと色を備えたものに変えてゆく力から守るものは何も無い。竜珠は一瞬振り向いた。リンクが遠くに《哀四夫》の暗い姿を示した。竜珠がゆっくりと言った。

「陳・ティ・キム・オアン」

あまりに的外れなことだったから、《影子》は一瞬、自分がどこにいるのか忘れた。

「彼女は教え子だった。聡明で、頭の回転の速い娘で――教えるのは愉しかった」

やはり感情が籠《こ》もっていない。どこにいて、何を回想しているのか、何も暗示しない。

「知性にあふれていた。適切な訓練を受けることが許されていれば――」

二人は流れに運ばれて、どんどん深くまろび落ちている。周囲ではあらゆるものがぼやけ、変わっている。テュイエトの顔は竜珠の肩に埋まっている。長い髪は色が濃くなり、もろくなって、塊となって剝がれてゆく――涙が硬い宝石のようなものに変わる――眼球が膨らんで飛びだしはじめている。

「姿を消すまでは、でしょう」

《影子》は言った。驚いたことに、少し前の、なじみのある怒りが、他のものをすべて焼きつくすほど強く蘇ってきた。

「あなたが見張っていながら」

沈黙。そして、

「一族は彼女を軍に入れようとしていた。世に出るには一番手取りばやい――一族の名を上げ、地位を高めるのに最速の方法だ。その道が選ばれたのにはがっかりした。私の労力と時間が無駄になる」

「無駄ですと」

《影子》は怒りのあまり震えていた。背景ではモーターが動きつづけ、突進させている。跳ぶたびにわずかな調整をして、非現実の流れに逆らってコースを維持している。

「それで別の方法で稼ぐことにしたわけですか」

「あなたはわかっていない」竜珠の声は穏やかだ。「消えるのに手を貸してほしいと彼女が頼んできた。忠誠を尽くす対象を選ぶ羽目になった——彼女か、一族か。もっともつまるところ選ぶまでのことはなかった。答えははっきりしていた」

「彼女は——」

「元気に生きている。時おりメッセージが来る」

《影子》には笑みそのものは見えなかったが、目の前にありありと見えるように想像できた——笑みはゆっくりと、もの憂げに拡がって、徐々に竜珠の顔全体を覆ってゆく。

「その代償として、私が何をやったのかと世間に怪しまれるのであれば——怪しませておけばいい。衛門府には取り調べを受けた。が、充分に心を決めていれば、誤った結論に導く方法はいくつもある」

「金は——」

「彼女が払った。私の、その、サーヴィスに対してだ」

「あなたは——一族には彼女は死んだと思わせた」

《影子》はあともう少しのところまで来ていた。船殻への圧力は耐えがたいほどだ。壊れて無力のままもがき続け、聞えるのは死んでゆく者たちの悲鳴のみという記憶が何度も何度も鉤爪を立ててくる。

私は――

私にはこれくらいできる。

「もちろん。死んでいないとわかった途端、一族は彼女を狩り出して、引きずってでも連れ戻す。本人のためだと言いながらだ」

声の辛辣なことは、耳に突き刺さるほどだ。

そしてテュイエト――もちろんテュイエトもだ。若く、家族とのいざこざから逃げていた。テュイエトに、竜珠ならかつての教え子の姿を重ねてもおかしくはない。

「そろそろ時間切れだ」

竜珠が鋭く言った。その腕に抱かれたテュイエトはぐったりしている。指は妙な角度に曲がり、黒く硬い小さな玉が、爪と髪から流れだしている。

「さっきの話が役に立ってくれればいいが」

もう二人が見える。遠方から非現実服の通信装置を通じてではなく、自分のセンサーでじかに見えた。二つの体――竜珠の、背の高い、がっしりした姿がテュイエトをしっかり抱えている。腕と脚で、もう一人の女の、硬化し、小さな断片が流れだしている体を包みこんでいる。

最後にもう一跳び――跳びこもうとしている闇は、かつて必死になって出してくれと祈っていたところだ。そこへ至る空間は暗く重く、最後にもう一度引きずりこもうとする。次の瞬間、二人のすぐ脇、手を伸ばせば触れられるところにいる。エアロックを開け、ボットとシャトルを送り出して、二人を回収できる。

「着きました」

憲兵隊は喜ばなかった。竜珠のことは知っていたが、病院から呼出しを受け、ほとんど解決してしまった事件を引き継がされるなどということは想定していなかった。それでも彼らはいやいやながらも冷静に対応した。

病院から出ると——汗でぐっしょり濡れたシーツの上で眠ったままのテュイエトが出てくるのを、竜珠はおちついた顔で黙ったまま見守った。娘の指の先には薄く丸い傷痕が残り、肌の色は病的な屍衣の色だった——竜珠は衛門府とその留置場へ直行した。

《影子》がひどく驚いたことに、憲兵隊は二人とも中に通した。

グランマザー・キュエはそこで二人を待っていた。独房の固い床に座り、頭上から、柔らかいが容赦ない明かりに照らされている。青ざめ、消耗し、眼の周りに隈《くま》が浮き、以前の自信はかけらも無い。

「娘は生きのびる」

竜珠が言った。壁に寄りかかり、両手にはまたボットが貼りついている。どうしてもモニタすると言い張って、その体にボットを数台着けていたから、竜珠が今にも倒れそうになる寸前でかろうじて踏みとどまっていることを、《影子》だけは知っていた。

「あなたはそれには何も手を貸してはいないが」

グランマザー・キュエは何も言わない。

《影子》はゆっくりと言った。

「故意の殺人というよりも過失ではないですか」

もちろん、調合師は告発されていない──処方した薬の服用量が守られなくても薬剤師が罪に問われることが無いのと同じだ。責任はあげて修道女会にある。

竜珠は何も言わない。言う必要も無かった。明瞭に怒りを発散している──テュイエトを病院に運びこんだ時に浮かべていたのと同じ、念入りに怒りを表に出した顔だ──医師たちが出てきて診断を伝えるまで、一心に集中して座っていた時の顔──むろん万事問題無しというわけにはいかない。ことはそう単純では無いからだ──しかし少なくともいくらか希望は持てる。

「わかっていたはずですね」

《影子》は言った。言わずにいられなかった。優しく接しようと──竜珠と同じことはしないように努める──が、難しい。

「調合茶では到底無理──」

「警告は他にもあった」竜珠は壁から離れない。「ニアミスだ。これまで起きなかったのは、運が良かっただけだ」

その口調の耐えられない軽さ。

グランマザー・キュエがようやく口を開いた――言葉の一つひとつに命を削られているようだ――

「知らなんだ。深宇宙は恐しい――とは思っていた。それでより簡単になるはずじゃった」

「信者たちを統制するのが、ですか」

「あんたらにはわかっていない」

また明らかに努力して言葉を口から出そうとしている。まるで口の中で空気が金属に変わってしまうとでも言うようだ。

「教会は皆をとるに足らない存在にするために深宇宙を使っていたので、だからといって――」

一度言葉を切り、あらためて言いだす。

「あそこへ行くと、誰にも何にも邪魔されることなくあそこにいると――自分がいかにちっぽけな存在であるかと思い知らされると――かつて存在したあらゆるもの、これから存在するあらゆるものに自分がつながっていることも思い知らされる。あたしらはつまるところ、一つの大きなものの一部なのだとわかる」

悪夢に見るものだ。それを何か啓示の類にしたいと思っているのか。

「仏教徒のたわごとです」

《影子》は鋭い声を出した。

竜珠が何か言うだろうと思ったが、奇妙に沈黙している。ボットたちによれば、思い出にふけっている。

「ふさわしい人間なら、そういうこともあるか」やがて竜珠は言った。かぶりを振る。「テュイエトもハイ・アンもふさわしくは無かったということだろうな」

「あの二人ならできたはず。ただ恐怖を忘れさえすればよかった」

竜珠は溜息をついた。半ば振り向いて《影子》を見た。

「いつだって行うより言うは易《やす》しだ。そのことを学ぶのに何人も死なせなくてもよかった」

「すべきことをしただけ」

「これはむだですよ」

《影子》は竜珠に言った。思っていたより優しい声が出た。実のところ、竜珠と同じくらいショックを受け、疲労困憊していた。そして少しでも休息をとろうとすると、二つの体が深宇宙の奥へ回転しながら落ちてゆく姿が眼に浮かび、最後の跳躍をする直前の一瞬、二人に届くか届かないか、危うかった感覚が蘇る。

「行きましょう」

そして——ひどく驚いたことに——竜珠はその言葉にしたがった。

竜珠は黙ったまま《影子》をオフィスまで歩いて送ってきた。中に入ると椅子を引き寄せ、座るというよりもその上に頽《くずお》れた。その様子からも、これからどういうことになるのかわからないままに、ほとんど反射的にボットたちに茶と蒸し団子を用意させた。

部屋はまた剝出《むきだ》しにもどっていた。《影子》は自分に無理矢理鞭打って、生活臭のある空間に変えた。金属の壁から絵や動画を湧き出させる。出したものをいじって、星々やどこか遠い惑星の滝を見せる。深宇宙は無し。だが、いつか自分にはあまりに近しいあの光景に耐えることができるようになるかもしれない。その投影の上に本棚がゆらめき出た──神話ロマンスや、学者と船が出てくる壮大な叙事詩的《エピック》小説が詰まっている。加えて茶の調合に関する部厚い書物、入門書から、より複雑なテーマを扱ったものまで揃っている。《影子》は無性に独りになりたかったが、一方で沈黙が言わんかたなく怖くもあった。

竜珠は座ったまま、茶を眺めている。まるでそれが宇宙の神秘を宿しているとでもいうようだ。両手にはボットがきらめいた。おそらくはクスリのおかげでなんとか支えられているのだろう。今は謝罪をすべきなのかもしれないが、《影子》はあやまるべきことがあるとも思えなかった。

「さてどうします」

代わりに訊ねる。

竜珠は笑みを浮かべた。あの時浮かべていた表情の亡霊のようだ。

「論文用の死体を探しにゆくことになるだろうね。ただし、今この瞬間には、そこから何か生じたとしても自分が対処できるとも思えない」

「調合茶は──」

「体からは出てしまってる」

医師の診察を受けることは拒んでいた。それはそうだろう。

「それに私はあなたの人生からはまもなく消える。心配は要らない。金はすべて精算してある」

家賃のことだ。ほっとすべきところだろうが、それすら感じるだけの気力も無い。

「わかりました」一瞬、言葉を切ってから続ける。「ご心配なく。キム・オアンのことを一族に言うつもりはありません」

片方の眉が上がった。

「あなたが話すとは思いもしていない」

「私に話す必要は無かったでしょう」

「あなたはテュイエトと私を救うために深宇宙に跳びこんだ。それがあなたにどれほどの犠牲を強いるかは正確にわかっていた。その信頼に報いるぐらいしか、私にできることは無かった」

「あなたのためにしたのではありません」

「わかっている。だからといって事情は変わらない」

竜珠はまた黙りこんだ。両手を振る。ボットたちは引っこんだ。後の黒い肌には傷痕だけが残った。血の滴が一つ。

「私が信用できるというのなら――」

「うん」

「クスリは何なんですか。摂取されているのは」

「ああ」竜珠は茶碗を卓の上に置いた。「大したものではないよ。憲兵隊の訊問のせいだとまだ思っているのかな」いつもの面白がっている表情がわずかに表われた。「だとすればシャレているだろうね。わかりやすいし、相手にやさしい解釈でもある。がっかりさせてすまないが、そうじゃない。まともに動き続けるのに、このクスリが要るんだ。単純にそれだけのことだ。人生はわかりやすいものでも、シャレたものでもない」

「あなたの話では人生はわかりやすくてシャレたものに聞えます。ほんの断片的な証拠から推理をするところですが」

「私の推理かね。それは勘違いだ。世界は混沌《こんとん》としていて、意味などは無い。ただ空間をうんと小さなものに限れば、筋を通すことも時には可能になる。何もかもがなんらかの意味をもつように見せかけることがね」

竜珠は茶をすすった。《影子》も茶をすすった。家族の追憶とぬくもりに胸が満たされるのにまかせる。わずかなものにしても、慰めではある。

「まるでグランマザー・キュエのようですね」感じられるのは、あの時の怒りのほんのかけらだけだ。「深宇宙に意味を求めるのは」

竜珠はかぶりを振った。

「まだ怒っているのかね」

「あそこには何もありません。啓示も無い。あがめたてまつれるものも無い」

そう、恐れるものも無い。

「ふうん」

竜珠は応えた。この人にとってはどんなものだったのだろう——あそこにあってテュイエトを必死で支えながら、《影子》が間に合うことを祖先たちに——あるいはこの人が祈りの対象としている相手にひたすら祈っていた、短くも長い時間は。

「前にも言ったが——私は憶測はしない」ひとつ間があって、「だが、私はグランマザー・キュエとは違う。若い娘の命を危険に晒《さら》すことはしない。あるいは船を危険に晒すこともない」

「確かに」

結論が出たようだ。竜珠の言葉に悪意は無い。人をいらだたせるし、無遠慮で、自分の推理に我を忘れてしまい、他の人間なら気がついてやめるような目立たない合図にはまるで気がつかないことも多い。竜珠は——

実のところ、問題はないのだ。

「また来ていただいてもかまいません。調合茶が必要な時には、喜んでお力になります。本当です」

竜珠は卓に茶碗を置いた。

「ありがとう」

立ち上がる。《影子》のボットたちが髪の毛と両手から離れて床を走り去ると、両脚がごくかすかに、あるかなきかに震える。

戸口で竜珠は立ち止まり、中を見た。一瞬、考えてから、言葉を選びながら言う。

「もしも――船魂からの視点が役に立ちそうな事件に出会《でくわ》すようなことがあれば――」

「あれば――」

他には言うべきことも思いつかない。

竜珠の眼は射るようだ。

「金を払うのはいいが、それではあなたとあなたのすることを侮辱することにもなる。だから、私は友人として来て、あなたの方では私のために進んでやってもいいと思えるものは何か、そしてその条件がどういうものか、言ってもらうというのはどうかね」

友人として。

「いいですよ。いつでもどうぞ」

《影子》は答えた――そして自分が本気でそう思っていることに気がついて、驚いた。

訳者あとがき

アリエット・ド・ボダール Aliette de Bodard の本邦初の作品集『茶匠《ちゃしょう》と探偵』をお届けする。この作品集はド・ボダールが十年来書きつづけている「シュヤ（Xuya）」宇宙を舞台にした中短篇から選んで独自に編んだものだ。

アリエット・ド・ボダールは一九八二年十一月十日、フランス人の父とヴェトナム人の母の間にニューヨーク市で生まれた。生後一歳で一家はフランスに移住し、パリで育つ。母語はフランス語。英語もほぼバイリンガル。ヴェトナム語は第三言語。小説作品はすべて英語で発表している。二〇〇二年にエコール・ポリテクニークに入学、応用数学、電子工学、コンピュータ科学の学位を持つ。ソフトウェア・エンジニアの仕事につく。既婚で、現在二人の子持ち。

二〇〇六年からオンライン雑誌に短篇を発表しはじめ、二〇〇七年に Writers of the Future のコンテストで第一席になる。この時のワークショップをきっかけに長篇を書きはじめ、Angry Robot から後に *Obsidian & Blood* としてまとめられる三部作（二〇一〇～二〇一一）を出す。異次元世界のアステカを舞台とした歴史ファンタジィであり、ミステリである。

精力的に中短篇を発表する傍ら、二〇一五年から Dominion of the Fallen と題する長篇シリーズを出しはじめる。第一作 *The House Of Shattered Wings* は英国ＳＦ協会賞を受賞している。今年七月 *The House Of Sundering Flames* が出て三部作が完結した。The Fallen と呼ばれる、文字通り天から堕《お》ちた元天使たちがそれぞれに城館を構え、一族郎党を率いて、魔法を駆使して戦う異次元のパリを舞台とした物語だ。このシリーズにも本篇に加えて、中短篇を書いている。

シュヤ宇宙に属する作品はデビュー翌年の二〇〇七年以降、二〇〇九年を除いて毎年書き続けている。現在三十一篇あり、五篇の作品が、ネビュラ賞三回、ローカス賞一回、英国ＳＦ協会賞二回、英国幻想文学大賞を一回受賞している。さらに半分にあたる十五篇は、主な年刊ベスト集のどれかに収録されている。

ご参考までに三十一篇を発表順に掲げておく。ssは短篇、ntはノヴェレット、naはノヴェラの略。ドゾア、クラーク、グラン、ストラーン、ハートウェル、ホートンはそれぞれの編になる年刊ベスト集に収録されていることを示す。

The Lost Xuyan Bride (2007-11+12, nt)
＊Butterfly, Falling at Dawn (2008-12, nt／ドゾア)
Fleeing Tezcatlipoca (2010-06, nt)
The Jaguar House, in Shadow (2010-07, nt)
＊The Shipmaker (2010-11+12, ss／英国ＳＦ協会賞、ドゾア)
Shipbirth (2011-02, ss)
Scattered Along the River of Heaven (2012-01, ss／ホートン)
The Weight of a Blessing (2012-03, ss)
＊Immersion (2012-06, ss／ネビュラ賞、ローカス賞、ストラーン)
Ship's Brother (2012-07+08, ss／ドゾア)
Two Sisters in Exile (2012-07, ss／ハートウェル)
Starsong (2012-08, ss)

On a Red Station, Drifting (2012-12, na)
＊The Waiting Stars (2013-04, nt／ネビュラ賞、ドゾア)
＊Memorials (2014-01, nt)
The Breath of War (2014-03, ss)
The Days of the War, as Red as Blood, as Dark as Bile (2014-04, ss／ドゾア)
The Frost on Jade Buds (2014-08, nt)
A Slow Unfurling of Truth (2014-11, nt)
＊Three Cups of Grief, by Starlight (2015-01, ss／英国ＳＦ協会賞、ドゾア)
The Citadel of Weeping Pearls (2015-10+11, na／ドゾア、グラン)
In Blue Lily's Wake (2015-11, nt／クラーク)
＊A Salvaging of Ghosts (2016-03, ss／ドゾア、ストラーン)
Crossing the Midday Gate (2016-05, nt)
A Hundred and Seventy Storms (2016-07+08, ss)
Pearl (2016-10, nt／クラーク)
＊The Dragon That Flew Out of the Sun (2017-04, ss／ドゾア)
A Game of Three Generals (2017-08, ss)
＊The Tea Master and the Detective (2018-03, na, ／ネビュラ賞、英国幻想文学大賞)
Rescue Party (2019-07, nt)
A Burning Sword for Her Cradle (2019-08, ss)

すべて独立の物語で、登場人物や直接の舞台の重複はほとんど無い。共通するのは、我々のものとは異なる歴史と原理をもつ宇宙で、登場人物たちはヴェトナムに相当する地域の出身者またはその子孫であることだ。初期の数篇は地球が舞台で、ここでのシュヤは北米大陸の西半分にある。この世界ではコロンブスと同時期に中国人が新大陸西海岸に到達し、植民している。そのためにスペイン人の征服は阻止され、アステカ文明が存続している。シュヤはこのアステカの後継であるメヒコの支援で中国から独立し、さらにアングロ・サクソンの進出も防いだ。*Obsidian & Blood* は「シュヤ」シリーズの一環と言えなくもない。

後の諸作では宇宙に展開する大越《ダイ・ヴィエト》帝国が主な舞台となり、こちらは大越という名が示唆するようにヴェトナム文化の末裔《まつえい》だ。そこでの統治システムは中国の王朝のものがベースになっている。

AI、VR、ネットワーク、ナノテクノロジーなど、今時のSF的道具立ては一通り揃《そろ》っている中で、特徴的なのは mindship と deep spaces である。mindship ＝有魂船と訳したのは、アン・マキャフリィの『歌う船』以来の知性ある宇宙船のヴァリエーションの一つだ。宇宙船やステーションを制御するのは mind ＝胆魂または船魂と呼ばれ、生体と機械が合体した形をしている。制御することになる船やステーションに合わせてカスタムメイドで設計されるが、一度人間の子宮に入れられ、月満ちて産みだされる。したがって、mind は母親を通じて人間の家族、親族とのつながりをもつ。性別もあり、クィアもいる。高度なサイボーグと言うべきか。永野護『ファイブスター物語』に登場するファティマの遠いいとことも言えよう。『ファイブスター物語』には英語版もあるが、著者は読んだことはないそうだ。

deep spaces ＝深宇宙はいわゆる超宇宙、ハイパースペースで、そこに入ることで光速を超えた空間移動ができる。ただし、この空間は人間には致命的に異常で、専用の防護服無しには十五分ほどで死んでしまう。有魂船はこの空間に耐えられるよう設計されており、耐性があるので、これに乗れば死ぬことはないが、快適ではない。

シュヤの宇宙はアジアの宇宙だ。ここでの人間関係はアジアの大家族をベースとしている。先祖崇拝、長幼の序、親孝行、輪廻《りんね》転生《てんせい》、観音信仰といった我々にも馴染《なじみ》のある習俗が根幹となる。一方で、欧米の潮流、ＬＧＢＴや個人の自由の割合も小さくない。とりわけ重要なのは女性の地位と役割だ。重要な登場人物はほとんどが女性だ。ここは我々の世界でのアジアの伝統的文化とは決定的に異なる。行政官や兵士、科学者のような、我々の日常世界では男性が圧倒的な分野でも、ここではごくあたりまえに女性が担っている。我々の世界とは男女の役割が逆転していると言ってもいいほどだ。このジェンダーの逆転（対等にすることを意図していると著者は言う）は故意になされているからだ。

今回の作品集は三十一篇の中から九篇を選んだ。上記リストで行頭に＊を付けてある。選択の基準はまず受賞作は全部入れる。各種年刊ベスト集に収録されたものはできるだけ入れる。その上で、二〇〇八年から二〇一八年の間の各年から一本ずつ選ぶ。

例外は「形見」“Memorials”だ。この年には五篇発表していて、うち一篇がドゾアのベスト集に収録されている。しかし、あえてこの作品にしたのは、シリーズの特質が最も鮮明に現れていると考えたからだ。

このことからも明らかなように、今回採用した作品が、各々《おのおの》の年で文句なしのベストというわけでもない。たとえば二〇一二年には八篇発表しているうち半分の四篇が各種年刊ベスト集に採録されたが、各々に作品が異なる。三篇ほど入手できていないが、このシリーズの各篇はどれをとっても極めて水準が高く、凡作と言えるものすら無いといっていい。今回と同程度の質の作品集は軽くもう一冊できる。というよりも、いずれは全作品を、これから書かれるであろうものも含めて、紹介したいし、またする価値はある。

なお、「SFマガジン」二〇一四年三月号に〝Immersion〟が故小川隆氏により「没入」の邦題で翻訳されている。原稿の初稿を編集部に送った後でそのことを知り、あわてて読んだ次第。さすがの翻訳で、大いに参考にさせていただいた。記して感謝申し上げる。

「堕天使《だてんし》のパリ」ものも実に魅力的だし、シリーズもの以外にも優れた作品は多い。今の文化現象のキーワードである「多様性」の点でも、SFF界においてその一翼を担って、大いに推進している。ド・ボダールは今現在、最も「ホット」な作家の一人であり、これからさらなる傑作を書いてくれるだろう。お楽しみはこれからだ。

二〇一九年神無月
訳者識

茶匠と探偵

2019年12月5日　初版第一刷発行

著……………………アリエット・ド・ボダール
訳……………………大《おお》島《しま》豊《ゆたか》

発行人………………後藤明信
発行所………………株式会社竹書房
〒102-0072
東京都千代田区飯田橋2-7-3
電話　03-3264-1576(代表)
03-3234-6383(編集)
http://www.takeshobo.co.jp
印刷所………………中央精版印刷株式会社

定価はカバーに表示してあります。
乱丁・落丁の場合には竹書房までお問い合わせください。
ISBN978-4-8019-2038-5 C0097
Printed in Japan